Balance ta haine

DU MÊME AUTEUR

Prisons, éditions de l'Antilope, 2018.

Design de couverture, conception graphique
et réalisation des pages intérieures : Cédric Ramadier
Image de couverture : D. R. / Cédric Ramadier
Édition : Anne-Sophie Dreyfus

www.editionsdelantilope.fr

Ludovic-Hermann Wanda

Balance ta haine

roman

l'antilope

À toi, Louis-Salomon,
mon fils, mon centre de gravité ;
toi qui as fait de moi un homme,
en attendant que la réciproque
puisse se vérifier.

« Tout dans la vie est affaire de sexe
sauf le sexe qui est affaire de pouvoir. »
Frank Underwood
dans *House of Cards*

Prélude

« NIAN NIAN NIAN. C'est l'heure de ta gueule de bois, République-de-mes-couilles, va ! Je t'en foutrais de l'unité-et-de-l'indivisibilité. Là, tu fais moins la fière, hein ? Tu mérites que je te colle ma queue sur ton sale front de gueuse. Tu te croyais intouchable, inattaquable, invulnérable avec ton bonnet phrygien et ton air supérieur. Si, en surfant sur ton héritage, tu as réussi à impressionner ces idiots de Gaulois, allant même jusqu'à te faire vénérer par bon nombre d'entre eux, sache que moi, tu ne m'impressionnes pas. Pas le moins du monde. Tu m'as tout au plus offert un savoureux spectacle : un vrai délice de te voir te prendre au sérieux. Reste que tout festival a son clap de fin. Après t'avoir laissée te pavaner sans vergogne dans le chaotique vingtième siècle, telle une reluisante Bugatti dans la rue-Myrah-infestée-de-seringues-et-de-casiers-judiciaires-dévirginisés, je viens t'annoncer que la fête est finie : ton Woodstock idéologique doit plier bagage. Inutile de me regarder avec ces yeux éberlués, tu devais bien t'en douter. Tu ne me feras pas croire que, ces dernières années, tu n'as pas senti l'odeur de sapin qui couvrait le parfum de ton utopie ; que, dans un coin de ta tête, une petite voix ne te disait pas qu'il était

grand temps de tirer ta révérence. Tu t'es bien aperçue que les rangs de l'extrême droite, ton ennemi juré, grossissaient à vue d'œil. Tu as dû noter à quel point tes soldats les plus vaillants, les professeurs, désertaient ta bannière, sans nourrir le moindre regret, la conscience nimbée de résignation. Et le cœur soulagé. Ton obstination à ne pas quitter la scène prend fin aujourd'hui. En un mot, ton rêve à la con, la fraternité universelle, a assez duré. Il est temps que l'Histoire avec un grand H retrouve sa marche en avant. Il est plus que temps : la France doit redevenir la France.

– Qui êtes-vous ?

– Décidément, tu es complètement perchée, une vraie junckie ! Je te dé-scotche la bouche et toi, au lieu de sauver ta peau, d'implorer ma clémence, tu me poses une question d'hôtesse d'accueil. Quand je pense que le peuple de France avait vu en toi une déesse. Une déesse ! Comment est-ce possible ? En voilà une énigme !

– Moi, une déesse ? Sans vouloir vous contredire, je pense que vous vous trompez sur mon compte. Les Français, dans leur immense majorité, m'ont toujours prise pour ce que je suis : une Idée, une grande Idée ! Une Idée divine, je vous le concède ; et je le resterai, quel que soit le sort que vous jugerez nécessaire de réserver à mon corps. Faites-en tout ce que votre soif de perversion vous encourage à faire. Ne vous gênez pas pour moi. Si me violer peut vous soulager, j'en serai ravie. Pour ne pas dire heureuse. Quoi de plus réjouissant que d'offrir le soulagement qui donne à la vie de celui qui en bénéficie des allures de soleil aux rayons de satin. Et en ce qui vous concerne, vous en avez fort besoin, je vous sens tendu comme un élastique…

– *Ta gueule!*

– Votre vulgarité est épatante. Vibrante. Authentique. On sent qu'elle vient des tripes, qu'elle respire la vraie vie, celle de la ligne treize du métro aux heures de pointe. Grâce à vous, je réalise que la rage n'est pas que la maladie transmise par les animaux, elle est l'un des haut-parleurs de l'âme. Fort de votre rage, vous pouvez aussi – faute d'avoir les couilles de me violer – enlever la vie qui anime mon corps, vu que vous m'avez déjà enlevée à la vie pour m'amener je ne sais où. D'ailleurs, où sommes-nous? Ça ressemble à une grotte. Pourquoi toutes ces flammes?

– *Ta gueule, je t'ai dit! Surtout si c'est pour transformer ta bouche en robinet à merde. Je t'aurais volontiers donné la mort, crois-moi, mais je préfère que tu assistes à mon grand show à l'américaine. Je préfère te torturer que te tuer. Je préfère que tu voies comment ce pays que tu chéris tant, telle une putain de mère juive avec son mioche, comment ce bout de terre hexagonal va se donner la mort.*

Se désintégrer. Se disloquer. Se consumer sous les flammes de la guerre, sous les flammes de la plus belle des guerres…

– La guerre ? Quelle guerre ?

– *La guerre des races.*

– Des races ? Décidément, vous n'êtes pas net. La seule race qui existe est la race humaine. Je me demande d'où vous sortez. Au XXIe siècle, la race, ou plutôt l'idée de race, est considérée pour ce qu'elle est : un dangereux poison psychologique. Tenez-le-vous pour dit.

– *Il faut le reconnaître : ton succès, tu ne l'as pas volé. Ta voix scintille d'éloquence. Dommage que cette salive soit dépensée en pure perte. Eh oui, c'est toi qui vis dans le passé, telle une pute au corps complètement périmé qui continue à faire le trottoir à soixante-dix balais. Ton putain de discours universaliste a atteint sa date de péremption, tu vas vite le réaliser. Je suis venu t'arracher le voile qui te bouche la vue, tu vas y assister à la guerre des races. Une seule chose à dire : que la meilleure gagne !*

– Quel programme alléchant ! Vous avez l'imagination fertile et la vie aime sourire à ceux qui débordent d'imagination, bien que ce genre de sourire se manifeste souvent entre les murs d'établissements psychiatriques. Je ne vous apprends rien, je suppose ; vous y avez vos entrées, cela ne fait pas le moindre doute.

– Continue de jouer ta partition de l'ironie, de jouer l'imperturbable impératrice, si ça te chante. Quand tu verras l'arc de Triomphe se mettre à trembler telle une Brigitte Bardot en mini-jupe devant une horde de talibans, quand tu verras la Sorbonne se faire lapider, quand tu verras la place de la Bastille se faire balafrer puis gang-banger par la rage d'un peuple qui se réveille de l'illusion que tu lui as fait avaler, quand tu verras l'idéal autodestructeur Black-Blanc-Beur abandonné, on verra qui aura le sourire.

– Abandonné ? Mon idéal ? Décidément, vos espoirs sont comme l'univers, sans limite. Il me tarde de voir ce spectacle, j'ai toujours été assoiffée de découverte.

– Ton impatience sera récompensée. Je n'ai qu'une parole, nian nian nian. »

Chapitre 1

Elles ont beau se dire libres et indépendantes, sans moi, les femmes sont complètement perdues. Tel un bouquet de roses au milieu d'un océan.

J'espère qu'Aurélie ne va pas céder aux élans affectifs qui travaillent son cœur d'artichaut, qu'elle va écouter sa tête, s'en tenir à notre plan imparable et qu'elle va l'appliquer à la lettre. Je vais devoir m'en assurer jusqu'à la dernière seconde. Une volte-face est si vite arrivée avec le double chromosome X !

« *Aurélie, nian nian nian, tu es une femme et tu es Blanche, tu es donc deux fois plus intelligente que ton Nègre.*

– Pourquoi tu l'appelles comme ça ? Il s'appelle Frédéric et ce n'est pas un Nègre. C'est un Noir.

– *Peu importe, ne joue pas sur les mots. Et arrête de faire ta blonde. Gomme cette mine dubitative, elle ne te va pas. Tu sais ce que je veux dire, c'est le plus important. Ton bonobo ne va pas tarder.*

– Bordel ! Si je ne veux pas que tu le traites de Nègre, c'est pas pour te laisser le traiter de singe. C'est pas parce qu'il vient de passer quelques mois en prison qu'il mérite que tu lui retires son humanité. C'est pas Guy Georges non plus, il n'a tué ni violé personne. C'était juste un dealer.

– *Décidément, toi quand tu t'y mets, tu ne fais pas semblant. De grâce, épargne-moi ton couplet humaniste à deux balles aux accents misérabilistes. Et encore, deux balles, c'est surcoté. Tu n'es pas en train de passer un oral de français sur un texte de Victor Hugo. Retirer son humanité, rien que ça ! On ne peut pas retirer ce qui n'est pas.*

– Comment ça ?

– *Être humain, ça veut dire quoi ? La vie, ce n'est pas le Code civil, encore moins un livre de philosophie. Dans la vraie vie, celle qui respire à l'air libre et qui a les pieds dans le concret, celui que l'on nomme abusivement l'homme n'est autre qu'un animal dont le cerveau se trouve entre les jambes. Ce n'est pas à une femme que je vais l'apprendre : il est tantôt un porc, tantôt un chien, tantôt un coq, tantôt un loup, tantôt un gorille, tantôt un requin. Il est tantôt sauvage tantôt domestiqué, mais presque jamais civilisé, même s'il se plaît à croire le contraire sous prétexte qu'il lui arrive de nouer une cravate autour de son cou. Sa nature profonde est animale, bestiale, sauvage. Il suffit d'ouvrir un livre d'histoire pour le constater : quand il n'est pas en mode pénis-à-tête-chercheuse à l'affût du moindre petit cul innocent et naïf, il est en mode mâchoire féroce, affamée de pièces d'or et prête à dévorer tous les ânes qui l'environnent. Sa tête ne lui sert que d'ornement. Sauf lorsqu'il vieillit au point que plus rien d'autre ne fonctionne. Regarde, ton taulard-à-la-peau-couleur-caca est enfin là, avec trente minutes de retard. Pour un Nègre, il est presque en avance. Nian nian nian ! À toi de jouer ma belle. Fais honneur à ton genre et sois digne de ta race. Ne me déçois pas.* »

– Salut. « *Dis donc, il a pris du muscle, il a su s'occuper là-bas. Comme quoi, la prison, ça a des bons côtés.* »

– Bonsoir, Aurélie. Désolé pour le retard.

– C'est pas grave, j'étais en retard moi aussi. Tu as bonne mine.

– Ça t'étonne ? Tu t'attendais à voir quoi ? Une loque ?

– Mon Dieu, non.

– T'es sûre ? Tu sais, Fleury, c'est loin d'être les tranchées de 14-18.

– J'suis ravie de l'apprendre. T'étais pas obligé de me la dire sur ce ton-là. « *T'as tout compris, nian nian nian. Tu dois attaquer la première, lui montrer que les choses ont changé, que tu n'es plus sa petite belle au bois dormant, toute docile.* »

– De quel ton tu parles ?

– Un ton agressif et ironique. « *Parfait, culpabilise-le.* »

– Agressif ? Carrément ! Bon, sache que je ne suis pas venu pour me disputer avec toi. Excuse-moi si tu t'es sentie agressée, ce n'était pas mon but. Je suis venu en paix.

– « *Ne l'écoute pas, il essaie de t'attendrir, de se la jouer Nelson Mandela. C'est gros comme un château au milieu d'un bidonville.* » Tu es venu en paix ? Ça tombe bien, moi aussi. Pourtant, je serais en droit de te faire la guerre.

– Pardon ? De quel droit tu me parles ?

– S'il te plaît, Fred, ne joue pas les innocents avec moi. Tu sais très bien ce que tu m'as fait.

– Ah bon ? Eh bien, je dois avoir de sacrés soucis de mémoire alors. Si tu pouvais me la rafraîchir, je t'en serais très reconnaissant, ça nous ferait ga…

– Genre, t'as oublié que tu m'as oubliée ? « *Ouais, voilà, coupe-lui la parole, saute-lui à la gorge !* » Tu as oublié que tu n'as pas envoyé de courrier à celle qui était censée être ta copine, à celle que tu disais aimer ? T'as oublié ? Ça te revient ? Comment as-tu pu me faire ça ? Comment ?

– Si je comprends bien, ce ne sont pas des retrouvailles, mais plutôt un procès ? Mon procès ! Ne le prends pas mal mais je ne suis pas venu pour me défendre. Encore moins pour m'agenouiller devant toi et te demander pardon. Si c'est ce que tu attends, autant se dire au revoir tout de suite. Car, dans cette affaire de silence prolongé, chacun de nous a ses torts.

– « *Regarde comment, du haut de son air souverain, il tente de retourner la situation à son avantage. Il te prend pour une conne. Du statut de victime, il veut te faire endosser celui de complice. Quel toupet !* » Je t'en prie, ne me prends pas pour une conne. Mon seul tort, c'est de m'être obstinée à t'écrire.

– Obstinée ?

– Oui, comment appelles-tu une personne qui, mois après mois, envoie des lettres à quelqu'un qui ne se donne pas la peine de répondre même à une seule d'entre elles ? Moi, j'appelle ça une personne obstinée.

– C'est bizarre, il me semble pourtant avoir répondu à ta première lettre.

– Pardon, ça change tout ! Monsieur a daigné me répondre une fois. Il mérite peut-être des félicitations pour cet acte ô combien magnanime. « *Ah, qu'est-ce que j'aime te voir aussi mordante. On dirait ta mère, en mieux !* »

– Je vois que madame est remontée comme une pendule. D'ordinaire, jouer la carte de l'irritation est une façon astucieuse de noyer le poisson. Dommage que tu confondes poisson et baleine. Ce n'est pas aussi simple de noyer une baleine.

– Tu as beau essayer de ne plus t'exprimer comme un mec de banlieue, tu racontes vraiment n'importe quoi. De quelle baleine tu parles ?

– Excusez-moi, vous avez choisi ?

– Euh, oui, je prendrai un kir royal. « *Tu as raison, prends un petit remontant, ça te fera du bien. Surtout que c'est Fred qui va payer.* »

– Un cognac pour moi. Merci bien.

– Je vous apporte ça tout de suite.

– Impeccable, nous n'en attendons pas moins de vous.

– Pour qui tu te prends ? Pour un marquis ?

– Pour personne d'autre que moi ; le nouveau moi, que tu ne connais pas.

– Qu'est-ce que tu racontes ?

– N'importe quoi, pour ne pas changer. Je dis toujours n'importe quoi, c'est ma marque de fabrique. Jusqu'au jour où le temps confirme mon propos et transforme le n'importe quoi en évidence. De toi à moi, que voulais-tu que je réponde à ta première lettre ? Au cas où tu l'aurais oublié, dans cette lettre, tu n'as montré aucune forme d'empathie, tu t'es contentée de me parler des soldes dont tu avais profité et des cocktails, ornés d'éclats de rire, que tu ne t'étais pas privée de siroter entourée de tes copines ? Sérieusement, que voulais-tu que je te réponde du fin fond de ma cellule ?

– Tu aurais pu m'écrire pour me faire part de ta contrariété, non ? C'eut été la moindre des choses. Ce n'est pas comme si tu avais eu mieux à faire.

– Parce que tu crois que je passais mes journées à ne rien faire, à compter les mouches devant la télé ?

– Ne joue pas à celui qui ne comprend pas, ça ne te va pas. Tu sais très bien ce que je veux dire. Si tu m'avais vraiment aimée, tu aurais ravalé ta fierté, tu m'aurais écrit une deuxième lettre pour crever l'abcès, pour me dire ce que tu avais sur le cœur. Mais non, tu as choisi de me mettre au piquet, de me laisser seule avec ma douleur, avec mon sentiment d'abandon, avec mes angoisses, telle une condamnée à mort qui n'a commis aucun crime. La vérité, c'est que tu ne m'aimais pas, que tu ne m'as jamais aimée. Tu n'aimes que toi. T'as juste aimé profiter de moi, de mon appart, de ma naïveté. Pendant que moi, je t'aimais comme une folle. Ou plutôt comme une conne !

– Ce ne sont pas des retrouvailles, c'est carrément un règlement de compte ! Je ne t'ai jamais aimée ? Puisque tu sembles en être convaincue, je ne vais pas perdre mon énergie à essayer de te démontrer le contraire. Tu en es convaincue ou tu veux en être convaincue, là est la question.

– Aucun intérêt ta question. Si tu m'avais vraiment aimée, tu ne m'aurais jamais laissée en galère comme tu l'as fait. Heureusement, j'ai pu vendre la Rover.

– T'as vendu la Rover ? Je comprends mieux, c'est pour ça que tu tenais autant à m'écrire, pas pour me réconforter. C'était juste pour me soutirer de l'argent.

– Te soutirer de l'argent ? Te soutirer ? Non mais je rêve. « *Je te l'avais dit, ce n'est qu'un Nègre-prolétaire, un bonobo doublé d'un dealer, ingrat de surcroît : il ne pense qu'à sa bite et à sa poche !* » J'te rappelle que c'est grâce à moi, et à personne d'autre, que tu as pu ramasser autant d'argent. Et tu as le toupet de m'accuser d'avoir voulu te soutirer de l'argent comme si j'avais l'âme d'une mafieuse. Je ne me suis pas offert un sac de marque. Je n'ai fait qu'éponger les dettes que tu m'as mises sur le dos. Wahouh, c'est pire que ce que je pensais. Ton ingratitude me sidère. Putain, tu m'dégoûtes, tu n'imagines pas à quel point. « *Et bim ! Bien envoyé, c'est tout ce qu'il mérite.* »

– Voici. Le kir royal pour madame et le cognac pour monsieur. Excellente dégustation.

– Parfait ! Je te dégoûte ? En voilà un scoop savoureux, je ne suis pas venu pour rien. Est-ce que je te dégoûte autant que ta mère m'avait dégoûté après ce que tu m'avais appris ? Elle qui avait vidé les économies de ton pauvre père, mises de côté durant toute sa carrière de brave pompier, ne lui laissant pas même un centime en guise de surprise pour sa retraite.

– Je ne vais pas me rabaisser à te répondre. Détourne le sujet. Joue ta victime, insulte-moi et au passage souille le nom de ma mère, elle qui t'avait accueilli à bras ouvert sous son toit, je ne te dirai rien. Apparemment, en prison, tu n'as pas pris que du muscle, tu as aussi pris de la mesquinerie et la grosse tête.

– Arrête de divaguer.

– Tu en as appris des mots ! Je suis impressionnée. Aurais-tu, par hasard, appris le mot responsabilité ?

– Calme-toi. Inutile de mélanger argent et amour, comme s'il s'agissait des deux roues d'une même moto. Qui t'a dit que je ne comptais pas payer ? À combien s'élèvent les amendes ?

– Je ne sais pas. Je sais juste que j'ai déjà donné deux mille euros. Et ma boîte aux lettres continue de se remplir de tes amendes.

– O.K., j'vais régler ça.

– T'as intérêt.

– Sinon quoi, tu vas porter plainte contre moi ? La justice te croira sur parole, vu que ma culpabilité est inscrite sur ma couleur de peau ! C'est ça ton plan ?

– Qu'est-ce que tu racontes ? De quel plan tu parles ? Dis-moi, tu fumes toujours ? « *Ne t'égare pas, on s'en contrefout de sa parano de fumeur de joint. Trouve plutôt une porte pour faire entrer ton nouveau mec dans la conversation.* »

– Ouais, un peu. Enfin pas assez pour…

– J'ai un truc à t'dire. « *Voiiiiilà, vas-y, secoue-le ; arrache-lui ce sourire accroché à ses grosses lèvres de Nègre.* »

– Quoi ? Tu t'es trouvée une autre queue à sucer ?

– Tu me répugnes…

– C'est bon, où est passé ton sens de l'humour ? C'est moi qui étais en prison et c'est toi qui es sous tension. Qu'est-ce que tu voulais me dire ?

– Comment tu réagirais si je te disais que j'ai rencontré un mec ?

– Essaie toujours et tu verras.

– Bon bein voilà, j'te l'dis. Comme tu répondais pas à mes lettres, j'me sentais super seule et j'ai rencontré un mec.

– Un Black ?

– Qu'est-ce que ça peut te faire ? Qu'est-ce que ça change qu'il soit noir, blanc ou jaune ?

– Toi avec un Chinois ? Laisse-moi rire, tu es trop accro au coup-de-reins-de-taureau pour ça. Il faut être chinoise pour vouloir sortir avec un Chinois. Et encore.

– C'est méchant ça, limite raciste.

– Tout de suite les grands mots. Je plaide non coupable, madame le juge. Sauf à dire que tout le monde est raciste, que tout le monde est le nègre de quelqu'un.

– J'm'en fiche de tes histoires de mec.

– Le racisme, une histoire de mec ? Qu'est-ce que tu racontes ?

– Pardon, mais Hitler, il portait une moustache et non des robes. Le racisme a toujours été l'arme de la virilité mal placée. Vous les hommes, vous ne pouvez pas vous empêcher de vouloir dominer, c'est plus fort que vous. Vous avez besoin de vous asseoir sur la tête de quelqu'un pour vous sentir exister.

– Ah, tu estimes que j'ai cherché à te domi…

– J'veux juste que tu saches que je suis actuellement dans les bras d'un autre.

– Actuellement ou désormais ?

– Comment ça ?

– C'est juste une roue de secours ou c'est une nouvelle roue ? Tu t'es mise avec lui pour échapper à la solitude ou parce que le courant passe bien entre vous ?

– C'est tout ce qui t'intéresse ? Tu ne m'as jamais aimée, je l'savais ! « *Tu vois, j'te l'avais dit ! J'espère que maintenant, tu vas m'écouter et que tu vas bien suivre mes conseils car, moi, je veux vraiment ton bien.* »

– Quel rapport ? Je sors tout juste de prison, j'ai encore l'odeur de ma cellule sur la peau et toi, tu me balances une sombre info, à bout portant, et tu oses me parler d'amour ?

– Putain, tu m'dégoûtes. J'me demande comment j'ai pu aimer un mec comme toi. T'es tellement égoïste.

– Si je te résume, tu étais venue ici dans l'intention de m'assommer avec des amendes et de me donner le coup de grâce en m'annonçant qu'un autre te prenait en levrette pendant que je mangeais mes pâtes au thon au D3. Tu avais sans doute espéré que je me mettrais à genoux devant toi afin d'obtenir ton pardon pour t'avoir laissée seule, sans caresse ni sex-toy.

– Tu ne comprends rien, laisse tomber. J'y vois enfin clair, tu n'aimais que mon appart, qui te servait de planque ; tu n'aimais que ma blondeur, qui te servait de laisser-passer pour entrer dans les boîtes branchées. Grâce à moi, tu t'en es mis plein les poches : je t'avais présenté la poule aux œufs d'or qui te fournissait le matos.

– T'as fini ? Tu n'as pas besoin de te chercher des excuses pour tirer un trait sur notre relation. On n'est pas dans un épisode des *Feux de l'amour*. Le destin du feu n'est-il pas de devenir un tas de cendres ? Et puis, je connais la chanson : loin des yeux, loin du cœur. Le cœur est tout sauf logique. En tout cas, il a sa propre logique. Une logique que je ne suis pas sûr de pouvoir comprendre.

– Dis plutôt que tu n'es pas sûr de vouloir la comprendre. Quand on veut, on peut !

– Ah oui ? Si les Noirs n'avaient pas voulu être jetés dans les fers de l'esclavage, ils ne l'auraient pas été ? Si le Juifs n'avaient pas voulu se retrouver dans les camps de concentration, ils ne…

– Bordel, j'ignore ce qui s'est passé à Fleury mais c'est quoi cette obsession ! Il n'y a pas que l'esclavage et la Shoah, dans la vie, il y a aussi l'amour. Il y a surtout l'amour. J'ai l'impression que tu ne me vois plus comme Aurélie mais comme une Blanche. J'ai l'impression que la prison t'a transformé en Malcolm X. On m'avait prévenue que le passage par la case prison laissait des traces, on ne m'avait pas précisé quel genre.

– Ton obsession de l'amour te fait divaguer. Je me suis contenté de démontrer que ta phrase "quand on veut on peut" n'était qu'un château de cartes qui ne résistait pas au souffle de l'examen rationnel.

– Tu devrais t'entendre. Tu ne parles que de races. Ou de baise. Moi, j'essaie tant bien que mal de te parler d'amour, de nous deux.

– De nous deux ? Désolé, mais c'est la première fois que je t'entends nous mettre dans la même phrase sans nous opposer l'un à l'autre. Qu'est-ce que tu veux au fond ? À part ma queue, bien sûr !

– Ça suffit ! T'es vraiment trop con. Tu ne prends rien au sérieux. Un conseil : les amendes, t'as intérêt à les prendre au sérieux. Tiens, les voici ! Maintenant, j'dois y aller.

– Dis plutôt que tu veux y aller. Merci pour les amendes que tu as emballées avec le plus grand soin. Et merci de m'avoir laissé payer l'addition. Ta générosité te perdra.

– Toi, c'est ton égoïsme qui te perdra. Bonne soirée et prends soin de toi, si tu y arrives. « Flûte, j'aurais quand même bien aimé qu'il me fasse crier une dernière fois en me défonçant la chatte copieusement, vu l'armoire à glace qu'il est devenu. Surtout qu'après des mois d'abstinence, il doit avoir un volcan d'énergie à décharger. » « *J'te l'accorde, il a bien pris du muscle. Mais c'est tout ce qu'il a pris. Tu mérites mieux qu'un simple bonobo qui se prend pour un Black Panther. Allez, sors d'ici et ne te retourne pas, ne lui donne pas ce plaisir. Sois forte ! Des comme lui, il y en a des tas dans les salles de sport. Fais-moi confiance. Maintenant tu peux passer à autre chose et te tourner vers ton bonheur, loin de ce sale Nègre uniquement bon à faire des pompes en taule. Ton bonheur, le vrai, t'attend dans les bras d'un homme qui, plutôt que d'abuser de ta gentillesse, saura reconnaître ta valeur et surtout te respecter. Et pendant que tu seras sur ton petit nuage, à t'épanouir aux côtés d'un homme de qualité, Frédéric, en bon Nègre-du-ghetto qu'il est, sera là où il mérite d'être :*

les pieds dans la boue, les mains dans la galère, à errer entre ses rêves et ses frustrations d'écrivain en carton. N'aie aucun doute là-dessus…»

Chapitre 2

– Sérieux Pat, je ne sais pas ce que j'vais lui dire. À la vérité, je n'ai pas envie de la revoir. Tu me connais : quand je zappe, je zappe sec ! Sans préavis.

– Quand même, Aurélie, t'étais bien avec elle. Elle ne t'a peut-être pas aimé autant que Déborah-la-feuj, mais elle t'a permis de te libérer de la dureté du ghetto. Ton cœur, elle l'a réanimé. J'te rappelle qu'avec elle, c'était la première fois que tu marchais main dans la main, façon tourtereaux dans les rues de Paname, sans gêne ni honte. T'étais heureux comme un éboueur qui vient d'apprendre qu'il a gagné au loto.

– N'exagère pas, frère… Fais plutôt tourner le joint. Aurélie m'a fait découvrir les joies de la canard-attitude, je ne le nie pas, ni ne le regrette. Mais au moindre coup dur, son amour disparaissait, telle une érection devant un beau cul de twerkeuse qui lâcherait un pet d'hippopotame. Tout ce qui a un début a une fin : j'ai aimé Aurélie, je ne l'aime plus. Pire, j'ai peur de ne pas pouvoir me retenir de lui cracher à la gueule.

– Wahouu ! Un dandy, ça crache à la gueule des femmes ? Si ça s'trouve, tu n'en auras même pas envie, tellement elle va se pointer plus fraîche que jamais.

– J'en doute…

– Un conseil : zappe ton doute. C'est une femme, elle peut être folle mais elle est loin d'être conne. Je suis prêt à parier que, pour vos retrouvailles, elle sera en mode super-méga-sexy. Dès que tu la verras, tu auras envie de la violer avec son consentement ! Putain, il est bon ce joint, même s'il n'a rien à voir avec ta weed. Bordel, elle va me manquer celle-là.

– Elle me manque aussi. Mais Dieu merci, j'ai découvert une drogue mille fois meilleure.

– Quoi ? La coke ?

– De la coke en prison ? Qu'est-ce que tu racontes, Pat. Fleury, c'est pas Bogota ! Non, meilleure que la coke : la lecture !

– Ah, tu m'as bien eu !

– Non, sérieux, la lecture, c'est la drogue de la sagesse. Depuis que j'en consomme, je plane, je ne me suis jamais senti aussi bien. Je plane au-dessus de ma pauvreté, je plane au-dessus des conversations sans intérêt.

– À cette allure, tu vas vite planer au-dessus de notre amitié, vu que je ne lis pas et ne compte pas m'y mettre.

– Planer au-dessus de notre amitié ? Qu'est-ce que tu racontes ? "Qui n'est plus un ami ne l'a jamais été", comme dit l'adage.

– Les adages, c'est beau pour remplir les dissertations et impressionner des cougars dans les dîners mondains. Le réel n'a pas toujours des allures de *fashion week*, il peut prendre le visage d'*Elephant Man*, plus laid que la laideur elle-même ! Je ne te parle pas d'amitié brisée, je te parle d'amitié refroidie, amaigrie par l'éloignement. Tu crois vraiment qu'un millionnaire va marcher avec un smicard ? À la limite, les deux prennent un verre ensemble et partagent quelques blagues salaces. Ça s'arrête là. Ils ne peuvent pas voyager ensemble, ni manger dans les mêmes restaurants, encore moins dormir dans les mêmes hôtels. À moins que le millionnaire prenne tout en charge, ce qui tue l'authenticité de leur relation. "La main qui donne est toujours au-dessus de celle qui reçoit." Voilà un adage qui pourrait te servir. Grâce à la lecture, Fred, tu vas devenir millionnaire en mots et en connaissances, on n'va pas s'le cacher. Après quelques mois en cellule, tu es un autre homme. Ta façon de parler, de t'habiller, t'es plus le même. T'es rentré, t'étais Lenny Kravitz, tu sors, t'es Bernard Pivot ! Moi, j'ai pas changé, je suis le même Pat que t'avais laissé avant de tomber. Bientôt, je ne pourrai plus te suivre, je ne serai plus ton ami mais ton élève.

– Putain, le bédot, il t'a tapé le cerveau, tu penses à l'envers.

– J'sais. Pour le moment, concentre-toi sur Aurélie. Quand elle va voir tes bras et tes pecs de Conan-le-Barbare, elle aura envie de te dévorer comme une bonne côte de bœuf de chez Charal.

– Franchement, frère, je ne sais pas ce qu'elle me réserve. Mais aucun risque qu'elle me donne envie de la plaquer contre le mur. J'aurai beau la regarder, je ne la verrai pas. Ne fais pas le mec surpris, tu sais qui j'ai en tête.

– Ta Najet, là ? Celle pour laquelle tu m'as envoyé en mission pigeon voyageur ?

– Ma somptueuse Najet, tu veux dire. Aurélie est certes jolie, mais elle ressemble à un lot de consolation à côté de ma Najet, elle ne joue pas dans la même catégorie. L'une est belle, l'autre est une bombe atomique, une arme de soumission massive. Le genre de créature qui te fait aller à la conquête du monde, juste pour venir déposer à ses pieds le butin ramassé.

– T'es un taré, toujours dans l'abus. T'es dur avec Aurélie. Elle est gentille et ça, ça compte. Perso, je préfère être avec une fille jolie et gentille qu'avec une bombasse capricieuse qui va te faire lui décrocher la lune, pour te dire ensuite qu'elle n'en veut plus et préfère le soleil.

– Qu'est-ce que tu racontes ? Tu ne la connais même pas.

– Pas besoin de la connaître. C'est mathématique, quand une femme atteint un certain degré de beauté et que tout le monde rampe devant elle, c'est plus fort qu'elle, elle use et abuse de son pouvoir.

– Ça dépend ! Même si, pendant que tu la courtises, elle se la joue impératrice, une fois que tu l'as copieusement fait crier de plaisir en lui donnant la bonne correction dont elle avait besoin pour retrouver le sourire, une fois que tu lui as montré à quoi pouvait ressembler une guerre des étoiles sous les draps, que tu lui as enfoncé ton glaive royal au fond de sa gorge insolente, fini les caprices. Elle se transforme en petite servante, docile et gentille qui attend impatiemment ta venue, comme un toxico-en-manque attend sa dose d'héroïne, ou comme un rabbin, la venue du messie. En résumé : le pouvoir de la queue ! Le seul vrai pouvoir ! Il commande tous les autres…

– Pourquoi tu m'parles de toxico en me faisant de gros yeux ? Depuis que t'es sorti, t'es devenu un vrai soldat de la morale.

– S’inquiéter pour un frère, c’est être un moralisateur ? Désolé d’avoir été en cellule avec un toxico et d’en connaître les dégâts.

– C’est bon, j’me rends. T’as des nouvelles de ton codétenu ?

– De Richard ? Non.

– Tu ne veux pas savoir ce qu’il est devenu ?

– Tu veux dire, s’il a replongé ?

– Ouais…

– J’y pense parfois. Mais je préfère garder de lui l’image du phénix qui a réussi à renaître de ses cendres grâce à la lecture.

– Je vois, tu ne veux pas savoir si la lecture ne marche qu’avec toi, si finalement c’est pas plutôt toi ton propre remède. Surtout que, dehors, c’est pas facile de trouver le temps de lire sans être harcelé par la vie et son lot de tracas-aux-allures-de-coups-de-poing. Toi, tu peux t’le permettre, t’es étudiant, tu es protégé grâce à ta bourse et ton avenir est comme la Rolls d’un saoudien : assuré à cent pour cent. Mais ton Richard là, il n’est pas étudiant, si je ne m’abuse ; son avenir, c’est chaque matin qu’il doit lui faire face et lui tenir tê….

– Oh, monsieur lâche des “si je ne m’abuse” comme ça, sans pression.

– Aurais-tu oublié que mon père est diplomate ? Bien avant de goûter à la drogue, j'ai mangé et remangé une éducation cinq étoiles, dans les meilleures écoles, là où personne ne-parle-ni-ne-pense comme dans le 9-3. Quelques restes surgissent sans me demander mon avis.

– De beaux restes, tu veux dire ! Preuve que le destin d'un homme se forge longtemps avant qu'il ne le devienne. Et une fois qu'il l'est devenu, il n'y a plus rien à faire, à part quelques retouches ici et là, dont se chargent les femmes, entre deux douces pipes…

– Pas faux. Je t'l'accorde, la lecture, ça aide ! En bon Camerounais, je le sais. Mes parents me l'ont suffisamment répété. Je finirai par m'y mettre. Un jour. Ou pas ! En tout cas, pas avant d'avoir les pieds dans mon jacuzzi, cigare au bec, avec une authentique twerkeuse qui me masse le dos avec ses fesses et l'ego avec ses louanges. Je ne suis pas du genre à mettre la charrue avant les bœufs.

– Qui te dit que les bœufs, ce ne sont pas les livres ?

– Personne. C'est juste que Jay-Z ou Booba, je ne les ai encore jamais vus dans une bibliothèque.

– Espèce de Bamiléké, va ! Tu me parles de Jay-Z pour éviter de me parler de 2Pac qui, gamin, lisait le journal que sa mère lui tendait, ou d'Eminem qui a bouffé le dictionnaire comme on bouffe un bol de cornflakes, ou surtout de Nas. Tu connais par cœur son méga tube

I know, I can. On devrait le faire apprendre à tous les enfants afros du monde.

– Genre, tu en comprends les paroles, monsieur Molière ?

– Pas toutes, mais les plus importantes "*Read more, learn more*".

– Elles sont sur Internet, tu devrais les étudier, elles sont très riches. Mais comme d'hab avec toi, on dit A dans le but de dire B, et tu trouves le moyen de nous faire faire tout l'alphabet à l'envers pour atteindre ce putain de B. Là, je te parlais de Richard et tu m'amènes jusqu'en Russie voir le père de Poutine.

– Qu'est-ce que tu racontes ? Il s'appelait Rasssspoutine ! Rien à voir avec Poutine.

– Qu'est-ce que t'en sais ? T'as vérifié ce que Vladimir a entre les jambes pour être sûr que ce n'est pas un de ses descendants ? N'empêche qu'il doit en avoir une bien solide, parce que la Russie, c'est pas le Luxembourg. Pour tenir avec autant de fermeté un pays comme ça, aussi vaste, aussi glacial, il faut avoir une sacrée paire de corones et les testicules remplies de vodka !

– T'es un taré. En même temps, quand on a dirigé le KGB, on peut diriger n'importe quel pays d'une main de fer, quelle que soit sa taille. Si tu neutralises l'élite et si tu la fais marcher au pas, tout baigne et rien ne coule… C'est comme… Putain, je ne sais plus ce que j'voulais dire…

– T'es défoncé ! Le bédot, il t'a mis bien. Moi aussi. À la base, on parlait de Richard.

– Ah oui, j'espère qu'il a tenu le coup, qu'il a su résister aux assauts de la pauvreté, surtout qu'il bénéficie d'un soutien de l'État.

– Comment ça ?

– Il n'a pas été jeté dans la nature sans parachute.

– Finalement, tout toxico qu'il était, ça reste un feuj.

– Quel rapport ?

– Tu crois que la France va laisser un feuj en galère ? Surtout après avoir été un pays collabo durant la Deuxième Guerre mondiale. Il s'appellerait Rachid, elle l'aurait laissé se débrouiller tout seul, comme un chat dans le grenier d'une maison abandonnée, pour mieux le voir replonger.

– Qu'est-ce qui te fait dire ça ?

– Laisse tomber, j'avais oublié que t'étais devenu feuj… Prions pour Richard. On est arrivé et t'as que trente minutes de retard. Pour un Kamer, t'es presque en avance. À t'à l'heure.

« Nous y voilà. Ça brille ici, on sent que l'arc de Triomphe n'est pas loin et qu'il faut en mettre plein la vue aux touristes japonais. Sur les Champs, même les McDo ressemblent à des palaces. Je me demande si un jour il y aura un grec ici, ça pourrait être drôle une sandwicherie grecque en face du Fouquet's, de quoi donner une crise cardiaque à Jean-Marie Le Pen. Je me demande si Aurélie a toujours sa coupe de cheveux atypique. Je vais vite avoir la réponse. »

– Bonsoir, monsieur !

– Bonsoir, madame, je suis attendu par une jolie demoiselle, mi-blonde mi-brune. « Hmm, elle est mignonne cette petite donzelle, ils ont bien fait de la mettre à l'entrée, c'est un pur cadeau pour les yeux. Elle ouvre l'appétit, regarde-moi ça, une belle bouille bien sucrée. Je te la bifflerais volontiers, sans me faire prier. Tu mériterais de faire la bise à ma queue. Arf, quel dommage, quelle tragédie, quelle trahison, elle a le cul de Sharon Stone ! En deux dimensions. Un cul-anti-viagra. Il te fait débander direct. Seul un sans-papier-impatient pourrait… »

– Il y a bien une jeune femme qui patiente mais elle est cent pour cent blonde. Regardez, là-bas au fond…

– Je crois que c'est elle, merci bien. « C'est bien elle, elle a changé de coupe et elle ne s'est pas gavée de pizzas. » Bonjour Aurélie, désolé pour le retard.

– Allez, bonne soirée.

– Merci, toi aussi.

– Merci et prends soin de toi. Tu sais comment faire ?

« Pour ça, ne t'inquiète pas ma cocotte, je vais prendre soin de moi comme un collectionneur prend soin de son Aston Martin. Najet va m'y aider, elle va m'aider à lustrer ma belle carrosserie. Après ce fil de fer, j'ai encore plus envie de Najet, ma princesse des mille et une nuits. Aurélie tenait à me voir pour me faire les poches et me rendre jaloux avec son histoire bidon de nouveau mec. Elle a cru que son numéro allait marcher avec moi, que j'allais mordre à l'hameçon, la supplier de me reprendre comme un chien-sans-niche ? Tout ça à cause de ces putains de films à l'eau de rose, où les mecs campent le rôle de serpillères. Si elle était aussi belle et bonne que Najet, peut-être que je me transformerais en chaton mielleux juste bon à lui laper les pieds. Elle m'a facilité la tâche, j'ai réussi à me débarrasser d'elle sans esclandre ! Esclandre, j'aime beaucoup ce mot ; cassandre aussi, je l'aime bien. Reste qu'il y a cette histoire d'amendes. J'peux pas… Bordel, j'mange mes mots, voilà ce qui arrive quand on délaisse les exercices de diction. Jeu neu peux pas la laisser se débrouiller toute seule. Je ne peux pas me cacher dans la tanière de l'amnésie, je lui dois une grosse partie de mes bénéfices. Là-dessus, elle a raison. C'est grâce à son contact que j'ai pu exploser, lui qui s'était expatrié dans un trou perdu de Hollande, loin de la trop surveillée Amsterdam. De petit dealer qui usait ses semelles à Bastille dans l'espoir d'écouler de misérables pochetons remplis d'une herbe-à-peine-valable, je suis passé au statut de gros dealer de la jeunesse dorée parisienne qui déversait des gros pochetons de *White Widow*, au volant d'une jaguar. Non, même si cette option est à portée de main, je ne peux pas m'en saisir et tourner le dos à Aurélie. Ça voudrait dire qu'en plus d'être ingrat, je ne l'ai jamais aimée. Ce qui est totalement faux ! Aujourd'hui, j'ai beau m'en battre les couill… euh, j'ai beau… comment on dit déjà… Ah oui, j'ai beau n'avoir que faire d'elle, il n'empêche que je l'ai vraiment aimée cette petite insolente. Pat dit vrai : elle m'a réconcilié avec l'amour, ce n'est pas rien. Il était bon ce bédot, il fait toujours effet… Oui, grâce à Aurélie, je vois l'amour comme un jardin rempli de roses aux pétales dorés, au milieu duquel trône un authentique palais plein de chaleur fusionnelle et de rires éclatants. Je vais régler toutes ces amendes, jusqu'à la dernière. Je dois bien cela à Aurélie. Ce n'est pas comme si j'étais à sec. Il me reste assez d'argent. Entre les cinq mille euros qu'Olivier a gardés au chaud et les dix-huit mille que Pat a coffrés, j'ai de quoi faire. Ce week-end, j'm'occupe de la jag. Je dois reprendre ma pleine liberté nocturne. Je ne vais pas traîner ma Najet à l'arrière de la voiture d'un pote qui en aurait vite marre de me servir de chauffeur ; et encore moins dans le métro, comme un ex-taulard traînerait son odeur d'exclu-du-système entre deux mendiants-aux-dents-rongées-par-l'humiliation, trois tontons-éboueurs-aux-lèvres-gercées et quatre jeunes-frères-des-HLM-sans-diplôme-ni-but-bourrés-de-provocation. Ma Najet mérite les étoiles, pas les égouts ! Même si elle a grandi dedans. »

– Allo, l'ancien ?

– Allo, l'autre ancien. T'as fini ?

– C'est bon, le dossier est classé.

– Putain, t'as fait vite ! Ça veut dire que t'es venu, tu lui as fait la bise et directement, sans préliminaire ni vaseline, tu lui as sodomisé le cœur en annonçant la fin de votre histoire pendant qu'elle bavait sur tes pecs avant de te lever en mode glaçon insensible, c'est ça ?

– Non, pas tout à fait.

– Ou alors t'es venu, elle t'a fait la bise, et à peine tu t'es assis qu'elle a craché en mode éjaculation faciale, mais à l'acide, ses quatre vérités de femme qui ne voit plus en toi qu'un taulard. C'est ça ?

– Presque. Disons un mélange des deux. Et plus encore. J'te racont'rai tout à l'heure. J't'attends au

McDo des Champs. Le temps que t'arrive, j'vais ravaler ma colère froide et engloutir un Big Mac, avant d'aller déguster la bouche de Najet.

– Mon petit doigt me dit que ce n'est pas sa bouche qui te mettra le plus en appétit. J'espère juste qu'un autre Nègre n'est pas déjà en train de dévorer ton gibier. Ce n'est pas à toi que je vais apprendre le dicton remixé du classique "qui va à la chasse perd sa place", qui va au reibs perd sa place dans la chatte de sa chienne !

– Toi et tes remix à deux francs six sous.

– Je s'rais toi, je ne rigolerais qu'à moitié. La vie est la plus grande pochette surprise qui existe. Avec elle, tout est possible.

– T'as pas tort, l'impossible, c'est l'impensable et non l'infaisable. Imagine si, en arrivant chez Najet, je la vois en train de confondre la queue-couleur-ébène d'un frère avec un cigare de la Havane. Ce serait hardcore, comme dirait Kery James-le-mélancolique…

– En même temps, ce serait pas si grave. Il paraît que sucer, c'est pas tromper ! C'est pas Kery qui le dit mais Michel Rocard.

– Un grand monsieur, ce Rocard. Ou plutôt, c'était un grand monsieur. Il a fallu qu'il se laisse aller à prononcer ces mots malheureux sur le plateau de mon gars-sûr-bien-que-douteux, Ardisson, le roi-des-tireursde-vers-du-nez-souvent-cocaïné. Le jour où il a prononcé ces mots, la grandeur de ce brave homme-politique-reconnu-et-respecté-aux-quatre-coins-de-l'Hexagone a volé en éclats. En une seconde, il est brutalement passé du statut de Premier ministre à celui de vieux-pénis-ambulant-en-quête-de-jeune-secrétaire-dévouée. Il a montré que Rocard était le diminutif de Rocco-en-costard.

– Bien trouvé ! Même si je doute qu'il soit armé du même calibre que l'Italien-baiseur-fou.

– Si ça se trouve, il fait partie de la team-cure-dent dont le pénis a arrêté de grandir à la maternelle. Un jour, un ancien m'a expliqué que plus un homme a une petite queue, plus il passe son temps à donner des ordres et à gueuler sur les gens. D'après l'ancien, comme il ne peut pas exercer le vrai pouvoir, celui de la queue-qui-transforme-une-reine-des-châteaux-en-reine-des-chiennes-totalement-soumise, il exerce un pouvoir-de-compensation.

– Un pouvoir de compensation ?

– Ouais, un peu comme celui que détiennent les grosses. Conscientes de ne pas avoir le physique à rivaliser avec les panthères renversantes des clips, elles se donnent mille fois plus au lit et te font des pipes olympiques en prenant soin d'aspirer tout ton sperme, jusqu'à la dernière goutte, comme s'il s'agissait d'un milk-shake fraise. Un sens de l'effort sexuel que je vois comme une compensation à l'architecture injuste de leur corps : puisque je ne suis pas la plus belle, je vais être la meilleure au lit, telle est leur politique.

– L'architecture injuste de leur corps ! Pat, t'es dé-fi-ni-ti-ve-ment un malade.

– Tu contestes ?

– Non, au contraire, la seule grosse que j'ai fourrée, je n'ai pas pu m'empêcher de la revoir pour la refourrer. Je confirme : elle baisait et suçait mieux que la plupart des avions de chasse que j'ai pu mettre à quatre pattes. J'ai dû la zapper, à contrecœur, lorsqu'elle a essayé de violer notre contrat.

– Quel contrat ?

– Elle s'est mise en tête de me convaincre de la voir en plein jour, en mode balade bras dessus bras dessous. Et plus uniquement chez elle en mode sous-marin, à l'abri des regards, derrière des rideaux bien épais. Quelle audace ! Quelle folie ! Cette folle-aux-bourrelets-souverains a cru que sa gorge profonde et que sa chatte-si-chaude allaient réduire en miettes mon image ! Elle m'a confondu avec nos frères blédards-en-chien-de-papiers qui sont prêts à tous les sacrifices pour obtenir leur sésame, la carte de séjour. Et toi, tu es toujours coincé entre les cuisses de ta Chico, ta maro-chienne-au-sourire-bittle-juice ?

– Respecte les Marocaines, frère. Tu sais qu'elles sont aussi bonnes qu'un ndolè tout droit sorti de la cuisine de nos mères.

– Bien sûr que je les respecte ! Surtout quand elles se cambrent devant nous autres les Karlouches.

– Quelle femme ne se cambre pas devant nous ? Toi qui as baisé avec presque toutes les nationalités, tu es mieux informé que quiconque.

– C'est vrai. En t'attendant, je vais cogiter sur l'amour : est-il le père de la haine ?

– Comment ça ?

– "Je l'ai trop aimé pour ne pas le haïr." Pendant qu'Aurélie me balançait ses attaques, je repensais, entre deux gorgées de cognac, à cette célèbre phrase. Finalement, inviter les gens à s'aimer les uns les autres, comme à l'église à longueur de prêche, cela ne revient-il pas à demander de se haïr les uns les autres ? Donné pour un vaccin qui permet de se protéger du virus de la solitude-subie, l'amour n'est-il pas, en fin de compte, un vaccin empoisonné ?

– Je te laisse avec tes points d'interrogation en forme d'enclume, monsieur le foulosophe, comme on dit au pays. Dans ta réflexion, n'oublie pas qu'une mère finit rarement par haïr son enfant. J'arrive, je fais vite.

– Merci pour le rappel. « Pat a raison : je me dois de distinguer l'amour filial de l'amour passionnel. Ou de l'amour amical. »

« *Depuis le temps que tu t'es mis à faire ce que les Nègres ne font pas, à savoir te plonger dans la lecture, tu n'as toujours rien appris concernant l'amour.*

– Pas toi !

– *Si, si, c'est moi ! Tu ne peux rien y faire. Tu n'es pas le seul à ne rien comprendre à l'amour. Personne n'y comprend rien. Si tout le monde le vit, connaît le mot, s'amuse à le décrire via des métaphores en veux-tu en voilà, personne ne le comprend, n'en connaît réellement le sens. Et je ne parle pas de la haine. Compte sur moi pour te les apprendre.*

– Merci, mais je n'ai pas besoin de tes enseignements.

– *Parce que tu crois que j'attends ta permission ? Je t'informe juste. Nian nian nian !* »

Chapitre 3

Un nouveau jour se lève pour Muriel de Chastel. Un jour de plus, perdu au cœur du mois de novembre, où elle va poursuivre sa mission : nettoyer la société de ses microbes. Un nouveau jour où la vénérable procureure de Paris va continuer à faire entendre la voix de la Justice. Une voix qui se veut autoritaire, et se doit de l'être. Sa mission, qu'elle prend à bras-le-corps, elle a à cœur de l'accomplir avec la plus grande efficacité. Comme toute femme d'ambition qui aspire à siroter un cognac au dernier étage d'un building, loin des caissières et des infirmières-éreintées, elle sacrifie sa vie de mère, la vie qui lui tendait les bras, tel un étau-recouvert-de-barbelés. Muriel a fait le choix de ne pas vivre avec Alexandre, son fils âgé de dix ans. Le seul enfant qu'elle s'est autorisée à mettre au monde, du temps où elle était mariée. Mariée plus par convention que par passion. Il fallait bien passer par la case femme respectable. Elle fut mariée mais pas heureuse, difficile de l'être avec un mari qui baise mal. Qui baise aussi mal. Comme tant de maris qui persistent à croire que le vagin de leur femme est un vide-couilles pour faire la vidange sans vergogne ni état d'âme. Que son ex-mari soit professeur au Collège de France, issu d'une famille de riches industriels, qu'il sache parler le latin et connaisse l'histoire de Rome, des patriciens et de Périclès sur le bout des doigts n'y changera rien. Pour une femme moderne, libre de choisir sa vie et de refuser certaines frustrations, qu'est-ce qu'un mariage sans orgasme ? Un long, un très long chemin de croix. Toutes les femmes n'ont pas l'âme d'une Marie-Madeleine.

Depuis, Muriel a repris ses esprits, elle s'est libérée de cette foutue convention phallocratique : elle a divorcé. Soigneusement. Avant de mettre, non moins soigneusement, son fils en pension. Pas n'importe laquelle : la fameuse école des Roches. Elle a ainsi pu réintégrer le cours de sa vie, la conscience tranquille, pour ne faire plus qu'un avec sa carrière de procureure, gardienne du temple de l'ordre public. Sa seule véritable source de plaisir. L'unique activité qui lui donne l'impression d'être utile à elle-même.

Après être passée par le tribunal de grande instance de Bobigny où elle a pu se faire les dents et constater combien, à l'ombre des idéaux républicains, le multiculturalisme était une véritable plaie sur le corps de la paix sociale, elle a obtenu une promotion. Elle a eu la chance d'être propulsée dans l'olympe judiciaire français, le tribunal de grande instance de Paris. Elle y exerce maintenant depuis près de cinq ans et s'y sent comme un glaive dans la main d'Athéna. Sa seule déception : la racaille de banlieue. Omniprésente. Autant que des cafards dans une barre HLM grouillant de Nègres et d'Arabes. Cette racaille, Muriel croyait l'avoir laissée derrière elle, à Bobigny.

Anciennement membre du parti socialiste, Muriel a fini par prendre ses distances avec le tiers-mondisme-repentant et par s'émanciper de la culture de l'excuse, si prisée des bourgeois gauchistes qui, tout en veillant à scolariser leurs enfants dans les écoles privées catholiques, à mille lieues des rackets incessants et des « wouallah, sur la vie d'ma mère ! », passent le plus clair de leur temps à batifoler dans la bien-pensance, à trouver toutes-les-excuses-du-monde-et-de-l'univers aux petits-merdeux-des-cités-aux-cerveaux-cramés-par-le-cannabis. Ma brave procureure s'est libérée de cet angélisme suicidaire pour entrer dans la compréhension de la réalité. Débarrasser manu militari la société de ses mauvaises herbes apparaît à ce jour comme la seule façon de lutter efficacement contre la délinquance et l'insécurité qui ne cessent de grandir et de ruiner la douceur de vivre à la française. Il en va de l'intérêt général.

Cette réalité crue, cet impératif sociétal, Muriel ne l'ignore pas. Ou plutôt, elle ne l'ignore plus. D'un mot, elle s'est américanisée ! Surtout depuis le jour où son petit neveu s'est retrouvé aux urgences après s'être gentiment fait agresser dans le RER par des pauuuuvres-jeunes-de-banlieue qui lui reprochaient de n'avoir pas de cigarette. Et d'être Blanc. Surtout d'être Blanc ! Un « sale fils de pute de babtou ! » Désormais, elle ne jure plus que par la fameuse tolérance zéro, prônée par mon Nicolas, l'un de mes braves généraux du moment, au destin plus que prometteur.

Aujourd'hui, Muriel de Castel va donc s'efforcer de mettre en application cette politique importée des États-Unis et qui, outre-Atlantique, a très largement fait ses preuves, transformant, que dis-je, métamorphosant le visage de New York ; faisant passer la ville du statut de jungle où l'on pouvait recevoir un coup de couteau en plein jour à celui de jardin de Versailles où l'on peut se balader en famille à deux heures du matin en toute sécurité.

Une cinquantaine de comparutions immédiates attendent madame le procureur. La symphonie judiciaire étant ainsi faite, la délinquance ne connaît aucune pause, ne prend jamais de vacances.

Coiffée à la garçonne, comme toute femme d'autorité qui se respecte, le visage tiré par la sévérité qui sied à sa fonction et à son corps de quadragénaire-affirmée, elle s'apprête, enveloppée dans une toge couleur rouge-Richelieu, à pénétrer dans la salle d'audience de la vingt et unième chambre.

Les dossiers du jour entre les mains, elle est dans son élément.

« *Ma brave Muriel, nian nian nian, jette un œil sur le banc des accusés. Rien de nouveau, me diras-tu, les Mamadou et autres Mohammed sont fidèles au poste. J'attire ton attention sur un prévenu qui va se présenter devant toi…*

– Ce sont tous les mêmes. De vrais clones.

– *Presque tous les mêmes, nuance… Certains sont pires que les autres. Et celui dont je te parle en fait partie.*

– Lequel est-ce ?

– *Si tu regardes bien, tu vas le repérer tant il se plaît à afficher une forme de différence. Comme si la merde dans le satin était différente de la merde dans le coton.*

– Celui qui se prend pour un Black Panther, avec sa coupe afro et un costume de croquemort ?

– *C'est bien lui. Un Nègre, certes, mais méfie-toi. Contrairement aux autres qui baissent la tête devant toi et osent à peine en placer une, lui, il adore faire le malin devant l'autorité. Il ne peut pas s'empêcher de la ramener dès qu'il en a l'occasion. Autant te dire qu'il refuse de rester à sa place de Nègre et se prend pour quelqu'un d'important, voire de respectable, sous prétexte qu'il est un peu moins illettré que ses semblables.*

– Je vois. S'il s'avise de se prendre pour Huey Newton, je ne vais en faire qu'une bouchée.

– *C'est ça, dévore-le!*»

– Affaire Nkamwa!

– C'est vous, monsieur Nkamwa?

– Oui, madame le juge.

– Vous êtes monsieur Frédéric Nkamwa, alias Thierry Ngandu, alias Paul Mbeng, alias Frédéric Mbami, alias Thierry Tchangou, alias… alias… alias… Dites-moi, vous avez un, deux, trois… treize alias, c'est bien ça?

– C'est bien ça, j'ai eu treize alias. Je ne les ai plus, madame le juge.

– Détrompez-vous, monsieur Nkamwa, ce n'est pas ainsi que les choses se passent. Votre casier judiciaire n'est pas une orange, il ne se périme pas. Les informations qui y figurent sont gravées dans le marbre de votre identité judiciaire. Votre passé appartient également à votre présent. Sinon, à quoi servirait le casier judiciaire?

– Vous avez raison madame le juge, on devient ce que l'on a été. Ce n'est pas à quarante ans qu'Al Capone est devenu Al Capone. Il l'était déjà à quatorze ans quand il a levé la main sur un de ses professeurs.

– « *Vas-y, dégaine, l'occasion est trop belle.* » Madame le juge, je rêve ou le prévenu vient de se comparer Al Capone, l'un des plus grands cauchemars de l'histoire des États-Unis ?

– Vous ne rêvez pas madame le procureur.

– Si je puis me permettre, madame le juge, je ne me suis pas comparé à Al Capone. Je l'ai pris en exemple pour mieux m'en distinguer puisque, lui, n'a pas connu de renaissance. Contrairement à moi. Le Frédéric qui faisait les quatre cents coups n'existe plus.

– Il est un peu tôt pour le dire. Contentez-vous de nous parler de l'affaire pour laquelle vous êtes jugé aujourd'hui. Une affaire de drogue qui vous a valu de passer neuf mois dans une cellule de Fleury-Mérogis.

– Que voulez-vous que je vous dise, madame le juge ?

– La vérité, de préférence. Selon votre déposition, c'est au hasard d'un bar de Bruxelles que vous seriez parvenu à obtenir, seul et sans aucun contact sur place, une quantité certaine d'herbe à fort taux de THC. Vous confirmez ?

– Je confirme, madame le juge.

– Monsieur Nkamwa, croyez-vous que l'on puisse renaître dans le mensonge ?

– Non, madame le juge.

– Moi non plus, je ne le crois pas. Donc de deux choses l'une : soit vous nous dites que vous avez menti dans votre déposition et votre renaissance a un sens ; soit vous nous dites que votre déposition ne contient que la vérité et, à ce moment-là, votre renaissance nous apparaît comme une grossière mascarade.

– Madame le juge, je n'ai pas menti, je vous assure.

« *Regardez-moi cet arracheur de dents. Décidément, il n'a pas changé, le mensonge est toujours son jacuzzi. Il s'y prélasse avec gourmandise. Je note qu'au fil des années son jeu s'est affiné, pas de rictus malencontreux, pas de regard fuyant, rien. C'est bluffant. On est loin du petit garçon qui jurait ne pas avoir volé l'argent dans le sac de sa maman. Le petit garçon a bien grandi. Et il n'a pas fini. Une belle carrière politique l'attend. Nian nian nian !* »

– Je vous crois, monsieur Nkamwa, mais sur quoi, au juste, n'avez-vous pas menti ? Sur le bar de Bruxelles ou sur votre renaissance ?

– Sur ma renaissance, madame le juge.

– Je suis heureuse de l'entendre. Pour en avoir le cœur net, j'ai besoin de la vérité autour de ce fameux bar de Bruxelles où l'on peut, sans le moindre contact sur place, se procurer près de quatre kilogrammes d'herbe comme si on achetait un paquet de cigarettes. On ne parle pas de quelques grammes faciles à mettre dans la poche arrière de son jean ou dans ses chaussettes.

– Madame le juge, je vous le jure, je me suis procuré cette quantité de drogue dans un bar, mais j'avoue, ce n'était pas dans un bar de Bruxelles.

– Eh bien voilà, nous y sommes !

– C'était dans un bar perdu d'une banlieue d'Amsterdam.

– Pourquoi ne l'avez-vous pas révélé plus tôt ? Pourquoi avez-vous persisté dans votre mensonge ?

– Parce que ce n'était pas un mensonge…

– Pardon ?

– Ou du moins pas vraiment. Si un braqueur reconnaît avoir commis son forfait armé d'un fusil à pompe alors qu'il a opéré avec une Kalashnikov, ce n'est pas vraiment un mensonge puisqu'il a reconnu son…

– Pas vraiment un mensonge, dites-vous ? Où vous croyez-vous, monsieur Nkamwa ? Vous semblez oublier que le seul juge ici, c'est moi ! Vous êtes ici en qualité de…

– Je sais m…

– Taisez-vous ! Ne me coupez pas la parole. Pour qui vous prenez-vous ?

– Excusez-moi, madame le juge.

« *Nian nian nian, il fait moins le malin. La peur lui agrippe le visage. On dirait un putain d'esclave du Mississippi devant le fouet féroce de son maître. Il sent qu'il est à deux doigts d'un aller en première classe direction le D3 de Fleury.* »

– À quoi bon s'excuser quand on a renversé du lait ? Il faut baisser la tête en silence, nettoyer et ensuite seulement présenter ses excuses. Mais sûrement pas avant. Nous n'allons pas passer la journée sur votre affaire. Vous préférez garder le silence sur l'identité de vos relais, tant pis pour vous. Et pour votre renaissance ! Madame le procureur, la parole est à vous.

– « *Nian nian nian, assène-lui le coup de grâce. Il est déjà bien assommé. Finis le travail. Pense à ton neveu, pense à tous les neveux, à tous les fils, à toutes les filles de France qui subissent chaque jour des agressions aussi gratuites que traumatisantes. Venge-les ! Venge leur innocence de la sauvagerie nègre qui les meurtrit, qui passe le plus clair de son temps à meurtrir notre si belle jeunesse !* » Je vous remercie, madame le juge. Nous avons affaire, chacun en conviendra, à un profil pour le moins atypique. Lors de l'une de ses auditions, M. Frédéric Nkamwa, l'homme au treize alias, a osé prétendre, je le cite : “Au début, j'étais étudiant et je dealais occasionnellement mais à la fin, j'étais dealer et j'étudiais occasionnellement." Nous voyons régulièrement défiler à la barre des prévenus poursuivis pour trafic de drogue ; pour autant aucun d'eux, ou je n'en ai pas le souvenir, ne poursuivait d'études universitaires. L'immense majorité n'a pas le baccalauréat. L'économie parallèle leur apparaît comme une sorte d'ultime bouée. Pour eux, c'est soit dealer, soit remplir des missions d'intérim à quatre heures du matin. Tout le contraire de vous, monsieur Nkamwa. Vous qui avez eu le privilège de connaître les écoles privées et avez décroché un baccalauréat scientifique, vous n'avez jamais eu besoin de recourir à l'intérim pour survivre. Et au lieu de vous présenter aujourd'hui devant la Justice en faisant profil bas, vous vous permettez de vous pavaner en costume et de parler comme si vous étiez sur les planches de la Comédie française. Cerise sur le gâteau, vous osez nous narguer en maintenant sous silence le nom de votre relais. Au fond, vous n'êtes rien d'autre qu'un fils à papa. À toutes fins utiles, je signale à la cour que votre père est docteur en mathématiques. Pour je ne sais quelles raisons obscures, sans doute pour séduire les jeunes filles, le prévenu aime se faire passer pour un désœuvré alors qu'il a toujours été privilégié. Un privilégié qui marche dans les pas de son père. Monsieur, vous n'avez rien d'un renaissant et tout d'un enfant bien né qui, crise d'adolescence oblige, s'est égaré. De grâce, cessez votre cinéma, c'est pathétique et indécent !

– Monsieur Nkamwa, étant donné que vous avez jugé préférable de vous passer des services d'un avocat et d'assurer vous-même votre défense, la parole est à vous.

– Merci, madame le juge. En effet, je vous le concède, je fais partie de ceux qui sont convaincus que l'on n'est jamais mieux servi que par soi-même. Surtout pour se défendre. Fils à papa, dites-vous, madame le procureur ? Auriez-vous la gentillesse de nous expliquer comment un enfant peut être un fils à papa quand il n'a pas eu la chance de grandir avec son papa ?

– Monsieur Nkamwa, ce n'est pas à madame le procureur mais à moi que vous devez vous adresser.

– D'accord, madame le juge, mais elle s'est adressée à moi. Je ne faisais que lui répondre. Concernant les écoles privées, oui, j'en ai connu. Grâce à ma mère. Et à elle seule. À chaque fois, cela a duré quelques mois, le temps qu'il fallait à la caillera-attitude qui m'habitait de se manifester à travers un acte. Un acte qui s'est soldé par mon exclusion ; ou devrais-je dire par mes exclusions ! Car en l'espace de deux ans, j'ai traîné ma carcasse d'adolescent-rebelle-en-crise dans pas moins de six lycées. Autant dire que j'ai été aux écoles privées ce que Marilyn Monroe aura été à la vie d'Yves Montand : un courant d'air volcanique ! On a vu mieux comme privilège. À vous écouter, je me prendrais pour un désœuvré que je ne serais pas et que je n'aurais jamais été. C'est vrai, mon ventre n'a jamais crié famine. À la maison, ce n'était ni la Somalie ni Soweto. Il n'empêche que je n'ai pas non plus fait partie de ceux qui avaient la chance de manger, chaque jour, des Choco BN et des Kinder ; produits que le premier dealer de banlieue, Lidl, ne fournit pas. Je devais souvent me contenter de baver devant ma télé lorsque les publicités défilaient et toisaient ma frustration. Oui, j'ai toujours eu sur le dos des vêtements propres. Le bonheur, c'est tout sauf gratuit, surtout pour un adolescent. Ma mère n'avait pas systématiquement les moyens de m'offrir la panoplie du parfait séducteur, les indispensables baskets Nike, survêtements Lacoste, jeans Levi's. Sans oublier l'indispensable voiture.

– Indispensable, dites-vous ?

– Oui, madame le juge. L'emploi de ce terme peut paraître exagéré, il peut sonner comme un affront à la décence. Pourtant, je vous assure qu'il a sa place. Toute sa place. Sans cette panoplie, un jeune de quartier est condamné à voir les filles se détourner de lui, comme d'un vulgaire paquet de chips vide abandonné sur un banc. Or, sans le sourire des filles, sans leurs baisers parfois gourmands, sans leurs câlins parfois collants, sans leurs mots doux parfois déstabilisants, la vie en cité ressemble à une immense camisole. À la maison, les marques de tendresse qui mettent du miel sur le pain sec de la vie-du-ghetto se trouvent au fond du congélateur. Il est difficile de draguer-avec-succès une fille quand on a des baskets trouées aux pieds. Elle rêve de sortir avec un Chris Brown dégoulinant de style, pas avec un gavroche suintant la misère.

– Vous êtes en train de nous expliquer que c'est à cause des femmes que la banlieue est gangrénée par des trafics en tout genre, c'est bien ça ?

– Pas tout à fait. Je dirais plutôt qu'elles en sont la cause principale.

– Je vois que vous avez le souci du bon mot, dommage que vous n'ayez pas celui du bon sens. Vous dites une chose et son contraire.

– Pas exactement, madame le juge. Si vous me permettez de préciser ma pensée, ce n'est pas à cause des filles : elles ne nous encouragent pas à sortir du droit chemin, elles ne nous incitent pas à faire des saltos au-dessus des lois. En revanche, elles sont une de nos plus grandes motivations. Je ne dis rien là de nouveau. De films en séries,

Hollywood nous livre cette vérité tous les jours. Dans la vie, le coup de foudre façon Cupidon n'existe pas. La boue et les poches trouées n'ont pas le pouvoir de faire briller les yeux d'une femme, ils font plutôt couler les larmes de la pitié. Regardez *Pretty Woman*, avec Julia Roberts, n'est-ce pas l'histoire d'une femme qui tombe folle amoureuse de la carte bancaire d'un homme d'affaires ? Regardez *Proposition indécente*, avec la divine Demi Moore, une femme très éprise de son mari, le quitte pour un million de dollars. Et que dire de la série *Les Feux de l'amour*, où il n'y a pas un seul rmiste et encore moins de chômeur. Sans oublier la série *Gossip Girl* qui célèbre mieux qu'aucune autre l'amour-bling-bling, l'amour-m'as-tu-vu, l'amour-beauté-sophistiquée. Devant une femme, qui plus est jolie – j'ai pour défaut de n'aimer que les jolies femmes –, un homme qui n'a pas les poches pleines est tenu d'avoir du style. Et le style, ce n'est pas une brique de lait, ça ne se trouve pas chez Leader Price.

– Eh bien, monsieur Nkamwa, vous êtes un vrai moulin à paroles. Merci pour ce cours de sociologie sur les relations hommes-femmes qu'un Jean-Marie Bigard ou un Franck Dubosc auraient sûrement apprécié. La cour a saisi votre propos, je crois.

– Est-ce que je peux ajouter une dernière chose, s'il vous plaît, madame le juge ?

– Faites donc.

– Je vous remercie, madame le juge. Je dois revenir sur un point évoqué par madame le procureur, qui a osé me traiter d'acteur de théâtre, au seul motif que je m'efforce de manier correctement la langue. Comme elle s'efforce de le faire elle aussi. Donc, selon madame le procureur, les jeunes de cité qui n'ont pas les mots pour exprimer correctement le fruit de leur pensée, comme ceux qui se sont présentés ici même juste avant moi, elle juge qu'ils se moquent du monde et qu'ils méritent de voir s'abattre sur leur tête la plus ferme des sévérités judiciaires. Mais à l'inverse, un jeune qui a l'audace de posséder les mots est forcément un comédien, il n'est pas un homme qui sait s'exprimer, se faire comprendre, défendre son opinion et son honneur avec des mots, sans s'énerver, sans avoir besoin d'être vulgaire. Si je comprends bien, pour madame le procureur, nous, jeunes de cité, nous, graines-de-l'immigration-africaine, nous avons le droit d'entrer en prison, mais pas dans la langue de Molière. Nous avons le droit d'être des cailleras de cité mais pas des personnes civilisées en capacité de faire preuve de civilité. Essayer de l'être ou de le devenir, c'est être suspect. Au lieu de voir l'espoir dans des jeunes comme moi, madame le procureur préfère y voir des suspects, des roches sous lesquelles se cache forcément une anguille. Boileau, du Bellay, Bourdieu, Macé et tous ceux qui ont œuvré tantôt pour le bel usage tantôt pour un usage démocratique de notre si riche langue doivent se retourner dans leur tombe. Assurément !

– Monsieur Nkamwa, nous ne sommes pas à la Sorbonne ici. De grâce, arrêtez de parler des jeunes de cité : vous n'êtes pas non plus à la tribune d'un meeting électoral. Ce n'est pas le procès des jeunes de cité ici, et encore moins celui du procureur. C'est votre procès, à vous seul ! Cessez de noyer votre responsabilité personnelle dans une vague collective qui vous exonérerait de vos fautes.

– M'exonérer de mes fautes ? Moi, madame le juge ? À chaque fois que je me suis fait pincer, j'ai assumé mes actes devant la justice. Je ne me suis jamais défilé. Jamais. Je ne suis ni un pleutre… ni un pleutre. Mes alias ne m'ont jamais servi à fuir mes responsabilités, comme un lapin fuit le canon du chasseur-assoiffé-de-prédation. Mes actes, je les ai toujours assumés. La tête haute. Le dos droit. Ces alias ont juste servi à éviter que la police joigne ma famille lors de mes différentes gardes à vue. Et si j'emploie le nous au lieu du je, madame le juge, c'est parce que je suis chanceux. Sans avoir été un privilégié né avec une cuillère dorée dans la bouche, comparé à mes amis d'enfance, aux jeunes qui, comme moi, ont grandi au milieu des cafards et des lettres d'huissier, je suis un chanceux. En dépit de mes exclusions à répétition, j'ai eu la chance de décrocher, grâce à la présence à mes côtés de Constant, un ange gardien qui est accessoirement mon cousin, un bac scientifique, denrée rare en banlieue. J'ai la chance de poursuivre des études à la Sorbonne, non à la fac d'Évry qui, comme vous le savez sûrement, est au monde universitaire ce que le fast food est à la restauration. Par-dessus tout, j'ai la chance de manier sans trop de difficulté l'arme qui me permet de forcer le respect : la langue française. Vous comprendrez alors – et là, je donne un peu raison à madame le procureur – que mon cas n'est pas le plus préoccupant. Voilà pourquoi, si je brandis le nous, c'est afin de faire comprendre à la cour que je suis l'exception qui confirme la règle. La règle qui frappe les moins chanceux, la triste règle de l'exclusion. Laquelle commence par l'exclusion linguistique ! Or cette règle n'est pas choisie par les jeunes de cité. Ils la subissent comme un tremblement de terre en Haïti. Que personne ne se méprenne : je ne parle pas de la règle liée à l'argent mais de la règle liée à la langue. Une langue censée appartenir à chaque enfant de la République mais que, curieusement et inexplicablement, l'école n'enseigne pas. En classe, seul le professeur la manie, les élèves, eux, sont sommés de se taire, d'écouter ; au mieux d'écrire. Mais c'est en parlant et non en écoutant qu'on apprend à parler, et donc que l'on y prend goût, un goût qui peut ouvrir les portes de la lecture-de-livres-sans-images ; c'est bien en forgeant et non en regardant un forgeron qu'on devient forgeron. C'est pourquoi, madame le juge, et je m'arrêterai là-dessus, je souhaiterais, si toutefois la cour m'en donne l'autorisation, vous lire un texte que j'ai pris le soin de rédiger, juste avant d'être appelé à la barre.

«*Nian nian nian, je me disais bien que cette madame de Chastel n'avait pas les épaules. Je n'aurais pas dû lui accorder la moindre créance. Elle a beau être bardée de diplômes, être le seul homme de sa vie, elle reste et restera une gonzesse qui a un putain de vagin entre les cuisses. Et non une bonne paire de corones. En bonne hétéro, sa vocation consiste à se faire pénétrer, culbuter ; en un mot, dominer! Quel que soit le temps qu'il passe dans l'eau, le bout de bois ne se transforme pas en caïman. Ce n'est pas en voulant les dominer qu'une femme parvient à dominer les hommes, elle n'en a pas les armes. C'est plutôt en faisant mine d'être leur soumise. L'histoire d'Ève l'a démontré : la ruse, la manipulation lui vont mieux que la voix grave.*

Les Margaret Thatcher ne courent pas les rues. Pour une vraie dame de fer, on en trouve mille fausses. Regarde-moi cette connasse qui vient d'avaler un K.-O. par un sale Nègre. Elle n'ose plus regarder que ses dossiers. Pour me consoler, je vais aller voir mon brave Nico, loin de ce tribunal, loin de cette-Justice-française-par-trop-féminisée. Je peux compter sur lui, il me l'a prouvé. Comme tout bon conquérant, il ne s'embarrasse pas d'amour-du-prochain. Il sait que l'amour est le carburant des femmes, c'est-à-dire des faibles… »

« *Nicolas, écoute-moi, c'est ton heure. Tu m'entends? C'est ton heure.*

– Comment ça, c'est mon heure? Comment tu le sais?

– *Je le sais, c'est tout. D'ici quelques minutes, un de tes conseillers va débouler en trombe afin d'informer le ministre de l'Intérieur que tu es, que deux graines de racaille, un Nègre et un Bougnoule, ont trouvé la mort dans un transformateur électrique, du côté de Clichy-sous-Bois.*

– Et alors?

– *Arrête de jouer ton impatient, tu veux. Écoute-moi jusqu'au bout. C'est là que tu entreras en scène, tu pourras enfin monter à bord de la fusée qui te mènera tout droit sur la lune de ton ambition : le trône de l'Élysée.*

– Comment cela?

– Arrête ce ton empreint de doute avec moi, je te prie. Jusque-là, tu as suivi mes instructions, et cela ne t'a pas trop mal réussi. Tu as vu comment la tolérance zéro a boosté ta popularité dans le cœur des goyim *? Ils en ont plus qu'assez des racailles qui empestent le couscous ou le mafé, qui passent leur temps à pourrir leur tranquillité dans les transports, à cambrioler leurs maisons, à casser leurs voitures. Et, en prime, à violer leurs filles. Il était temps qu'un nouveau De Gaulle sorte du bois, se dresse, tape du poing sur la table, fasse preuve d'autorité pour remettre de l'ordre et de la discipline dans toutes ces foutues zones de non-droit où le désordre et l'anarchie règnent en maître, comme dans* Mad Max. *Historiquement, la France, c'est une terre de combat avant d'être une terre de commerce. "La France fut faite à coups d'épée", disait le général. Tu le sais aussi bien que moi. C'est dans son ADN.*

– Son ADN, c'est plutôt les droits de l'homme, il me semble…

– Qu'est-ce que tu racontes ? Ne joue pas ta drag queen. *Les droits de l'homme, ce n'est qu'un costume, pas l'identité de la France. L'identité de la France, c'est la guerre, la virilité. La virilité royale ! Et ce, depuis Clovis. Plus tu seras ferme, impitoyable envers les parasites de la paix hexagonale, plus tu seras apprécié, aimé, adulé. Et même divinisé. Les* goyim *adorent ça, transformer celui qu'ils*

jugent supérieur en dieu devant lequel ils se prosterneront avec passion. Jacquot est trop mou, il a connu une enfance trop douce et sa femme, Bernadette, lui a un peu coupé les couilles. Quant à son héritier, Dominique, il fait trop attention à sa mèche pour se soucier de l'ordre. Il préfère baiser les mains des princesses d'Europe, plutôt que de serrer les mains des policiers qui sont sur le terrain. Lesquels policiers ont besoin d'un homme à poigne, d'un homme comme toi qui as dû endurer les pires humiliations durant ton enfance, qui as dû combattre la fatalité. Qui a donc des corones et de la vengeance à revendre. Tu te souviens du costume de superman que tu avais vaillamment porté lors de l'attaque de l'homme-bombe dans ton fief de Neuilly ? Tu y étais apparu en véritable héros. Ta petite taille a cédé sa place à ton grand courage, tu t'en souviens ?

– Comment oublier ce moment ?

– Eh bien, je vais te donner l'occasion d'apparaître, une nouvelle fois, en héros. Pas comme le héros d'une ville, mais comme celui d'un pays. Tu as été un grand maire. Grâce aux racailles, tu seras un grand ministre. Présidentiable à souhait !

– J'aimerais bien voir ça…

– Fais ce que je te dis et tu me remercieras. Ouvre bien tes oreilles : devant les journalistes, tu devras être le bouclier des forces de l'ordre.

– C'est-à-dire ?

– *Les deux jeunes qui sont morts, tu vas les présenter comme des délinquants qui ont cherché à se soustraire à un contrôle de police. Tu laisseras ainsi entendre que la société-civilisée s'est débarrassée de deux racailles, de deux microbes.*

– Tu me demandes de faire de la politique sur des cadavres d'enfants ?

– *Arrête, tu vas me faire pleurer. Ce ne sont pas tes gosses. Pas de sensiblerie entre nous, ça ne te ressemble pas. Tu n'as pas le visage de l'empathie. Et puis, tu sais pertinemment que ces deux microbes n'étaient que des bons à rien, comme tout ce qui sort des HLM-arabo-négroïsés. Pourris jusqu'à la moelle. Les chiffres ne mentent pas, les délinquants analphabètes adeptes des casquettes à l'envers vont finir leur crise d'adolescence là où ils méritent d'atterrir : dans la poubelle sociale. Au trou. Non pas à l'ombre du show business comme aimait à le dire ton ami Aznavour, plutôt à l'ombre de la civilisation. Sauf ceux qui savent taper dans un ballon ou courir comme des flèches. Aujourd'hui, il y a deux morts accidentelles, il ne faudrait pas que l'opinion publique et internationale, dominée par ces putains de ménagères, pense que la police a le sang des victimes sur les mains. La meilleure défense étant l'attaque, tu dois dégainer et tirer le premier, façon Lucky Luke. Tu dois être le premier à lancer les accusations, histoire de faire basculer d'emblée l'opinion de ton côté.*

– Mais ça va mettre le feu aux poudres, comme à chaque fois qu'il y a un mort où la police est mise en cause.

– *Exactement ! Des émeutes vont secouer le pays, la peur va gagner tous les foyers de mes braves* goyim. *Mais le plus important, le ras-le-bol sera général. En tant que ministre de l'Intérieur, superman de la Nation, tu vas éteindre les flammes de cette révolte et en profiter pour exprimer, la main sur le cœur, ta compassion à l'égard des…*

– Des parents des victimes ?

– *Qu'est-ce que tu racontes ? Tu le fais exprès. Tu vas exprimer ta compassion à l'égard des pauvres citoyens, ta fameuse France qui se lève tôt, ceux qui ont vu leur véhicule partir en fumée. Sois sans crainte, des milliers de voitures vont y passer. Tel un Néron-des-temps-modernes, tu vas regarder le pays brûler, se faire dévorer par les flammes de la haine-immigrée. Et tu vas insuffler l'élan de sa reconstruction au nez et au menton de Jean-Marie.*

– T'exagères pas un chouia, là ? Il est sympa ton scénario ; mais ces jeunes émeutiers de banlieue ont beau avoir été biberonnés au rejet de la France, ils sont loin de pouvoir occasionner de véritables destructions.

– Décidément, il faut tout t'expliquer. Tu te fourres le doigt dans l'œil jusqu'au coude si tu crois que ces racailles qui gangrènent la banlieue rejettent simplement la France. Elles ne la rejettent pas : elles la haïssent ! "Que la nation brûle sous mes lyrics", "J'suis là où règne la haine car saigne l'Afrique", a chanté l'un de leurs porte-parole les plus influents, un certain Booba.

– C'est qui celui-là ?

– L'idole des racailles, le Johnny Hallyday de la jeunesse-HLM. Même tes garçons connaissent sa musique et en raffolent. Chaque écoute est pour eux un shoot de virilité. Quant aux destructions dont je te parle, elles ne sont pas matérielles mais visuelles. Je te parle de ce qui surplombe la réalité.

– Quoi, le cosmos ? Dieu ?

– Ne raconte pas de bêtises. Je te parle de l'i-ma-gi-nai-re.

– L'imaginaire ?

– Ce que tu peux être laid quand tu tires cette tronche d'incrédule. Oui, l'imaginaire. Dans le jeu politique, c'est là où tout se joue. Diriger les masses, c'est diriger leur imaginaire. Filmée sous le bon angle, une voiture en feu dévorée par de grosses flammes donne l'impression, à la ménagère accrochée à son téléviseur et caressant son chat gavé de Whiskas, que les flammes s'apprêtent à s'étendre sur le bâtiment qui jouxte la scène. Je me répète, car la

répétition est parfois un déboucheur d'oreille : c'est l'imagination qui gouverne le monde. Et si cet idiot de George W. l'a compris et en a fait bon usage, tu devrais y arriver sans trop de difficulté, nian nian nian.

– Tu associes le verbe comprendre avec le nom de George W. ? Il fallait oser. Dis plutôt ses conseillers. Lui n'est bon qu'à éviter des babouches quand elles lui foncent dessus. Par ailleurs, tu n'as pas besoin de m'insulter.

– *Je t'ai connu moins susceptible. Maintenant que tu as le mode d'emploi, va prendre un petit remontant et* just do it!, *comme disent tes amis de Manhattan. Pense à la France qui a besoin d'être rassurée. Pense à Cécilia qui a besoin d'être impressionnée pour aimer. Et pour te sucer comme tu le mérites. Nian nian nian. Tire pas cette tronche, où est passé ton sens de l'humour ? Te prendrais-tu déjà pour le président de la République ?*

– Si tu pouvais laisser ma tendre Cécilia en dehors de ça… Je n'ai nul besoin de tes conseils pour atteindre l'objectif que je me suis fixé il y a plus de trente ans. Je suis le seul capitaine à bord du bateau de ma destinée.

– *Tu as sans doute raison. Vous, les humains, à plus forte raison vous les mâles, croyez dur comme fer en votre libre-arbitre. Soit. Sauf qu'un capitaine, tout autoritaire, déterminé et expérimenté qu'il soit, ne peut rien sans une boussole. Et, grâce à ton cher papa empereur-de-l'humiliation-permanente-et-perverse, ta boussole à toi, c'est la haine. Celle qui passera par la vengeance. Tu le sais, je le sais. Une fois élu président de la République, tu pourras appeler ton père et lui dire "Merci papa!" Nian nian nian!»*

Chapitre 4

–Tu sais bien, Olivier, qu'avec le RER D, c'est toujours la même histoire : à chaque fois que t'es pressé, il prend son temps et le tien en otage.

– Que tu sois pressé ou pas, Fred, ce RER traite tout le monde de la même manière. L'impuissance est démocratique.

– Il loge tout le monde à la même enseigne.

– Pardon, monsieur-l'académicien, excusez mon amnésie. J'ai trop tendance à oublier que Blondin-le-dealer-du-ghetto-qui-fumait-de-la-beuh-pure s'était miraculeusement transformé en Frédéric-l'étudiant-de-la-Sorbonne-qui-lit-des-livres !

– Rien à voir.

– J'rigole, il faut bien détendre l'atmosphère avant d'arriver au tribunal. Je voulais dire que le RER, ce n'est ni Pôle emploi, ni une boîte de nuit, il n'y a pas de place pour la discrimination, on est tous dans le même bateau.

– Dans le même train, plutôt.

– C'est ça. En cas de galère, on est tous touchés, riches ou pauvres, pas comme dans le Titanic. Dès lors que t'es assis dans un de ses wagons, tu ne peux pas esquiver sa loi, il roule comme il veut, quand il veut. Et s'il dér…

– Dis plutôt quand il peut. Si ce n'est pas une panne, c'est un suicide sur les voies. Si ce n'est pas un suicide, c'est une alarme, une grève, une bagarre entre bandes du ghetto… À se demander si le RER D ne sert pas d'instrument de vengeance.

– Qu'est-ce que tu racontes, monsieur-je-dégaine-des-mots-à-quatre-syllabes-dans-un-RER-D ? T'as fumé ce matin ? Quelle vengeance ?

– J'en parlais récemment avec Pat. Regarde qui sont les conducteurs de train et qui sont les passagers. Regarde bien, frère, au menu des gares où le train marque l'arrêt, il n'y a pas de Vincennes, de Charles de Gaulle-Étoile, de Versailles, d'Arpajon. Non, sur la ligne D, il n'y a que des Grigny, Sarcelles, Évry, Corbeil, Saint-Denis. En gros, la jungle ! Que les villes les plus *hardcore* d'Île-de-France, où personne ne veut habiter, où ceux qui ont le malheur d'assumer ce fardeau rêvent de déménager tellement la civilisation y est enfermée dans des caves qui empestent la pisse et où elle est réduite au statut d'esclave sexuelle qui n'a pas son mot à dire, qui n'a que sa faiblesse à offrir au sentiment d'impunité. Sur cette ligne-de-l'incivilité-de-l'insécurité-et-de-la-sauvagerie-sans-freins-ni-limites, il manque juste Mantes-la-Jolie et Chanteloup-les-Vignes pour avoir la *dream team* des quartiers-coupe-gorge, le paradis des quartiers-Mad-Max. Des zones de non-droit qui mettent toute leur énergie à semer le chaos, à danser avec l'hyper-impulsivité et à foutre le zbeul, comme on disait à l'époque, partout où ils passent. Souviens-toi, on faisait tout ce qu'on voulait dans le train, tout ce qu'on ne se serait jamais permis de faire chez nous : on enfumait les wagons de cannabis, on mettait les pieds sur les sièges, on écoutait la musique fort, on jetait nos emballages de Big Mac ou de grec par terre. Et le premier passager qui osait ouvrir la bouche, on le démarrait direct, on lui faisait regretter son audace paternaliste, il n'avait plus qu'à rechercher ses dents sur le sol entre les culs de joint et une flaque de sang.

– Frère, depuis quand tu t'appelles "on" ?

– Pardon ?

– Inutile de tirer cette tronche. C'est pas comme si j'avais dit que la Terre était plate ou que Sarkozy avait des origines camerounaises. Ma question est plus que légitime. Tu dis "on" alors que c'était surtout toi. C'était toi le violent de la bande. Nous, nous n'étions que des illusionnistes-de-la-violence. C'est pour ça que tu es le seul à avoir goûté au repas de Fleury.

– C’est pas faux, j’étais un sacré chien enragé. En même temps, comme dit Booba, comment ne pas être un chien quand la vie est une chienne ?

– Si je te comprends bien, les conducteurs pourraient être impliqués dans les dysfonctionnements du RER ?

– C’est l’explication la plus logique, si j’exclus celle du pur hasard. Je n’en ai pas la preuve. Il faut voir comment les contrôleurs-aux-yeux-bleus s’adressent à nos mères ou à nos tontons qui osent prendre le RER sans ticket. On a le sentiment qu’ils s’adressent à des chiens. Or, comme tu le sais, les actes sont bien souvent le prolongement des mots, au même titre que la bouche de Déborah était le prolongement de ma queue.

– Déborah, ce que j’aurais aimé découvrir ses talents culinaires. Chaque fois que t’en parles, tu me donnes l’impression que sa bouche est un pot de miel.

– C’est mieux que ça. Et parce que c’est mieux, c’est pire !

– Comment ça ?

– Quand une chose est trop bonne, elle devient mauvaise pour celui qui la savoure : gagné par la démesure du plaisir, il perd sa liberté plus connue sous le nom d’addiction ! Et avec Déborah, c’est la vraie, la pure addiction. Une fois que tu trempes ta queue dans sa bouche-de-douce-soumise-à-la-voix-divinement-coquine, tu es pris au piège. Tu es cuit. Les portes de la prison charnelle se referment derrière toi. Ta liberté de mâle-dominant-sans-attache n'est plus qu'un souvenir accroché au mur moite de ta mémoire. N'étant plus maître de ta queue, tu n'es plus maître de tes pas. C'est terrible. J'ai tenté de quitter Débo, ou plus précisément, ma tête a tenté de la quitter. À chaque fois, hélas, mon corps en a décidé autrement.

– Arrête, tu vas me faire pleurer ! Le type se plaint de se faire lustrer le gland à l'œil, par une fusée que des milliardaires paieraient pour pouvoir la contempler autour d'un plat en porcelaine garni de caviar.

– "Lustrer", "contempler", "garni" : de toute évidence, je ne suis pas le seul qui se trouve sur le chemin de l'Académie française.

– Qui dort avec les chiens se réveille avec les puces, n'est-ce pas ? C'est toi qui me l'as appris…

– Il y a pire puces que le vocabulaire soutenu. Je dirais plutôt : qui dort avec les lions se réveille avec une crinière. Malgré tout, bien sûr que je me plains ! À chacun ses problèmes. Les milliardaires ont les leurs, les SDF et les éjaculateurs précoces ont les leurs. Moi, j'ai les miens. La bouche de Déborah en fait partie et c'est insupportable à vivre. Dès que ma queue voit sa bouche, mon cerveau s'éteint net, frappé par un court-circuit. Je commence à transpirer de désir. La pulsion s'empare de moi, à l'image d'un putain de bonobo qui aurait avalé dix pilules de viagra. Et elle le sait. Sauf qu'elle ne m'aura plus. Dieu finira par m'offrir une autre Déborah qui viendra me libérer de ses pipes magiques.

– C'est rhlam, ce que tu dis. Associer Dieu à tout ça, tu ne devrais pas.

– Ça y est, monsieur-La-Mecque a parlé ! C'est écrit où que Dieu n'aime pas la baise ? Je suis sûr qu'il préfère la baise à la boxe !

– Alors pourquoi, quand on n'éprouve pas de sentiment pour une fille, ressentons-nous autant de dégoût pour elle, sitôt après avoir répandu une partie de notre descendance ? Hein, pourquoi ? Si Dieu aime la baise, pourquoi nous a-t-il conçus comme ça ? Après avoir savouré un bon gâteau, on ne ressent pas de dégoût, à moins d'en avoir trop mangé.

– Là, frérot, tu me poses une sacrée colle. Une colle qui me poursuit depuis longtemps. Dans l'intimité de ma conscience, elle m'a toujours perturbé. Au point que je me croyais anormal.

– Non, c'est propre aux hommes. Le mathématicien de la Sorbonne que tu es va me demander si j'ai interrogé tous les hommes du monde.

– Tu me connais bien, espèce de zoukeur-de-Pointe-à-Pitre ! On n'est pas frères d'armes pour rien. T'as raison, cette question mériterait à elle seule que le temps s'arrête, que l'horloge de Wall Street se fige et que toute la conscience mondiale s'y consacre pleinement. Pleinement ! Pourquoi l'homme est-il envahi par un dégoût vertigineux qui, pendant cinq minutes, lui fait violemment regretter la moindre minute, que dis-je, la moindre seconde passée avec celle qu'il vient pourtant d'embrasser goulument et dont il vient de saccager le vagin ? Je me demande si un philosophe s'est déjà penché sur la question. Ou un rabbin ?

– Mon imam m'a donné la réponse.

– Dis plutôt qu'il t'a donné une réponse.

– C'est ça le problème avec vous, les Juifs : vous n'aimez la vérité que si vous la validez vous-mêmes. Nous les musulmans, quand la vérité se présente devant nous, on baisse la tête avec humilité et on essaie de la comprendre sans la remettre en question.

– Ce n'est pas une affaire de validation. Tu parles comme si nous avions un tampon et que la vérité était un passeport. C'est une affaire de vérification. Qui te dit que la vérité qui se présente devant toi n'est pas une usurpatrice? Comment savoir si elle est ce qu'elle prétend être? Dans le judaïsme, Dieu est d'abord-et-surtout le Dieu-de-la-Logique, le Dieu-du-verbe-systémique. La vérité, pour être ce qu'elle est, pour être vraie, c'est-à-dire pour que les mots qui la décrivent correspondent à la réalité-matérielle-ou-immatérielle, elle doit se prouver, s'éprouver et se vérifier. Sinon, c'est une croyance, rien qu'une croyance. Une opinion. Au milieu d'autres opinions. Un point de vue relatif et, à cet égard, elle ne mérite pas de porter le nom de vérité. Alors, quelle est la réponse de ton imam ?

– Il dit que, quand l'homme-pas-amoureux vient de finir de faire ce qu'il croyait devoir faire entre des cuisses-naïves-ou-faussement-naïves, le diable quitte son corps.

– Le diable quitte son corps ?

– Exactement ! Il quitte ton corps et te laisse seul avec ta lucidité-retrouvée. Et là, en plus d'être gagné par le dégoût, tu y vois clair, tu réalises l'absurdité, le non-sens de la scène que tu viens de vivre, tu mesures à quel point tu n'es qu'un animal. Pour quoi au final ? Dans quel but ? Faire des va-et-vient-mécaniques, avec un bout de ton corps dans un trou-aussi-chaleureux-qu'un-plat-de-nouilles, pour ensuite pouvoir dire à tes amis "elle, je l'ai fourrée" d'une voix remplie de vanité ?

– Regarde comment la dame est choquée. Elle n'a pas raté une miette de notre conversation, on dirait. N'est-ce pas, chère madame ?

– Non, rassurez-vous, je n'ai entendu que la fin. Cela m'a suffi. Si je puis me permettre, ce que vous dites est inacceptable, pour ne pas dire odieux : vous n'avez aucun respect pour la femme. Vous devriez avoir honte !

– Auriez-vous la gentillesse, chère madame, de nous expliquer en quoi poser un diagnostic nous rendrait complice d'une maladie ?

– Vous plaisantez, j'espère ? À vous écouter, la femme, c'est de la chair, rien que de la chair. Vous en parlez comme si elle se résumait à une paire de seins, une bouche et un vagin.

– Vous oubliez les fesses, madame. Un oubli des plus fâcheux ! Les fesses, les vraies, les belles-fesses-rebondies, c'est notre chapelle Sixtine, c'est sacré, chère madame.

– Vous êtes répugnant. À cause de gens comme vous – avec des propos qui chosifient la femme, lui retirent son humanité, la réduisent à l'état de viande –, les hommes se croient tout permis avec les femmes. C'est à cause de gens comme vous qu'il y a autant de viols.

– Je suis un violeur ? Vous voyez en nous les deux petits frères de Guy Georges, c'est ça ?

– Ne me faites pas dire ce que je n'ai pas dit. Sachez néanmoins que les violeurs qui, en France, sévissent toutes les neuf minutes, pensent exactement comme vous, ils tiennent le même discours. J'ignore si vous en avez conscience, mais vous n'êtes que des prédateurs. Quand vous regardez une femme, vous voyez une proie. Vous devriez avoir honte. Je me demande ce que vos mères, et peut-être vos sœurs, penseraient si elles vous entendaient parler comme ça des femmes. Je suis sûre qu'elles auraient honte, qu'elles regretteraient de ne pas avoir…

– De ne pas avoir, quoi ?

– Rien…

– Voilà la France dans toute sa splendeur ! Ça convoque le principe d'honnêteté pour donner des leçons de morale sans autre fondement que celui de l'âge, mais ça n'ose pas dire en face le fond de sa pensée. L'audace a ses limites tout de même. Il serait regrettable de l'oublier, n'est-ce pas, chère madame ?

– Absolument ! Je suis française et fière de l'être. Garder pour soi certaines pensées, ça s'appelle avoir de la retenue. La bouche est un robinet, que l'on doit pouvoir ouvrir et fermer à notre guise. Tenez-le-vous pour dit, jeunes hommes. Ce serait un véritable gâchis de ne pas faire l'effort d'assimiler nos codes.

– Merci, madame la Française-et-fière-de-l'être, pour cette précieuse leçon de savoir-vivre, que nous recevons, soyez-en certaine, comme un cadeau de Noël avant l'heure. Elle va, à n'en pas douter, changer le cours de notre vie. Grâce à vous, nous allons enfin connaître les joies de la civilisation. La vraie. Nous allons enfin faire partie de la grande famille des gens civilisés.

– Ah, nous voilà arrivés à Châtelet. Nous allons devoir vous quitter, chère madame Catharsis, non sans un profond regret, comme vous pouvez vous en douter. Aussi je vous souhaite une excellente après-midi et je vous fais la promesse que nous ne violerons personne. En tout cas pas aujourd'hui.

– Fred, je ne sais pas comment tu fais pour garder ton calme et ton sourire avec ces gens-là. Perso, j'en peux plus de leur air supérieur. Cette dame, je n'avais qu'une envie : lui cracher un gros mollard dans sa face de secrétaire-mal-baisée, comme ces sales fromages-blancs-périmés prennent un malin plaisir à nous cracher leur mépris au visage, à cause d'une langue qui est la leur et qu'ils maîtrisent forcément mieux que nous.

– Si tu t'étais laissé aller à lui cracher un mollard, tu lui aurais donné raison. Et nos mères, nos tantines et nos tontons en auraient sûrement fait les frais dans l'hypothèse où, avec son attitude de donneuse de leçon, elle travaillerait à la préfecture.

– Tu crois que sans mon mollard, elle ne fait pas déjà la misère aux nôtres dès qu'elle en a l'occasion ? Ça la fait jouir, ça se voit. Même Ray Charles l'aurait vu. Se sentir supérieure aux Nègres grâce aux codes du savoir-vivre, quelle farce ! Son savoir-vivre, elle peut se le mettre où je pense. Eh ! La ligne 4, c'est pas plutôt par là ?

– Si, si, mais j'ai donné rendez-vous devant la Fnac à d'autres frères.

– C'est quoi le projet ? Faire une descente au tribunal en mode on débarque en équipe, comme à la belle époque ?

– Le bon vieux temps de l'éloquence-par-les-poings, il a fait son temps. Sur le savoir-vivre, je te rejoins. S'il n'est pas le cercueil de la sauvagerie, c'est son anesthésiant. Et en banlieue, on ne maîtrise pas cet anesthésiant. Résultat : une micro bousculade dans un bus, un regard mal interprété et hop ! c'est la guerre. Une guerre qui parfois ne s'arrête jamais. Vivre constamment sous les ordres de la testostérone dans une atmosphère de violence, c'est pas une vie. C'est une longue mort. Notre baronne-du-RER-D n'avait pas tort sur un point : être civilisé, c'est faire preuve de retenue, de civilité.

– La civilité ? Je connaissais le civisme, pas la civilité.

– Je te rassure, j'ai découvert le mot récemment avec Maud, une douce de la fac, une blonde-armée-d'un-fessier-stratosphériquement-Black. Elle regrettait que la civilité se perde aujourd'hui comme les eaux d'une femme enceinte. Pour résumer, là où il y a de la vulgarité, il n'y a pas de civilité. Et là où il n'y a pas de civilité, le vivre-ensemble est en péril.

– Si je saisis bien, être civilisé, ça a moins à voir avec le civisme, comme le fait de voter, qu'avec la civilité, comme le fait d'être poli.

– C'est ça, réussir à maintenir endormi le barbare qui sommeille en nous et qui, au détour d'un conflit, se réveille. Ai-je eu besoin de lui balancer des insultes à madame-la-baronne-de-la-catharsis ?

– Non, c'est sûr ! Elle s'est dit que pour un Nègre, tu t'en sortais pas mal. Je l'ai lu dans ses yeux. Elle ne t'a pas vu comme quelqu'un de respectable mais comme un singe savant que sa civilisation a bien dressé. Que tu sois habillé en jogging, en baggy ou en costume trois pièces, pour les gens comme elle, tu restes un singe. Et encore, ici, ils se retiennent un peu, ils camouflent leur suffisance. Chez moi, en Guadeloupe, c'est au Blanc, je veux dire au Béké, qui se montrera le plus suffisant, le plus hautain à l'égard des misérables-cueilleurs-de-canne-à-sucre-que-les-Nègres-sont-censés-être-et-rester. Ainsi va la tradition locale. Ça coule dans les veines de la mentalité française, ce ne sont pas quelques petites joutes verbales dans un wagon de RER qui y changeront quelque chose. Franchement, je me demande comment tu fais pour supporter.

– Comment je fais ? Chaque matin, après avoir remercié le Divin de me maintenir en bonne santé, je me répète que pour ne pas être pris de haut, je dois être à la hauteur. Du coup, plutôt que de reprocher à tel ou tel d'adopter un air supérieur, je m'efforce de me maintenir encore plus haut, tel un aigle royal. Cependant je reconnais que ce n'est pas toujours facile de garder ses nerfs dans le congélateur de son âme.

– En tout cas, ça a de la gueule de te voir répondre du tac au tac à une laitue desséchée. Moi, je préfère plier bagages et aller m'installer en Égypte. Là-bas, les discussions ne sont pas un sport de combat diplomatique mais des ponts entre les uns et les autres.

– Tu penses que Le Caire, c'est la terre-promise-sponsorisée-par-Benetton, que sur place, le sentiment de fraternité transcende les couleurs ? Que le racisme n'existe pas, que les Arabes ne se croient pas supérieurs aux Noirs, aux Karlouches, comme ils disent ? Et quand on y réfléchit bien, ce comportement n'a rien d'étonnant.

– C'est-à-dire ?

– À force de rappeler matin, midi et soir que du sang d'esclave coule dans nos veines, les autres ne nous voient pas, ne peuvent pas nous voir autrement que comme des descendants d'esclaves. Et donc comme des esclaves en puissance ayant pour seule vocation de servir-la-tête-baissée en balayant, en vidant les poubelles, en rendant la monnaie au McDo, en livrant des pizzas, en se tenant debout à l'entrée des magasins, en gardant les enfants-parfois-turbulents des cadres dynamiques. Et en changeant les couches de leurs grands-parents abandonnés en maisons de retraite. Tu crois que le regard extérieur sera différent là-bas de celui qui nous enveloppe ici ?

– À mon avis, ça ne peut pas être pire qu'ici. C'est en terre d'islam que Malcolm X a vécu la vraie fraternité entre les humains de différentes couleurs. C'est en France, terre judéo-chrétienne, qu'il s'est vu refuser l'entrée sur le territoire, comme s'il était le dernier des pestiférés. Hitler, lui, a foulé le sol de Paris, pas Malcolm X.

– T'es sérieux ?

– C'est un frère musss qui me l'a appris.

– Tu connais des frères Blacks qui se sont exilés en Égypte ?

– Ouais.

– T'es sûr ?

– Oui, un frère… pas tout à fait Noir.

– Ça existe ça, un frère Black-pas-tout-à-fait-Noir ?

– Bien sûr, ça s'appelle un métisse.

– Rien à voir. Les métisses ne sont pas Blacks. Ils sont passe-partout, ils sont chez eux partout. Pour eux, le monde n'est qu'un immense tapis rouge. Ils dominent l'avenir du monde.

– Comment ça ?

– Toutes les filles rêvent d'avoir au moins un bébé métisse.

– Toutes ? Comme d'habitude, t'es dans l'abus.

– À peine. Il n'empêche, dans notre imaginaire, les métisses ont le monopole de la beauté.

– En même temps, c'est logique.

– Comment ça ?

– Monsieur le Juif-logique ne comprend pas pourq…

– Ah ! ça y est, pardon de te couper, j'ai compris : si Dieu a fait en sorte que les métisses soient, en moyenne, plus beaux que les non-métisses, j'ai bien dit en moyenne, cela signifie que l'humanité-unie-en-une-seule-race est plus belle que l'humanité-divisée-en-plusieurs-races.

– Exactement, c'était le sens que Michael a voulu donner à son clip *Black Or White*, où le dernier visage qui apparaît est celui d'une métisse. Et tu vois, c'est un clip musulman.

– Qu'est-ce que tu racontes ?

– La vérité. L'islam est la seule religion qui ouvre sa porte et son cœur à toutes les couleurs, qui piétine la discrimination raciale. Le christianisme a toujours été l'enfer du Noir.

– Tu es en train de me dire, comme si de rien n'était, que l'islam est le seul remède pour lutter efficacement contre le racisme ?

– Tu le dis mieux que moi ! C'est mille fois plus efficace que mille manifestations de SOS Racisme qui ne servent qu'à mendier de l'amour. L'islam crée de l'amour entre membres de la Oumma.

– As-tu reçu une bourse de l'Arabie saoudite pour diffuser ce message ? Un message qui a le mérite de réécrire l'histoire. Tu n'es pas le seul à t'intéresser à l'islam. Je m'y intéresse aussi, certes moins que toi, mais suffisamment pour savoir que l'esclavage des Noirs est né sur un tapis de prière, bien avant d'être adopté par le christianisme.

– Sauf que seuls les Noirs non musulmans étaient réduits en esclavage, et uniquement pour des raisons économiques. Les musulmans noirs étaient libres. La preuve, le premier muezzin de l'islam était un Noir, ancien esclave, du nom de Bilal. Je te pose la question : qui est le Bilal juif ? Qui est le Bilal chrétien ? Je te laisse cogiter pendant un an. Pendant dix ans même, s'il le faut ! Tu en trouveras autant qu'il y a de flics français derrière les barreaux pour avoir commis une bavure policière. Aucun ! Tiens, voilà tes frères juifs.

– Salut les frères ! Je commençais à me demander si vous n'alliez pas me faire faux bon.

– Impossible, Fred ! Même si mon rabbin me l'avait interdit, je serais venu !

– Vous vous souvenez de mon ami Olivier ? Olivier, tu te souviens de Yossi, John et Yohann ?

– Évidemment ! Comment vas-tu ? Tes études de L.E.A, ça se passe bien ?

– Yossi, tu te souviens que j'étudie les langues étrangères ? T'as une bonne mémoire.

– Disons que j'ai une mémoire sélective. Je me souviens plus facilement des études de ceux que je rencontre que de leur prénom. C'est culturel, chez nous, il n'y en a que pour les études.

– En gros, tu te souviens plus facilement de ce que les gens font que de ce qu'ils sont ?

– C'est à peu près ça. En tout cas, tu n'es pas l'ami de cet olibrius pour rien. Fred, tu l'as contaminé à la philo lui aussi ? Être ou ne pas être, telle est la question ?

– Être, c'est faire !

– John, tu m'enlèves les mots de la bouche. Et j'ajoute que le bien-être, c'est faire le Bien !

– Encore faut-il bien le faire, le Bien.

– Cette précision, Yohann, vaut de l'or. En effet, comment savoir qu'on fait le Bien quand on croit le faire ? Hitler croyait bien fai…

– Bon, bon, messieurs les yeshivistes-de-tous-poils, ces questions méritent d'être épluchées au scalpel, cela ne fait aucun doute. Sauf que le temps me met la pression. Je vous propose de prendre la direction du tribunal d'un pas pressant.

– Déstresse, frérot. Tu es attendu au tribunal, pas au Golgotha !

– Encore moins au purgatoire.

– Vous avez raison. Le tribunal, ce n'est ni le Golgotha, ni le purgatoire. Ce n'est pas non plus le Buddha Bar ! Or, l'heure tourne et je ne peux pas me permettre d'arriver en retard à mon jugement. Sur le chemin, vous aurez le droit de parler philo, histoire, culture. Tant que vous n'abordez pas le conflit israélo-palestinien.

– Comment ça ? Toi, Fred, le drogué-des-débats-en-tout-genre, tu te poses en censeur ?

– Moi, un censeur ? Laisse-moi rire. J'ai juste en tête l'incroyable punchline d'un des plus grands rappeurs de l'histoire du rap français, Ali, l'ancien binôme de Booba : “Salam et shalom, la même, mais prononcé en décalage, ça devient Uzi opposé à Kalash.” Or j'aimerais bien arriver au tribunal sans être aspergé par la guerre des Six Jours ou par l'intifada.

– Une langue censée appartenir à chaque enfant de la République mais que, curieusement et inexplicablement, l'école n'enseigne pas, ainsi qu'un ancien ministre de l'éducation, Jean Zay, s'en était alarmé. C'est pourquoi, madame le juge, et je m'arrêterai là-dessus, je souhaiterais, si toutefois la cour m'en donne l'autorisation, vous lire un texte que j'ai pris le soin de rédiger, juste avant d'être appelé à la barre. « Ouh là là, je suis chaud bouillant ! Quelle tirade je viens de balancer. Merci, Divin, de m'injecter l'inspiration qu'il faut quand il faut ! Tu ne me laisses jamais tomber. Il me reste à finir en beauté, par un shoot décisif. Regarde comment je l'ai mise K.-O. sur son propre terrain, cette fichue procureure. Arrivée avec le menton-haut-sculpté-par-la-fierté, elle ne parvient même plus à lever la tête tant l'humiliation lui alourdit le visage. La honte l'accable. Se permettre de parler de mon padre ! Cette sale truie, j'en donnerais ma main à couper, ne s'est jamais fait baiser comme il se doit, elle n'a jamais goûté à un autoritaire-coup-de-reins-nucléaire. Et elle croyait pouvoir me sodomiser comme les autres. À l'instar d'une jeune-pucelle-à-peine-majeure qui s'est fait baiser par Mandingo, elle n'est pas près de m'oublier. »

– Ce n'est pas tous les jours que se présente à la barre un jeune, vêtu d'un costume et qui, c'est à noter, fait l'effort de s'exprimer correctement. Nonobstant le brin d'arrogance qui suinte de vos mots et que je prends le parti de mettre sur le compte de votre fougueuse jeunesse, je suis curieuse de savoir ce que vous nous avez rédigé. Je vous autorise donc, monsieur Nkamwa, à nous lire votre mot.

– Merci, madame le juge.

« Voilà une juge qui fait honneur à la République.

– Dis plutôt qu'elle fait honneur à la mémoire de la République ! Nian nian nian.

– Non ! Pas toi ! Pas maintenant. Bordel, qu'est-ce que tu viens faire là ?

– Quel sens de l'accueil ! Rassure-toi, je viens juste te mettre à la page. Tu me connais : je suis un affectif, je me désole de te voir vivre dans le passé.

– Moi, vivre dans le passé ? De quoi tu parles ?

– Je parle de ta chère et tendre République. Tu sais, celle qui t'a tendu la main à chaque fois que tu coulais, après avoir risqué de nager à contre-courant de la légalité. Je suis venu t'informer qu'elle n'est plus, qu'elle a rendu l'âme. Si tu veux mon avis, ce n'est pas trop tôt ! Elle était le corset

qui empêchait la France-impériale de respirer, de se déplacer avec aisance, tel un drone américain dans le ciel du Pakistan, sur le chemin de l'Histoire. La réalité va pouvoir reprendre ses droits ; et surtout ses devoirs ! Ceux que réclame l'esprit qui fait tourner le monde, l'esprit de conquête. Nian nian nian.

– Comment ça ? »

– Monsieur Nkamwa, auriez-vous perdu votre langue ? À moins que vous ne cherchiez à ménager votre effet ? Nous vous écoutons. Ne me faites pas regretter de vous avoir accordé du crédit.

– Pardonnez-moi, madame le juge. « Fred, reprends-toi ! N'écoute pas ce qu'il dit, il raconte n'importe quoi, il veut t'embrouiller. Comme d'habitude, il fait le malin. » Chère République, je te demande pardon ! Au nom de mes frères et sœurs du ghetto remplis de rage qui malmènent, chahutent et saccagent le vivre-ensemble que tu te donnes tant de mal à organiser, je te demande pardon. Le plus sincèrement du monde. Nous agissons sur ordre d'un monstre qui ne nous laisse aucun répit et nous dicte notre conduite : la galère. Oui, madame le juge, la galère. Fille de l'ennui et du sentiment d'injustice, elle s'avère être un monstre. Ce monstre, bien connu de certains sociologues, entre dans nos têtes, à nous enfants d'immigrés, par l'idée selon laquelle nous sommes les fruits d'un viol collectif : la colonisation. À ce titre, nous avons tous les droits. Ce monstre nous incite à ne jurer que par la vengeance, il nous convainc qu'être délinquant est le seul moyen de venger nos parents, eux que la France, du contrôleur de train au président de la République, en passant par les professeurs et les policiers, humilie chaque jour. Ce monstre nous incite à croire que l'amour des nôtres ne passera que par la haine de la France. Le résultat, vous le connaissez, vous le voyez s'entasser chaque jour sur votre bureau, vous le voyez défiler chaque jour à la barre. En évoquant ce monstre, je ne vous apprends rien. Excepté une chose : ce monstre, cause d'insécurité, est aussi à l'origine de l'autodestruction. Cette réalité, la société a tendance à l'oublier : la haine est un boomerang qui finit par se retourner contre son envoyeur. En prison, j'ai compris que seule la connaissance pouvait libérer de son emprise, seule la lecture pouvait libérer de la galère et d'une vision manichéenne du réel, et que…

– La cour a bien saisi votre message, monsieur Nkamwa. Avant d'être des coupables, les délinquants des banlieues sont de pauvres victimes qu'il faut plaindre plus que blâmer.

– Ce n'est pas exactement le sens de mon intervention, madame le juge. "Les conseils de l'ennui sont les conseils du diable", mon propos renvoie à ce proverbe…

– Monsieur Nkamwa, sachez que l'ennui est comparable à un couteau : vous pouvez vous en servir pour faire le mal, en agressant, en menaçant ou en poignardant, ou pour faire le bien, en coupant de la viande ou un gâteau d'anniversaire. Le philosophe Alain nous a légué de riches pensées au sujet de l'ennui, qu'il présente comme un puits de créativité et non, ainsi que vous tentez de le faire, comme le nid de la délinquance. Monsieur Nkamwa, apprenez à mettre votre lyrisme en accord avec le bon sens. Veuillez conclure, je vous prie !

– Je n'ai plus rien à rajouter, madame le juge. Merci de m'avoir prêté l'oreille avec attention. J'espère avoir été compris par la cour, malgré mes probables maladresses verbales.

– Très bien, allez vous rasseoir. Le verdict sera rendu cette après-midi.

« *Nian nian nian, qu'est-ce que tu croyais ? Qu'on allait écouter un Nègre comme toi ? Ce n'est pas parce que tu sais désormais un peu plus de choses que la plupart de tes frères Nègres que tu fais partie des "sachants". La juge vient de te le prouver. Tu n'es qu'une bouche folklorique remplie de vide dans laquelle se battent deux trois notions. Ferme-la, tu économiseras le peu de dignité et de crédibilité qu'il te reste.*

– Ferme-la toi-même.

– *Pauvre chou, il s'est pris pour Mandela. L'espace d'un instant, tu y as cru, hein ? Si cela peut te consoler, même Mandela a été pris pour un Nègre ! Pour rien d'autre qu'un putain-de-Nègre. Il a eu beau avoir lu en prison tous les livres des Blancs, au point de maîtriser leur langue, il a eu beau appeler de ses vœux la résilience, le pardon, la réconciliation raciale, les Blancs l'ont applaudi comme ils auraient applaudi Othello, au théâtre, avant de lui répondre qu'ils étaient d'accord, qu'ils partageaient son beau projet humaniste. Mais à une condition : qu'ils puissent garder la main sur l'économie et sur l'armée. Et que leurs nouveaux frères et sœurs nègres qui, chaque matin, viennent faire leur vaisselle et récurer leurs chiottes, continuent d'habiter loin de chez eux et de leur tranquillité. Très loin. En clair, ils se sont dit prêts à changer tant que rien ne change. Ou si peu. Nian nian nian. Toi et ton peuple de Nègres, vous ne cesserez de m'offrir des éclats de rire : vous vous obstinez à croire à cette invention verbale, l'humanisme, alors même que ceux qui en font la promotion ne lui ont accordé aucun réel crédit, ils n'ont jamais cherché à lui donner vie. Dois-je te rappeler qu'au moment où la Déclaration des droits de l'homme fut adoptée, des coups de fouet continuaient de mordre le dos des Nègres des Antilles ? Ignores-tu qu'au moment où mon brave Thomas Jefferson rédigeait sa fameuse Déclaration d'indépendance qui célèbre l'égalité entre tous les hommes, une esclave Nègre, une certaine Sally, lui servait de poupée gonflable ? L'humanisme, il faut le reconnaître, quelle invention ! Quelle mascarade surtout ! Entre nous soit dit, mon cher Fred, quel Français, quel Allemand, quel Russe peut, dans son for intérieur, se voir comme un semblable devant un Malien, un Burundais, un Sénégalais ? Quel patron du CAC 40, quel oligarque, quel prince qatari peut, dans son for intérieur, se voir comme le semblable d'un voiturier, d'un balayeur, d'un clochard ? Quel Blanc peut, dans son for intérieur, se voir uniquement comme un homme devant un Nègre ou devant un Bougnoule ? Hein ? Soyons sérieux. L'humanisme est aux adultes ce que le Père Noël est aux enfants : la marque de leur naïveté ! Vous les Nègres, vous êtes condamnés à demeurer dans une enfance éternelle. C'est votre malédiction. Vous ne connaissez tellement rien, pour la plupart d'entre vous, au monde des livres et donc au monde des adultes ; vous ne connaissez rien aux lois de la nature humaine, à mes lois. Les lois de l'inégalité et de la supériorité. Les lois de l'ego ! Les Juifs ont fini par découvrir qu'elles sont inextinguibles. Par découvrir que l'homme a vocation à rester humain. Et maintenant, on leur en veut pour avoir découvert cette vérité aux accents de fatalité-anti-humaniste. On leur en veut de ne plus croire en l'humanité. Toi, tu es encore trop nègre et pas assez juif. Un jour, peut-être, je te révélerai la teneur de ces lois. En attendant, garde la bouche fermée, le spectacle est fini. Et prie pour que le verdict de la juge ne soit pas trop sévère.* »

Chapitre 5

« CETTE ROBE n'est pas un peu osée ? J'ai envie d'être sexy sans être vulgaire. Je ne veux pas être prise pour une de ces escorts-assoiffées-de-pétrole-saoudien qui pullulent aux abords des bars des hôtels de luxe.

– *Vulgaire, nian nian nian ? Ma chérie, le terme vulgaire a principalement été inventé pour les femmes qui n'ont pas la chance d'avoir un joli corps, et leur permettre ainsi de le cacher sans nourrir le moindre regret. En traitant de vulgaires celles dont le corps a été béni par dame Nature, la horde des malchanceuses-vraies-jalouses parviennent à préserver intact leur goût de vivre comme le cocktail rhum-zouk-RSA préserve les Antilles du vent de la révolte. Nian nian nian. Enfile donc cette somptueuse robe rouge super moulante qui te rend ultra-désirable-et-donc-ultra-puissante et tu seras ce que tu dois être : la reine. Mieux, l'impératrice ! Tu n'auras plus qu'à te baisser pour choisir le chien-en-pantalon qui te plaira et qui n'aura qu'un rêve : te laper les orteils comme certains politiques rêvent de karchériser les banlieues sombres, sauf celles où leurs ados et leurs conseillers vont se ressourcer en cocaïne.*

– Un chien-en-pantalon ? C'est drôle ! Mais tu te trompes sur mon compte. Je cherche un homme, un vrai, un beau-père pour mon fils. Je ne veux pas d'un animal de compagnie. Tenir quelqu'un en laisse, lui donner des ordres et des croquettes, très peu pour moi.

– C'est mignon, elle se voile la face comme une Saoudienne. Je me demande ce que tu gagnes à te bercer d'illusions. Les hommes à l'image de celui que tu espères rencontrer n'existent qu'au cinéma. Dans la vraie vie, il n'y a que des chiens et chaque femme choisit celui qui convient le mieux à ses goûts. Une fois qu'elle l'a trouvé, elle doit s'appliquer à le dresser.

– Ah non, je te le répète, je ne veux pas dresser mon homme, je veux l'aimer et le choyer.

– Va dire ça à tes tantines antillaises, à tes sœurs qui se sont pliées en quatre pour s'occuper de leurs hommes-éternellement-adolescents. Regarde ce qu'elles sont devenues. Sans alliance à l'auriculaire, elles se baladent au marché, le porte-monnaie rempli de pièces, avec une ribambelle d'enfants-pré-rebelles dans les pattes. Où sont les hommes grâce à qui elles sont passées par la case maternité ?

– Comment veux-tu que je le sache ?

– Tu le sais très bien : derrière le cul d'une autre, plus fraîche, plus belle, plus parfumée, plus tout ! Avec un chien non domestiqué, c'est la même chanson qui tourne

en boucle. Il court derrière n'importe quel nouveau petit cul. C'est comme ça, il ne peut pas se retenir. Raison pour laquelle les laisses existent, tu es bien placée pour me comprendre.

– Désolée, mais tu fais fausse route. Moi, j'ai quitté le père de mon fils et il me court toujours après.

– Et pourquoi l'as-tu quitté ? Nous parlons bien du pervers narcissique qui a abusé de ta jeunesse en te mettant enceinte tout en maintenant ton estime personnelle sous l'eau ? Toi qui étais à peine majeure, en pleine construction, tu ne connaissais rien à la vie ; en somme, tu ne savais pas encore ce que le mot liberté voulait dire. Nous parlons bien de l'homme aux yeux de qui tu n'étais jamais suffisamment jolie, tu n'étais jamais suffisamment sage, tu n'étais jamais suffisamment chienne au lit, tu n'étais jamais…

– Comment tu sais ça, toi ?

– Ce n'est pas important. L'important, c'est que tu me fasses confiance. Je ne veux qu'une chose : ton bien !

– Tu as une drôle de façon de me le montrer…

– Pour que je puisse te le montrer, tu vas devoir suivre mes conseils à la lettre. Et le premier d'entre eux, c'est de porter cette robe-rouge-rubis !

– C'est celle que j'avais choisie.

– En bonne Antillaise que tu es, personne n'a à te dire quoi faire, c'est ça ?

– Je suis ce que je suis. Et ce que je veux être.

– *Génial, Angela Davis ! Vive le* Girl power *! Je suis ton allié, n'oublie pas. Ce soir, armée de ta robe, tu seras irrésistible ; irrésistiblement dominante. Tous les hommes présents voudront faire de toi leur déesse, leur médaille d'or olympique, leur première merveille du monde. Sois en sûre, tu auras l'embarras du choix. Nian nian nian.* »

« *Y'a pas à dire, manipuler une femme, c'est du gâteau, autrement plus facile que de manipuler un homme. Il raisonne là où elle se contente de ressentir. Il questionne, joue au plus fin, n'est pas facilement impressionnable. Tout le contraire d'elle qui est facilement impressionnable et qui se laisse séduire par l'idée de plaisir, tout en essayant de se convaincre qu'elle est le seul maître à bord. Ah, le féminisme ! J'adore cette nouvelle religion sans dieu ni maître, c'est du pain béni ! À moi d'en faire mon cheval de Troie. Nian nian nian. Je vais poursuivre mon œuvre auprès des hommes d'influence, attiser leur orgueil racial.* »

« *Laurent, mon brave Laurent !*

– Qui me parle ? Purée, je commence à entendre des voix, j'ai besoin de repos.

– *Que nenni ! Ce n'est pas le moment de penser aux joies du repos. Tu entends la seule voix à entendre en ces temps périlleux.*

– Vous êtes qui, vous ?

– *Tu le sauras tôt ou tard, un peu de patience. Même si je te dévoilais mon identité, grisé par ta carte de presse française, tu invoquerais, tel un Montaigne, ton droit au scepticisme. Tu ne me croirais pas. L'important n'est pas qui je suis mais ce que je dis. Le journaliste que tu es le sait pertinemment : la source doit rester dans l'anonymat. Nian nian nian. À propos, tu peux me tutoyer. Je suis venu te dire combien tu as vu juste, combien tu as tout compris, l'heure est grave !*

– Et que suis-je censé avoir compris ?

– *Tu es d'humeur comique. Qui mieux que toi, en qualité de journaliste spécialisé dans le fait divers, est informé de l'avancée continue d'un processus macabre : le génocide anti-Blanc ? Tu en es le témoin direct !*

– Tu parles du grand remplacement ?

– *Eh bien, voilà, je te reconnais ! Le génocide anti-Blanc, plus connu sur la place publique sous le nom de "grand remplacement", cette dénomination rentrant mieux dans le costume du politiquement-correct-post-Seconde-Guerre-mondiale. Car depuis cette méga-explosion-de-testostérone, le mot de race est décrié, conspué, pour ne pas dire banni.*

– Diabolisé, plutôt.

– Exactement, diabolisé !

– Quiconque ose prononcer le mot “race”, sans le relier à une condamnation ferme, sèche et sans appel, se retrouve, dans l’heure, sur les bancs de l’ANPE. Et l’heure d’après, sur ceux du tribunal de grande instance, en vue d’y être jugé pour incitation à la haine raciale.

– Les bienfaits de la loi Pleven, nian nian nian.

– Putain de loi Pleven ou l’art d’inverser les valeurs européennes en transformant une source de fierté en objet de honte. Pour enfoncer le clou, ils ont sorti de leur chapeau-de-la-mystification l’idée selon laquelle il n’existerait pas, en dépit de toutes les évidences, plusieurs races au sein de l’humanité, mais une seule, la race humaine. La bonne blague.

– Je ne te le fais pas dire !

– Le plus fou est qu’il suffit de se pencher sur les récentes découvertes dans le domaine de la biométrie pour mesurer à quel point ce déni tient de la vaste blague. Pour ne pas dire de la supercherie !

– Ils ont été jusqu’à pervertir la science pour tordre le cou de la vérité. Dorénavant, le regard appartient à l’idéologie cosmopolite, chaque Français est tenu de voir ce qu’il faut voir, une France Black-Blanc-Beur et non ce qu’elle est, une France blanche avec un œil au beurre noir.

– Tu as le sens de la formule, dis-moi.

– *Je te remercie comme le soleil remercie la bougie, nian nian nian.*

– Ce n'est pas l'humilité qui t'étouffe.

– *Non, ce qui m'étouffe, c'est cette police de la pensée aux allures de milice, qui a pris possession de l'espace public, comme Salma Hayek avait pris possession de Quentin Tarantino dans* Une nuit en enfer. *Cette police mène la guerre à la vérité du vécu-multiculturaliste sous prétexte que cette vérité ne cadre pas avec les publicités de Benetton. Il suffit pourtant d'emprunter la ligne 4 du métro, de descendre à Saint-Germain-des-Prés, de s'y balader un peu avec l'âme et la curiosité d'un touriste, de manger dans un des restaurants qui font son charme, de reprendre le métro direction porte de Clignancourt, et de descendre à Château Rouge pour se rendre compte de cette évidence : les races existent. Autant que les saisons. Autant que les espèces animales. Autant que les marques de voiture. Malgré cette implacable vérité, on en trouve, parmi les personnes les plus influentes, qui remettent en cause cette sacro-sainte-hiérarchie. Merci qui ?*

– Merci qui, à ton avis ?

– *Ah, ça te reprend ! Merci, les you…*

– Merci, les youpins ! Et leur putain de plan Kalergi-post-Shoah…

– Je ne me suis pas trompé, tu es bien l'homme que je suis venu chercher.

– Comment ça ?

– De grâce, mon brave Laurent, tu ne vas pas me faire croire que, face à ce génocide anti-Blanc qui tisse sa toile, tu comptes rester là, les bras ballants. Pendant que, jour après jour, heure après heure, ta race, la race blanche, sans conteste la race-supérieure-bénie-entre-toutes, est en train de mourir. Nian nian nian. Je refuse de croire que tu vas jouer la carte de la passivité, tel un mari-pétri-de-lâcheté qui, à deux mètres de lui, verrait sa femme se faire violer sans réagir autrement qu'en pleurant comme une madeleine, au motif que le crime serait commis par plusieurs malabars devant lesquels ses maigres biscottos ne font pas le poids.

– Quel lyrisme ! On dirait le Jean-Marie Le Pen des grands jours. Mais que veux-tu que je fasse ? Le courage, c'est beau. Il n'empêche que seul, il ne suffit pas. Que pourrait faire l'homme le plus courageux du monde muni de ses seuls poings face à un buffle qui lui foncerait dessus ? Quel pouvoir ai-je entre mes mains ?

– Nian nian nian. Tu vas laisser tous ces bougnoules et tous ces Nègres aller jusqu'au bout de leur entreprise de destruction de la civilisation française, sous les encouragements silencieux des youpins ? Tu ne vas pas faire comme

tes collègues gauchisés qui, du haut de leur tour d'ivoire parisienne en cristal, ne voient la France que sous les traits d'un hôtel susceptible d'accueillir tout le monde, et n'importe qui, au nom du dieu argent ? Je refuse de me résoudre à l'idée que tu vas être le complice de ce lent assassinat. Tu as une mission. Ouvre bien tes oreilles. Au lieu de parler de race ou d'essence, tu parleras de racine, d'identité, de culture, de mode de vie, de civilisation. Au lieu de parler de race blanche ou de race noire, tu recourras à une métaphore animalière en évoquant le rhinocéros et l'hippopotame. Comme le fit mon brave Charles avec l'eau et l'huile pour mentionner l'incompatibilité de la race blanche et de la race arabe. Du grand art !

– Je me souviens de sa magnifique phrase : "Les Français et les Arabes, c'est comme l'eau et l'huile, vous avez beau les mélanger, ils finiront toujours par se séparer." Tout était dit.

– Je savais que tu me comprendrais.

– C'est très malin.

– Tu ne crois pas si bien dire, malin est un de mes surnoms. Nian nian nian. Fort de ces précautions linguistiques, tu pourras lancer une véritable offensive contre ce multiculturalisme destructeur, contre cette nauséabonde idéologie du métissage, dont le seul but est de faire disparaître la race blanche. Rassemble un maximum de faits

divers dans lesquels s'illustrent les Nègres et les bougnoules, comme les youpins s'illustrent dans les affaires d'escroquerie. Ce n'est pas ce qu'il manque. Mets bien l'émotionnel sur le côté, histoire que le lecteur, forcément Blanc, puisse être saisi d'effroi et envahi par un immense dégoût. Car du dégoût moral à la haine raciale, il n'y a qu'un pas, celui de l'instinct de survie ! Cet instinct agit comme un réveil, il permet à un peuple fort et brave qui dort de sortir de son sommeil idéologique et de se protéger contre le danger qui le guette. Et tu ficèleras le tout avec un titre choc, écho à un chef-d'œuvre du cinéma.

– Lequel ?

– Orange mécanique*! Le titre de ton livre sera* La France Orange mécanique.

– *La France Orange mécanique* ! Wahouhhh, j'en perdrais presque mon latin tellement c'est génial. Ça claque ! Rien qu'à l'entendre, on a envie de courir acheter le livre et de plonger dedans à la manière d'un enfant dans un paquet de bonbons. Y'a pas à dire, t'es très malin !

– *Arrête, tu vas me faire rougir. Nian nian nian. Le temps nous manque, tu dois te mettre au travail. Maintenant. En guise d'entrée en matière, sachant que les premières pages d'un ouvrage donnent le ton et peuvent agripper le cœur du lecteur, tu vas décrire, avec force détails, un viol commis par un Nègre sur une pauvre jeune fille éduquée au multiculturalisme et qui était promise à un avenir radieux. Parmi les deux cents viols par jour, tu en trouveras bien un qui fera l'affaire, qui livrera l'allégorie du métissage-culturel-destructeur-made-in-bleu-blanc-rouge. On y verra la pauvre France blanche se faire violer, souiller, broyer par la race inférieure, la race-du-dégoût-et-du-cannibalisme, la race-du-chaînon-manquant-et-de-la-machette, la race-des-marabouts-et-des-enfants-soldats. Effet garanti, fais-moi confiance !*

– Je veux bien te croire. La guerre doit en effet se mener sur le terrain psychologique, Goebbels l'avait bien compris. J'ai néanmoins du mal à croire que mon seul livre aura le pouvoir de renverser la vapeur.

– Qui t'a dit qu'il n'y en aura pas d'autres ? Ta plume a beau être géniale, elle n'est pas la seule. Dieu merci, nian nian nian. Concentre-toi sur ta mission, aiguise ta plume, affine tes mots, ne lésine pas sur les descriptions poignantes, déverse des statistiques aussi glaçantes qu'imparables. Laisse-moi m'occuper du reste. D'autres plumes sont tapies dans des rédactions de journaux, des agences de publicité, des partis politiques, des administrations. Une véritable garde impériale ! Je vais d'ailleurs retrouver deux autres de mes plumes préférées : Éric et Alain, deux braves gars amoureux de la France et désireux, l'un comme l'autre, de

sauver la race blanche, mère de la beauté, de la bonté, de la civilité et de la science. Vive la race supérieure !»

« Voilà ce que j'adore chez le Blanc français : du haut de sa tour Eiffel, il est animé d'une telle estime personnelle, il est si fier de ce qu'il est, il ne croit tellement pas en Dieu qu'il se prend volontiers pour le dieu devant lequel l'humanité doit se soumettre. C'est mon chouchou. Il suffit de flatter son ego racial, d'y ajouter un petit coup d'effroi en brandissant une menace d'invasion et le tour est joué, il se transforme en Charles Martel. Nian nian nian, c'est presque trop facile. Je vais faire de ce pays l'épicentre de l'autodestruction de cette putain d'humanité. Tu m'entends, Toi, là-haut ! Je vais te prouver qu'elle ne vaut rien, rien du tout ! Si ce n'est de la chair à canon. »

« Tu vois, j'avais raison ! Grâce à cette robe qui met tes atouts en valeur, tout le monde a les yeux rivés sur toi, rien que sur toi. En bonnes mauvaises perdantes, les filles te fusillent du regard. Je te l'avais promis, j'ai tenu promesse. Parmi tous ces prétendants que tu as transformés en fontaines de bave, concentre-toi sur ceux qui sont du côté du carré V.I.P., eux seuls peuvent te servir. Tu y trouveras peu de bons baiseurs mais beaucoup de bons payeurs. Au stade où tu en es, tu as plus besoin de quelqu'un qui

t'aide à payer tes factures que de quelqu'un qui te donne des orgasmes, des faux espoirs et des sanglots encombrants.

– C'est qui celui-là ?

– *Lequel ?*

– Celui avec un chapeau haut de forme ? On dirait un prince tout droit sorti du palais de Buckingham. Peut-être le fils d'un ministre africain.

– *Lui, là ? Oublie-le ! Il n'existe pas. Je ne sais même pas comment il est parvenu à se retrouver ici. Je le connais : de prince, il n'a que l'allure, pas la poche. Il n'a rien de bon à t'apporter à part des dettes et des migraines. Ne te fie pas à son apparence, c'est de la poudre aux yeux. Tout ce qui brille n'est pas or.*

– Il m'a repérée, il me sourit… Quel sourire ! Oh là ! Il approche. J'espère que je suis bien coiffée… »

– Bonsoir, mademoiselle.

– Bonsoir.

– Mademoiselle ou madame ?

– Ça dépend pour qui.

– Vous avez le sens de l'adaptation. C'est pour mon ami assis là-bas, avec la veste de la même couleur que votre robe. Pour ne rien vous cacher, il y voit un signe. Mais il est trop timide pour oser venir briser la glace lui-même.

– Pardon ? Vous êtes venu me parler pour votre ami ? Et moi qui croyais avoir affaire à un gentleman. Finalement, j'ai affaire à un coursier.

– Ça dépend pour qui !

– Un coursier insolent, en plus.

– J'essaie juste de me hisser à votre niveau.

– Vous ne manquez pas de répartie. Votre ami est comme vous ?

– Personne n'est comme moi. Lui, il est mieux que moi à bien des égards. Laissez-moi vous le présenter.

– Et si je préfère vous être présentée, à vous ?

– Mais lui, il a de l'argent.

– Et vous, qu'avez-vous à part une belle gueule ?

– C'est gentil mais j'espérais que vous me diriez quelque chose que j'ignore.

– Un brin arrogant, avec ça. Alors qu'avez-vous ?

– Pas grand-chose. À part ma foi, mon dandysme, mes livres et ma plume.

– C'est justement ce que je cherche, un beau mec qui s'exprime bien et qui lit plus qu'il ne compte. Des traders, j'en ai eu ma dose. Certes, ils peuvent régler tes factures, t'offrir des bijoux, te faire voyager à travers le monde en première classe. Mais ils sont ennuyeux à mourir ! Leur bouche est un immense désert. Or je préfère la montagne au désert. J'ai besoin de m'élever comme j'ai besoin de porter des robes près du corps. Voilà pourquoi je préfère un homme cultivé avec lequel je ne m'ennuie jamais, même si c'est entre les quatre murs d'un HLM, plutôt qu'un homme riche au milieu d'un luxueux palais, mais sans aucune conversation et pour qui parler, au même titre que se maquiller ou passer l'aspirateur, c'est un truc de femme.

– Ça sent le vécu.

– Si tu savais… Oui, je préfère qu'on se tutoie. Va l'expliquer à ton ami. Trouve les mots qui ne froisseront ni son orgueil de mâle, ni votre amitié. Ensuite, reviens me voir afin de m'expliquer pourquoi tu tenais tant à me fourguer à un autre, toi qui m'as tapé dans l'œil et à qui je fais clairement de l'effet, pour ne pas dire autre chose. Je ne voudrais pas choquer les oreilles d'un dandy. Au fait, moi, c'est Lisy.

– Enchanté, Lisy. Moi, je me prénomme Frédéric.

Chapitre 6

– MAIS MONSIEUR, quelle idée de vouloir voler votre propre livre ?

– C'est précisément pour cette raison, je vous le redis, que je ne l'ai pas volé. En rentrant dans votre magasin, je l'avais en ma possession. Les autres livres, eux, je ne nie pas avoir tenté de les voler. Pas le mien. En dépit de tous les défauts qui me caractérisent, la bêtise, pour surprenant que cela puisse vous paraître, n'en fait pas partie. D'autant que là, il s'agirait d'une bêtise abyssale. Il faudrait vraiment être le dernier des demeurés pour avoir l'idée de voler son propre livre.

– Avec vous, on ne sait jamais. On en a vu des vertes et des pas mûres dans ce local sécurité.

– Excusez-moi, “avec vous”, de qui parlez-vous au juste ?

– À votre avis ? Vous allez crier au racisme, c'est ça ? Alors que vous en êtes le combustible, laissez-moi rire.

– De quel combustible parlez-vous ?

– De quel combustible je parle ? Avec tous les vols à l'étalage, les vols à l'arraché ou les bagarres que vous, les Noirs, ne cessez de commettre, vous ne pensez pas que vous alimentez le racisme plus que vous ne le subissez ? Vous ne pensez pas qu'en agissant ainsi, vous lui donnez sa légitimité ? Je vais peut-être vous l'apprendre, mais aujourd'hui les gens ne sont pas racistes par choix, et encore moins par plaisir ; ils le sont par contrainte. Presque par devoir.

– Par devoir ? Et c'est par devoir que les Noirs ont été transformés en bêtes de foire lors de l'exposition coloniale ou que les Juifs ont été envoyés à Drancy, c'est ça ?

– Quel rapport ? Je vous parle d'aujourd'hui et vous me parlez du passé que ni vous, ni moi n'avons vécu. Et quel est le rapport avec les Juifs ? Laissez-les où ils sont ceux-là. Je vous fais part de la réalité-plus-que-réelle, ressentie par chaque citoyen de la rue. Et non d'une propagande venue d'en haut. Vous ne nous laissez pas le choix. Nous, les Français, nous n'en…

– Ah, parce que vous pensez que je ne suis pas français ?

– Arrêtez un peu. Vous ne l'êtes que quand ça vous arrange. Nous, les Blancs si vous préférez, nous n'en pouvons plus. Nous en avons plus qu'assez. Vous avez trop tiré sur la corde de notre bonté chrétienne, ça va mal se terminer. On veut bien être gentils, on veut bien verser dans la repentance et trouver des excuses sociales à vos mauvais comportements. Sauf que la compréhension a des limites. Un jour, elle va disparaître et là, vous verrez de quel bois le Blanc sait se chauffer quand il se fâche.

– Vous me faites peur, j'ai en la chair de poule. Ou plutôt vous me faites rire à me parler du passé comme s'il était passé, comme si les préjugés raciaux et les discriminations ne pesaient pas dans notre quotidien.

– Faites le malin tant que vous le pouvez avec votre sourire narquois et votre air hautain de monsieur-le-savant. C'est donc à cause des préjugés que vous volez et que d'autres violent nos filles. On aura tout entendu ! Allez, monsieur le voleur, donnez-moi une pièce d'identité.

– Tenez, monsieur-de-quel-bois-je-me-chauffe.

– Non, ça, c'est une carte d'étudiant, pas une pièce d'identité. Vous ne connaissez pas la différence ?

– Pardon. Tenez, ma carte d'identité. Vous pouvez voir en moi un voleur, si cela vous chante. Aux yeux du système académique, je suis un étudiant en mathématiques et en philosophie. À ce titre, je suis probablement plus diplômé que vous.

– Wahouhhh, bravo ! Et qu'est-ce que vous voulez que cela me fasse ? Vous croyez être le seul à avoir fait des études ? Désolé de vous décevoir, mais ici personne n'est issu de votre cité HLM. Pour nous, poursuivre des études n'a rien de miraculeux.

– Ça doit vous faire tout chose de croiser la route d'un Noir voleur plus intelligent que vous. Quelle expérience ! Mieux que *Space Mountain* !

– Ça va les chevilles ? Si l'intelligence se mesurait au diplôme, ça se saurait.

– Bien sûr ! Si les riches envoient leurs enfants à Science Po ou à Harvard, c'est par souci de les rendre bêtes, cela coule de source.

– Alors, vous avez de quoi régler les livres que vous vouliez nous emprunter sans payer, monsieur le diplômé-intelligent ?

– Pas sûr.

– Je serais vous, je m'efforcerais d'en être sûr, faute de quoi, direction le commissariat. Vous verrez, ce n'est pas la Sorbonne mais vous y serez accueilli comme un prince.

– Puis-je passer un coup de fil pour demander à un ami de m'apporter la somme ? Dites-moi, à combien s'élève-t-elle ?

– Attendez. Ousmane, tiens, prends les livres et sors-moi le ticket de caisse…

– O.K., patron.

– S'il te plaît ? Vous n'allez pas me dire qu'Ousmane aussi est un voleur et que, pour cette raison, vous vous êtes abstenu d'ajouter une formule de politesse à votre demande.

– Si seulement il n'y avait que des Ousmane, que des Noirs travailleurs, respectueux et qui ne font pas de vagues, notre pays se porterait beaucoup mieux.

– Travailleurs, respectueux, qui ne font pas de vagues, quelle façon originale de dire esclave. J'applaudis ! Et je vous comprends : des esclaves-à-la-tête-baissée sont de bien meilleure compagnie que des rebelles-aux-sourcils-froncés.

– Voilà pourquoi vous autres, les Africains, vous n'êtes pas entrés dans l'Histoire comme dit Sarko : vous êtes incapables de vous serrer les coudes, de vous organiser. À la moindre occasion, vous vous sabotez, vous vous malmenez ou vous vous entretuez.

– Ah ! Parce que la Seconde Guerre mondiale, les guerres de religions, la guerre de Cent Ans ont eu lieu au Congo et au Mali ? C'est vrai qu'en matière de solidarité raciale, les Blancs sont exemplaires ! Sans vouloir vous manquer de respect, voilà typiquement ce qui arrive quand on ouvre plus la bouche que les livres. Vous devriez vous essayer à la lecture, vous verrez, c'est magique. Un parfait rempart à sa propre absurdité.

– Patron, ça fait cent six euros.

– Je te remercie, Ousmane.

– Oh, oh ! Se pourrait-il que le fils de George Wallace se soit transformé en Johnny Clegg en l'espace de quelques secondes ? Puis-je passer ce coup de fil, s'il vous plaît, monsieur Clegg ?

– Allez-y. Mais je vous préviens, un seul coup de téléphone. Dans votre liste d'amis, choisissez donc bien celui qui sera susceptible de venir vous apporter l'argent. Votre regard ne m'impressionne pas. Ici, le patron, c'est moi.

– C'est noté, patron. Allo, Jérémie, ça va ? Rassure-moi, je ne te dérange pas. J'ai un service urgent à te demander.

– Merci, frère, d'être venu me sortir de ce faux pas.

– De rien. Mais il va falloir que…

– N'aie aucune crainte, tu auras l'argent avant la fin de la semaine.

– Je n'ai aucune crainte, tu es mon frère : tes problèmes sont mes problèmes. Mais il va falloir que tu trouves une petite source de revenu, vu que, pour l'instant, sans vouloir te vexer, ta plume n'est pas juteuse, financièrement parlant, et tes amendes ont englouti le petit pactole que ton pote Olivier avait mis de côté le temps de ton séjour à Fleury. Cinq ans après ton procès incroyable dont Yohann me parle encore, tu peux difficilement incarner la renaissance, passer à la télévision, être une vitrine du dandysme et te retrouver entre deux vigiles, trois caméras de surveillance et à deux pas d'une paire de menottes.

– Tu as évidemment raison et je te remercie de te soucier de l'état de ma poche que cette salope d'Aurélie n'a cessé d'assécher. Il arrive, dans la vie, que nécessité fasse loi.

– Moyen, ton adage. Les nazis l'avaient adopté au lendemain de la conférence d'Évian.

– Direct, le point Godwin ! Tu me l'envoies en plein dans le plexus. Tu m'as pris pour Diabledonné ou quoi, wesh ? Es-tu venu me sauver de la garde à vue pour me jeter dans la Deuxième Guerre mondiale ?

– C'est en fuyant la piqûre d'une abeille que l'on tombe sur la morsure d'un chien.

– Je m'en souviendrai de celle-là. Sinon, la conférence d'Évian, dis m'en davantage.

– C'est la tragédie avant la tragédie, datant de 1938. Il s'agit du moment où l'Europe a donné l'autorisation à Hitler de faire de nous ce qu'il voulait.

– Tu veux dire que la Solution finale n'est pas sortie des entrailles de la conférence de Wannsee, en 1942, mais plutôt d'une réunion de famille qui s'est tenue à Évian ? Quatre ans avant que le top départ ne soit… ne fût donné !

– Oh ! Monsieur tente de caler des imparfaits du subjonctif dans la conversation. Le ministère de l'Éducation nationale n'est plus très loin. Hey, frère, range tes sourcils froncés. Aurais-tu oublié que le rire est une brioche que l'âme adore déguster ? Et que la colère en est le pain rassis. Elle ne nourrit pas un homme. Et quand on connaît l'histoire des Juifs en France, la fille aînée de l'Église, on ne peut pas être surpris. Comme on n'est pas surpris de voir un Kényan remporter le marathon olympique.

– En somme, nécessité ne doit pas toujours faire loi, le croire reviendrait à donner un blanc-seing à la délinquance. Dans le cas d'espèce, maître Nataf…

– Futur maître Nataf !

– Pour moi, tu l'es déjà, comme le gland est déjà un chêne. Le temps n'est qu'un détail, quand on est programmé. Je disais donc, maître Nataf, que dans le cas d'espèce, en tant qu'étudiant aux revenus désertiques et qui n'a pas la chance d'avoir à disposition une bibliothèque familiale en guise d'héritage…

– C'est quoi cette excuse, qui plus est bidon ? Il y a des bibliothèques partout. Rimbaud n'a pas eu besoin d'avoir sa bibliothèque pour devenir la plume qu'il fut.

– Tu as raison, je plaide coupable, maître. À l'instar de Victor Hugo, je veux avoir mes livres rien qu'à moi. Comme mes cravates et mes costumes. À quoi bon vivre sans posséder ? À quoi bon lire sans posséder de bibliothèque ? On n'est pas tous nés pour devenir bouddhistes ! Et puis, j'avoue : voler des livres revêt quelque chose d'épique, de romanesque. Imagine-toi, c'est l'histoire d'un jeune qui voulait tellement combattre son ignorance et fuir sa condition qu'il s'est mis à voler des livres, quand d'autres volent des voitures. Portée à l'écran, cette histoire aurait de la gueule, non ?

– Sans doute, mais je n'aimerais pas avoir à venir te voir au parloir afin de te sermonner.

– Tout de suite les grands mots. Comme si le vol de quelques livres pouvait me conduire à l'ombre. Mais je crois lire autre chose dans ton regard.

– Ah bon ? Et qu'est-ce que tu y lis ?

– Un peu de pitié. Comme si tu t'adressais à un fou qui ignore sa folie.

– Si je te prenais pour un fou, tu crois vraiment que j'aurais pris cent euros dans le portefeuille de mes parents pour te les remettre ? Il faudrait que je sois fou pour faire confiance à un fou. Je m'inquiète juste pour toi.

– Tu t'inquiètes pour moi ? On t'a dit que j'étais atteint d'un cancer de la prostate ? Ou que je m'apprêtais à me livrer à un braquage de banque ?

– Que se serait-il passé si je n'avais pas pu venir ?

– Pourquoi veux-tu que j'y pense, puisque tu es venu ? Ou plutôt puisque Dieu t'a fait venir ?

– Voilà, tu ramènes toujours tout à Dieu. Frère, c'est trop facile. Idéal pour détourner les yeux de tes responsabilités. Moi, ce qui m'inquiète, c'est qu'une telle posture t'empêche d'être prévoyant, d'avoir un plan B. Dans la vie, il faut toujours avoir au moins un plan B, ça permet de ne pas être pris par surprise, de ne pas subir l'avenir.

– Qui a décrété ça ?

– Je ne sais pas, mais cette règle d'or a fait ses preuves.

– Une règle d'or, tu dis ? Moi, j'ai en tête une règle de diamant, celle de la foi. J'ai en tête l'histoire de Job : quand le malheur vint le frapper en plein cœur sans crier gare, il ne s'est pas dit qu'il devait sûrement exister un plan B dans lequel Dieu n'aurait pas sa place. Je me souviens d'Abraham qui, au moment où, tenant fermement son seul fils dans une main, était sur le point d'accomplir l'irréparable, ne s'est pas dit qu'il avait un plan B. J'ai comme l'impression que le plan B, ce n'est pas nécessaire quand tu as la foi. Et même, en avoir un, c'est faire injure à Dieu. Comme Pascal avec son pari, qui n'a pas accordé sa confiance au Très-Haut. Au pire, si tu es dans l'erreur, le Divin se charge de te remettre dans la bonne direction, il met le plan B à ta disposition au moment opportun. C'est Mandela, je crois, qui disait que soit il gagne, soit il apprend, mais il ne perd jamais.

– J'admire ta foi. Il n'en demeure pas moins qu'en tant que Juif, je ne peux pas m'en remettre uniquement à elle. Billy Wilder non plus, il l'avait bien dit : "Les Juifs pessimistes ont fini à Hollywood et les…

– …Juifs optimistes ont fini à Auschwitz." Je la connais aussi, c'est avec cette citation que Richard…

– Richard ?

– Oui, tu sais, mon co-cellulier, mon frère-siamois-de-renaissance.

– Ah oui ! Richard.

– C'est avec cette citation qu'il m'a fait ses adieux en me conseillant l'exil, tellement il était convaincu que ma foi aurait du mal à vivre en France, paradis du pessimisme, et qu'elle serait un peu comme un poisson rouge dans une eau infestée de piranhas.

– La France, paradis du pessimisme ?

– Incontestablement ! On ne peut pas le nier, la fille aînée de l'Église s'est transformée en mère de la peur. Elle demeure malgré tout un paradis où il fait bon vivre. Ici, même un chômeur a la possibilité de déjeuner avec du Nutella et de dîner un gros steak, un confort de vie accessible aux seuls ministres dans des pays comme le Brésil, l'Inde ou le Cameroun.

– De nombreux juifs partagent les craintes de Richard.

– Dans la vie, face à l'avenir, soit on a la foi dans le cœur, soit on a la peur au ventre. Toi, c'est la peur au ventre. De ce point de vue, tu es trop Français.

– Ou trop juif. Je le reconnais, la peur ne me lâche pas. Si tu ne l'as pas, c'est parce que tu n'es pas…

– Je ne suis pas quoi ? Juif ? Je ne suis pas un vrai Juif ?

– Rien à voir ! Là c'est toi qui verses dans la parano. Tu es juif, sauf aux yeux d'un rabbin puisque tu n'es pas converti ; mais tu es d'abord Noir. Tu auras beau porter une kippa, on verra d'abord ta couleur. Ta judéité apparente sera presque anecdotique, aussi anecdotique qu'une casquette ou une calvitie. Et, en tant que Noir, tu n'as pas l'image de la victime sur le dos de laquelle tout le monde peut venir se défouler sans honte, pour tuer le temps ou en pensant œuvrer pour la bonne cause.

– Parfaitement d'accord. À une nuance près. En tant que jeune Noir, qui plus est de France, je n'ai plus l'image de la victime.

– Comment ça ?

– Il n'y a pas si longtemps, cette image de victime collait à la peau des Noirs. Par l'action des Black Dragons, des Black Panthers, du gangsta rap, cette image a disparu.

– Intéressant. Très intéressant !

– Anciens moutons apeurés, les petits Kirikous-sans-défense sont devenus des King-Kongs-aux-torses-bombés.

– Je vois. La génération JoeyStarr, celle qui préfère la boxe et le MMA aux cahiers de maths. Mais qui préfère aussi l'antisémitisme ! Martin Luther King transformé en Youssouf Fofana !

– Frère, t'exagères…

– Avant que j'oublie, donner des cours de maths, c'est toujours dans tes cordes ou je me trompe, monsieur le philosophe ?

– C'est une question ou une insulte ? Ce n'est pas parce qu'il m'arrive d'emprunter des livres à la Fnac sans les rapporter que je ne suis plus étudiant en maths.

– Te vexe pas, je me devais de te le demander, au moins pour la forme, histoire d'introduire ma proposition.

– Laquelle ?

– J'ai un ami, Nathan, qui organise des cours particuliers et il cherche des professeurs.

– Je rejoindrai son bataillon avec grand plaisir. Merci, frère. Madre mia ! Le cul qu'elle a celle-là. Regarde-moi ces deux pastèques bien sucrées qui ne demandent qu'à être croquées par un coup-de-reins-vorace. Paris finira par avoir ma peau. Trop de culs et trop de livres au kilomètre carré. Je ne sais plus où donner de la tête, encore moins où donner de la queue. Dans la vie, il faut savoir saisir le moment présent. Je ne peux pas laisser passer un cul aussi diabolique ! Attends-moi là, frère, j'en ai pour deux minutes. Ne me regarde pas comme ça, c'est un cas de force majeure. Je dois voler au secours de ce fessier qui me lance des S.O.S.

– Ton sens du sacrifice te perdra. Pour quelqu'un qui ne cesse de scander sa foi, être aussi accro aux femmes, c'est… Trop tard, je l'ai perdu. C'est dingue comment une paire de fesses peut lui faire perdre l'esprit. Sa conversion, je le crains, ce ne sera pas pour tout de suite.

– Frère, je te l'avais dit, la fraîcheur de mon dandysme l'a foudroyée. Mon sens de l'observation me trompe rarement. Le regard qu'elle m'avait jeté voulait tout dire. Les femmes ne draguent pas qu'avec leur décolleté et leur robe moulante. C'est souvent leur regard qui donne le feu vert.

– Pas toujours. Parfois, ces sales lécheuses de boules font exprès de t'ignorer, elles font mine de ne pas te calculer alors qu'elles meurent d'envie que tu viennes leur glisser deux trois disquettes façon Roméo !

– Tu me dois un verre, n'oublie pas. Toi qui croyais cette fusée inaccessible aux poches vides comme les miennes, j'espère que tu as pris des notes. Mon approche a mis dans le mille. Je lui ai fait croire que j'étais ton messager. Elle est tombée dans le panneau. Sans avoir eu besoin de lui payer un verre, que sa beauté et son parfum auraient pourtant été en droit de recevoir, j'ai bénéficié de ses avances.

– Comment ça ?

– Elle est du genre direct. Après m'avoir raconté sa vie de croqueuse de diamants, elle m'a fait comprendre que le diamant et le caviar perdaient leur saveur s'ils étaient dégustés en compagnie d'un homme inculte et qu'à l'inverse, le thon à la catalane pouvait avoir le goût du caviar s'il était dégusté en compagnie d'un homme cultivé.

– J'pense plutôt qu'elle a tellement mangé de caviar qu'elle en a perdu le goût. Le luxe ne l'impressionne plus.

– Je suis d'accord, l'excès transforme le goût en dégoût.

– Mais lorsque tu vas la ramener dans ton nid à cafards, loin des palaces, le dégoût de la misère va vite lui remettre les pendules à l'heure-du-luxe. Elle réclamera ses draps en soie et te suppliera de la ramener au cœur de la civilisation, sans même t'accorder une petite pipe. Crois-moi, elle n'est pas prête à troquer son producteur de miel contre un bibliothécaire. Comme toute bonne femme moderne, elle veut les deux, plus le reste !

– Comme toute bonne femme fatale plutôt, comme toute bonne bombe atomique, comme toute bonne arme-de-soumission-massive ! Celles qui ne le sont pas, celles qui servent de faire-valoir aux avions de chasse se contentent d'être narguées par leur rêve, de baver devant la vie des stars et de se résigner à vouloir ce que leur salaire d'infirmière-exploitée, de chimiste-frustrée ou d'avocate exténuée leur permet d'obtenir. C'est-à-dire pas grand-chose, une vie de merde, à l'ombre du bonheur, maquillée par quelques menus loisirs et autres chemisiers en soldes.

– Que comptes-tu faire avec celle-là ? La recruter dans ton cercle de féministes ? Ou la démonter façon déménageur et disparaître comme le père Noël après sa distribution de cadeaux ?

– Je vais commencer par l'ausculter d'un peu plus près. Si je découvre qu'elle sait sucer délicatement, sans racler ma verge avec ses dents, et si elle parvient à se cambrer aussi bien qu'une danseuse du Crazy Horse, on va envisager de… Oh là, qu'est-ce que je perds mon temps à palabrer avec toi ? Les minutes tournent vite en soirée et je ne suis pas le seul loup ici. Il faut que je retourne à la chasse avant qu'un autre se saisisse de ma proie. Regarde-moi ce corps de stripteaseuse, à faire pâlir de jalousie une Amber Rose. Et cette tête, le sosie de Beyoncé. Elle surclasse la concurrence. Putain, en ce moment, je baise une douce, une certaine Eva, dont la souplesse me fait presque oublier l'extravagance de sa connerie. En même temps, je ne lui donne pas trop l'occasion de parler…

– Comment ça ?

– C'est simple, je débarque toujours tard chez elle. Et, sitôt arrivé, je l'assomme avec mes lectures. Je te raconterai. Avant d'aller faire mouiller cette pute-en-quête-de-queue-cultivée, j'aurais besoin que tu fasses de grands gestes avec tes bras, de sorte qu'elle croie que tu piques une petite crise d'ego. J'étais censé t'annoncer qu'elle préférait faire ma connaissance.

– Fred, ce sont vraiment toutes des putes ! Elle est prête à faire exploser une amitié à cause de sa robe aphrodisiaque. Je comprends pourquoi tu te joues des femmes. En vérité, elles ne méritent aucune pitié, œil pour œil, vice pour vice. Tout ce qu'elles aiment, c'est de voir des hommes, si possible des frères, des amis, se battre pour leurs beaux yeux. Rien ne les excite plus.

– Ainsi va le plaisir de la femme fatale. Je l'ai compris j'avais onze ans. Ma première petite copine m'avait fait tourner en bourrique, elle m'avait humilié en éclatant de rire après m'avoir obligé à lui dire que je l'aimais, alors que je ne savais même pas ce que ça voulait dire. J'étais comme terrassé de honte. Elle m'avait mis K.-O. debout. J'ai alors ouvert les yeux sur la loi du cœur. En matière amoureuse, ou tu souffres ou tu fais souffrir ! Pas de place pour le juste milieu. Depuis, j'ai décidé de ne plus prendre le risque de souffrir et, jusqu'à présent, cela ne m'a pas trop mal réussi. Surtout si je me compare aux frères en couple qui ont perdu leurs couilles. De simples exécutants sans crinière ni rugissement, voilà ce qu'ils sont devenus. Leur rôle se réduit à serrer les dents, à dire à leur femme qu'elle a raison, même quand elle a tort. Et à supporter sans broncher leurs sautes d'humeur. Ils le font par amour, disent-ils. En réalité, c'est par paresse.

– Ou par peur de la solitude.

– Ouais, et tout ça pour un bon plat et une bonne une petite pipe.

– Et encore, la pipe, ce n'est pas tous les jours !

– Je file. Je reviens dans quelques minutes, le temps de faire mouiller ses oreilles et de récupérer son numéro.

« *Heureusement que je suis toujours là, moi, nian nian nian. Même si tu ne le remarques pas, à cause de l'alcool ou de ton immense ego. À chaque fois, je te sers des femmes sur un plateau, plus belles les unes que les autres. Ces femmes mettraient sur la paille plus d'un prince saoudien et elles ne te demandent rien.*

– Qu'est-ce que tu fous là ? Arrête de vouloir tirer les marrons du feu. C'est Dieu qui me récompense, comme il récompensa le roi Salomon pour sa sagesse en lui donnant des centaines de femmes. Moi, je suis récompensé pour mes lectures et le degré de sacrifice que cela me réclame.

– Tu me dis ça avec la plus grande fluidité, sans le moindre accroc ? Tu es encore plus convaincant que Keanu Reeves dans mon film préféré, L'Associé du diable. *Tu es vraiment époustouflant.*

– Raconte ce que tu veux, si ça te fait plaisir.

– Ce qui me fera plaisir c'est que tu me remercies enfin pour les offrandes que je te sers malgré ton insolence et ton ingratitude. Je sens que ce jour arrive, qu'il arrive à grands pas ! Nian nian nian. Allez, va dévorer cette nième brebis. Elle mérite bien le traumatisme et la folie dans lesquels votre relation va la plonger quand, tel un filet de fumée, tu auras disparu de sa vie. »

Chapitre 7

– BORDEL, les filles, y'en a marre des mecs au pouvoir qui ne pensent qu'à se faire sucer par leur secrétaire ou leurs collaborateurs !

– Et à sucer le sang du peuple !

– Y'en a plus qu'assez. Il est temps qu'une femme entre à l'Élysée pour y faire un grand ménage.

– Plus seulement pour y apporter le café ou y déposer un baiser sur le front de son président de mari juste après lui avoir astiqué le petit asticot qui lui sert de verge.

– Ou juste avant qu'il reçoive un chef d'État étranger avec lequel jouer à qui a la plus grosse.

– C'est bien connu, plus tu veux le pouvoir, moins tu as celui du phallus ! Pas besoin d'avoir pondu une thèse sur Freud. J'ai appris récemment qu'Hitler avait un micro-pénis. Oui, oui, je sais, j'ai des centres d'intérêt palpitants.

– Meuf, c'est évident ! La plupart des mecs qui en ont une grosse manquent d'ambition. À quoi bon vouloir ce que tu as déjà ? Regarde les Blacks, surtout les Antillais.

– Oh là là, dans la famille Clichés, je demande la fille…

– Anaïs, t'exagères. J'ai connu un Black, sa queue n'avait rien d'extraordinaire.

– Désolée, Delphine, si t'es tombée sur le mauvais Black. Dans une grappe, il y a toujours quelques raisins pour la poubelle.

– Chez nous, c'est pareil : tous les Juifs ne sont pas riches, certains sont même dans le besoin et font la manche. Il n'empêche qu'en général, on s'en sort bien, on ne va pas se mentir. Pour les Blacks, je ne voulais pas mourir sans savoir ce qui se cachait derrière la légende et je n'ai pas été déçue.

– Johanna, je ne te voyais pas comme ça, dis donc.

– Moi, non plus, je ne t'imaginais pas l'âme d'une exploratrice !

– Vous voyez que je ne suis pas folle.

– Bla bla bla, madame Juliette Greco, prends exemple sur notre rabbinette, arrête de tourner autour du pot et dis-nous que tu te fais sauter par un beau Miles Davis, un authentique Black mamba, histoire qu'on puisse clore le sujet.

– Rien à voir. Vous me croyez aussi pathétique que ça ?

– Allez arrête, meuf, je le vois dans tes yeux que t'as envie de nous raconter.

– Allez.

– Vous avez gagné.

– Un peu de franchise entre meufs, ça ne nous fera pas de mal !

– Alors, c'est qui ?

– C'est mon prof de kizomba.

– Ton prof de kizomba ? Au secours ! On est loin de Miles Davis et encore plus loin de Will Smith ou de Usher.

– C'est pas le mannequin de l'année, c'est vrai, mais il a une queue exceptionnelle ! Et quand je dis exceptionnelle, c'est ex-cep-tion-nelle ! Large, grande, solide ! J'ai l'impression d'être visitée par la tour Eiffel. Et son coup de reins, mon dieu… Le mec a été fabriqué pour baiser, franchement. Depuis que je l'ai dans mon lit, je comprends pourquoi autant de Blanches d'âge mûr s'investissent dans le tourisme sexuel en Afrique et dans les Caraïbes.

– Carrément ?

– Je t'assure ! Quand tu goûtes à cette extase, ça devient une drogue. Instantanément.

– Une drogue ?

– Je confirme.

– Et une drogue dure ! Plus puissante que celles qui existent sur le marché des stupéfiants. Imagine-toi un mec avec une queue aussi longue que mon avant-bras.

– Tu plaisantes !

– Non, je te jure. Et il sait s'en servir, comme Picasso savait se servir de son pinceau. Et il est endurant. Un concentré de sève du paradis.

– Ça, c'est de la mise en bouche, sans mauvais jeu de mots.

– Je comprends mieux pourquoi les autres hommes n'aiment pas les Noirs. Moins par complexe de supériorité, comme je l'ai longtemps cru, que par complexe d'infériorité.

– Exactement ! Figurez-vous, les filles, que je l'ai découvert en entendant les hommes de ma famille parler des Blacks. Ils tentent de masquer ce complexe d'infériorité derrière un complexe de supériorité tantôt intellectuel, tantôt économique. À les entendre, le Noir est le chaînon manquant de la thèse de Darwin, celui qui est incapable de réfléchir correctement, à qui il faut donner des ordres, qu'il est inutile de vouvoyer. Il est l'éternel misérable, l'éternel enfant, le parfait chien de garde, le sauvage à maintenir en cage s'il le faut.

– C'est horrible !

– Mais il a le pouvoir de coucher avec n'importe quelle femme, mariée ou non, en un claquement de doigts ! Il faut les entendre raconter comment le seul

Black de leur service s'est tapé toutes les filles de leur boîte, de la secrétaire à la DRH.

– Racisme, antisémitisme comme sexisme ont incontestablement la même racine : le complexe d'infériorité ! Ce n'est pas un hasard si le premier boulet de canon lancé sur le mur de l'esclavage, aussi bien en France qu'aux États-Unis, le fut par une femme.

– Ah ? Et comment s'appelaient ces braves canonnières ?

– Olympe de Gouges et Harriet Beecher Stowe.

– Olympe de Gouges, c'est celle qui a dit : "Si une femme peut monter à l'échafaud, elle doit pouvoir monter à la tribune." Ma mère n'a pas arrêté de me répéter cette phrase dans mon enfance. Et elle ajoutait : "Ma fille, tu es née pour monter à la tribune et pas pour être la dactylo de ceux qui y montent !"

– Ma mère, moi, elle me répétait la phrase de Benoîte Groult : "Le féminisme n'a jamais tué personne, le machisme tue chaque jour."

– Y'a pas à dire, ce sont nos mères les vraies féministes, ce sont elles qui ont mené des combats. Notre féminisme à nous, en vérité, c'est un pathétique féminisme de confort.

– Comment peux-tu dire ça avec tous les viols qu'il y a encore aujourd'hui ?

– Désolée, mais qu'est-ce que le féminisme a à voir là-dedans ?

– Tu plaisantes, j'espère ? Tu ne crois pas que les films porno ou les clips de rap entretiennent cette culture de la pulsion qui chosifie le corps de la femme ? Ça nous maintient dans le statut de bout de viande qui n'attend qu'à se faire dévorer toute crue sans assaisonnement ni cuisson. On a le droit d'étudier, de travailler, de signer un chèque, O.K. Mais on n'a toujours pas le droit de marcher sereinement dans la rue en s'habillant comme on veut. Les mecs n'ont pas ce problème-là. Sauf à Grigny ou à Sarcelles. Le combat pour l'égalité est loin d'être gagné.

– Nous ne devons pas nous endormir sur l'héritage que nos mères nous ont légué. Notre liberté n'est pas pleine et entière. Nous sommes encore les proies des hommes. Au fait, qu'est-ce que ta mère avait contre les dactylos ?

– Rien, juste, elle en était une.

– Et Harriet euh…

– Beecher Stowe ! Elle est l'auteure de *La Case de l'oncle Tom*, une œuvre qui a servi de miroir grossissant à la conscience morale américaine. À travers lui, l'Amérique blanche a pu voir cette énorme verrue sur son visage : l'esclavage des Noirs.

– Ça devait être hideux !

– Le mot est faible. Cette œuvre suscita une telle émotion que…

– À quelle heure on devait commencer, les filles ? Il y a un quart d'heure, non ? Zorah, Doris et Fred ne sont toujours pas là.

– Dis tout suite que la conversation ne t'intéresse pas.

– Non, c'est juste que vous avez parlé de vision hideuse. Ça m'a fait penser au roman d'Oscar Wilde, *Le Portrait de Dorian Gray*, et donc à Fred.

– Je me demande comment il se débrouille, celui-là, au lit ? J'ai du mal à l'imaginer sans ses costumes trois pièces.

– Il baise peut-être tout habillé, allez savoir, et se contente d'ouvrir sa braguette, dans la retenue, noblesse oblige ! De la baise-en-cachemire !

– J'ai un mal fou à l'imaginer. Fred est aux antipodes de l'image du grand Black basketteur ou du rappeur que l'on voit partout. Je me demande même s'il a une queue. Il est peut-être asexué, il ne parle jamais de cul. Jamais. Son regard ne s'est jamais égaré dans un de nos décolletés, il n'a jamais enveloppé un de nos jolis culs, même discrètement. Pour un Black, ça tient de l'anomalie. Si ça se trouve, il est gay.

– En tout cas, moi, j'en ferais bien mon sextoy.

– Quelle surprise, les filles ! Eva rêve de se taper Fred.

– Wahouhhh, c'est le scoop du siècle.

– Ça se voit tant que ça ?

– Disons que ça se voit comme une femme voilée dans un sexshop.

– Un conseil, ma chérie. Prends son coup de reins mais ne perds pas ton temps à essayer de prendre son cœur, tu ne le trouverais pas. Quand je plonge dans son regard, je n'y vois jamais le moindre sentiment. Il n'est que froideur et rationalité calculatrice. Il est trop intelligent pour s'abandonner à aimer une femme. Ce mec c'est RoboCop avec un haut de forme !

– Au moins Fred, il n'est pas con.

– Quand on parle du loup… Comment il fait pour être toujours aussi élégant ? Je le violerais bien…

– Salut les filles ! Regardez qui j'ai croisé en chemin.

– Coucou les filles.

– Salut Doris, salut Fred. Vous vous êtes croisés en chemin ou chez toi ?

– Quel humour, Delphine ! Aurais-tu pris une cuite dont tu ne serais pas encore remise ? Sincèrement, je ne vois pas d'autre explication à une question aussi pitoyable.

– Oh là là, Doris, ne mets pas l'humour au cachot. Pas de doute, tu te réveilles et tu t'endors avec le poing levé, version française d'Angela Davis.

– Je prends ça pour un compliment ! Cette femme docteur en philosophie a mis à genoux le gouvernement le plus puissant du monde avec pour seule arme son cerveau ! Concernant mon humour, tu fais fausse route, c'est juste que mon rire se joue au-dessus de la ceinture. Je suis plus Desproges que Baffie !

– Eh, les filles, temps mort, s'il vous plaît ! J'ai un sujet de la plus haute importance à soumettre à votre jugement.

– N'appartiendrait-il qu'à toi, ô homme, d'établir en nous l'imposant la hiérarchie des sujets de réflexion ?

– Si c'est l'impression que je vous donne, j'en suis déso…

– Mon cher dandy, ne perds pas ton temps à répondre aux provocations de Pauline. Tu ne vois pas qu'elle te cherche des poux ? Tu serais chauve qu'elle t'en chercherait encore. Madame est rongée par le stress, elle aurait besoin de cours de kizomba !

– Rassurez-vous. Voici le sujet que je voulais vous soumettre : ne pensez-vous pas que l'amour est aux femmes ce que la religion est aux hommes, un instrument de domination ?

– Quoi, Fred, tu ne crois pas en l'amour ?

– Il ne s'agit pas de moi. Si le sujet n'intéresse personne, aucun problème. On zappe et on démarre directement le programme fixé. Une majorité a l'air partante de commencer la séance par ce sujet. Je dois m'absenter deux minutes, ça va vous laisser un peu de temps pour appréhender ce beau steak intellectuel, cuit à point par l'époque.

– Que t'es chou ! C'est vrai, nos cerveaux de femmes ne peuvent pas réfléchir instantanément, ils ont besoin de temps pour aborder le sujet.

– C'est ma fête aujourd'hui !

– Pauline, dis-nous, t'as une dent contre notre dandy ?

– Un dentier, tu veux dire ! T'as vu comment elle a férocement mordu chacune de ses affirmations ?

– Pourquoi vous me regardez comme ça ? Ne me dites pas que vous êtes de son avis ?

– Bla bla bla, c'est juste que parfois je le trouve arrogant. Avec son petit côté je-suis-le-plus-beau-je-suis-le-plus-intelligent, il me fait penser à Alexandre, un de mes ex.

– Il en met du temps, Fred, il est constipé ou quoi ?

– Regarde, il arrive. Il est en train de passer un coup de fil.

– Sans doute à une de ses brebis égarées qu'il s'efforce de guider grâce à son bâton de commandement, comme on dit chez moi.

– Comment ça, Doris ?

– « *Nian nian nian. C'est le moment, ma brave Doris, de lâcher la bombe, de leur révéler qui est ce fumier de Fred, ce serial-baiseur-briseur-de-cœurs, roi de la manipulation !* » Rien, à part que Fred est le parfait clone de ton Alexandre, une sorte de pervers narcissique.

– C'est quoi au juste un pervers narcissique ?

– Je dirais que c'est le diable des femmes ! Un diable qui, compte tenu de son physique avantageux, se donne des allures d'ange gardien. Il profite de la naïveté de certaines femmes pour leur prendre leur force intérieure avant de les abandonner comme des vieilles carcasses.

– Fred est comme ça ? J'peux pas le croire…

– Libre à toi de ne pas me croire. Je peux comprendre que ce soit difficile à entendre, on le côtoie depuis près d'un an, on a l'impression de le connaître !

– Mais comment tu l'as su, Doris ?

– Vous ne me croirez pas : il me l'a avoué lui-même. Sur la route, en venant ici, vous n'imaginez pas ce qu'il m'a confié. J'ai regretté de ne pas l'avoir enregistré. Je suis sûre que le fait d'être camerounaise l'a mis en confiance. Il m'a dévoilé, sans état d'âme, son comportement à l'égard des femmes qui succombent à son charme. Il n'éprouve pas le moindre remords à laisser des femmes en détresse sans nouvelles après avoir imprégné leur oreiller de son odeur. C'est à peine s'il ne jubile pas intérieurement. Comme si les larmes des femmes-amoureuses lui servaient de carburant. J'étais stupéfaite, autant que vous l'êtes en ce moment. Le dégoût a vite remplacé la stupéfaction. J'avais face à moi un savant mélange du vicomte de Valmont et du général Aussaresses : il brise les cœurs et se délecte en torturant les esprits de ses proies sans défense…

– Il n'a pas remarqué l'effet de ses confidences sur toi ?

– Si, mais il mesure très faiblement l'ignominie de sa conduite, il n'y voit qu'un passe-temps comme un autre. Preuve en est son argument de défense : il ne ment à aucune de ses cibles, il ne leur promet pas la lune, il ne leur dit jamais qu'il les aime.

– Genre, il ignore que de bien lui faire l'amour suffit à laisser croire à une femme qu'on l'aime passionnément.

– Même envoyer des textos poétiques suffit à nous faire fondre.

– C'est exactement ce que je lui ai dit. Mais j'avais l'impression de parler à un sourd, d'être face de Ray

Charles à qui je devais expliquer la beauté des Demoiselles d'Avignon de Picasso.

– Les filles, il arrive.

– Où en étions-nous, mesdemoiselles ? Pendant que j'étais au téléphone, je vous voyais bouillonnantes, je sens que notre discussion ne manquera pas d'animation. Sans plus attendre, démarrons. L'amour est-il à la femme ce que la religion est à l'homme ? Ouh là, pourquoi vous me regardez comme ça ?

– On te regarde comment ?

– Comme si je venais de commettre un infanticide. Marc Lavoine parlait d'yeux revolver, là ce sont plutôt des yeux Kalashnikov. À se demander si je vais ressortir d'ici vivant ? Doris, tu sais ce qu'il se passe ?

« *Nian nian nian, Doris, es-tu prête pour sa mise à mort ? Il le faut. Car elle doit avoir lieu maintenant. Les meilleurs plats ne repassent pas deux fois. Pense aux pauvres filles que ce sale pervers narcissique a abusées. Pense aux innocentes victimes dont le seul crime fut d'avoir donné leur amour et dont il est venu souiller le lit et le cœur avant de disparaître, telle une promesse électorale. Pense à celles qu'il a ainsi violées psychologiquement. Sans une once d'état d'âme. Venge-les ! Ne tremble pas ! Tu as été choisie pour accomplir cet acte de justice.*

Le sentiment de toute-puissance avec lequel ce goujat se lève chaque matin, tu vas-car-tu-dois le clouer au pilori. Ce bourreau de l'amour doit comprendre que la récréation est finie et que le sexe faible sait se montrer fort, plus fort qu'un terroriste-des-cœurs-fleur-bleue ne le sera jamais. Ce Valmont-sans-noblesse des temps modernes doit mordre la poussière à en perdre toutes ses dents, nian nian nian !»

« Mon brave Fred n'est pas prêt de se remettre de ce qu'il vient de lui tomber dessus. Une fois requinqué, il comprendra qu'il n'a plus le choix : il devra capituler et devenir le servant du féminisme, ou me faire allégeance. C'est-à-dire rejoindre le camp de la haine-anti-homme, ou celui de la haine-anti-femme, nian nian nian. Car dans cette confrontation, il n'y a pas de Suisse, la neutralité est impossible. Pendant que ce Nègre-bourreau-des-cœurs retrouve ses esprits, je vais aller m'entretenir avec celui que j'ai élevé au rang de général en chef. »

« Éric ? Oh, Éric ! Toujours le nez dans un livre, nian nian nian. Si on pouvait faire une overdose de lecture, tu aurais rendu l'âme des centaines de fois ! Tu te prends pour Rachi ou quoi ?

– Qui va là ?

– Du calme, inutile de sursauter. Je ne suis pas un Arabe, je ne te veux aucun mal. Je préfère ne pas décliner mon identité. Nous manquons de temps. Je dois toutefois reconnaître qu'à la différence de Laurent, tu as…

– J'ai mal entendu ou vous venez de me comparer à l'autre folle de Laurent Ruquier ?

– Du calme ! Remballe ton homophobie, je suis sûr qu'un petit doigt dans le cul te ferait un bien fou. Je te parle d'un autre Laurent. Pas celui dont tu as fini par sodomiser la confiance. Nian nian nian ! Et dire que cette asperge-à-l'anus-dilaté te prenait pour un bon petit Juif apte à critiquer les œuvres des autres en échange d'une grosse enveloppe. Au final, il s'est retrouvé pris au piège en te servant une tribune nationale et tu as su transformer avec brio ses émissions en meetings politiques. Ne prends pas la peine de me vouvoyer, je ne me formalise pas.

– Puisque vous y ten… puisque tu y tiens.

– Mon Laurent, celui dont je te parle, Obertone de son nom, est un garçon exquis. Pétri de courage. Tu ne pourras que l'adorer. Il a moins de printemps à son compteur que toi. Pour autant, ça ne change rien au fait que vous avez un solide point commun.

– Lequel ?

– La France ! Elle le passionne autant qu'elle te passionne.

– En voilà un homme de goût ! À l'heure où nos chaînes de télévision sont colonisées par les séries américaines et par Coca-Cola, où nos étudiants et, avec eux, le génie français disent au revoir à la nation sitôt après avoir décroché leur diplôme, à l'heure où nos enfants sont des publicités américaines sur pattes avec leurs Nike ou leurs Levi's, ça réchauffe le cœur de savoir qu'il reste des jeunes prêts à reprendre l'impérial flambeau laissé par le général De Gaulle.

– *Reprendre le flambeau, je ne dirais pas cela. Aujourd'hui, tu es le seul à pouvoir endosser ce rôle. Le seul ! Et pas de fausse modestie entre nous, laisse ça aux* goyim. *Mais pour y parvenir, tu vas devoir suivre mes recommandations comme tes frères orthodoxes suivent les six cent treize* mitzvot *: à la lettre. Ta chance, c'est qu'avec moi, tu en auras beaucoup moins à observer. La seule chose que tu vas devoir accomplir jour après jour, c'est enfoncer le clou de la peur.*

– Comment ça ?

– *Si l'espoir déclenche les applaudissements enthousiastes, de la peur naît l'action ; de son ventre sort l'unité d'un peuple. La vérité psychologique est implacable : les individus s'unissent pour former un groupe uniquement lorsqu'ils sont portés par un idéal ou par une coupe du monde remportée. Mais pour que cette unité s'inscrive dans la durée, il faut que le groupe ait peur de perdre, qu'il ait peur pour sa survie. C'est l'une des vertus de la guerre : se saisir d'une masse d'individus et en faire un peuple-un-et-indivisible, tel un bloc de marbre. Nian nian nian. Je te laisse deviner l'identité de l'ennemi commun qui menace la survie du peuple français ainsi que celle du peuple juif.*

– Le peuple arabe !

– *Bingo !*

– Pas besoin de sortir de Saint-Cyr. N'importe quelle bimbo de la télé-réalité le sait.

– *Quel goujat tu es ! Les bimbos en savent peut-être moins que toi sur presque tout, il n'empêche que, sans elles, le monde serait une immense morne plaine sans saveur. Ce ne sont pas les corps-à-la-fraîcheur-aussi-vétuste-que-revêche des mères de famille qui font bander les grands de ce monde. Nian nian nian.*

– Il faut bien se sentir homme quand on en est un !

– *Revenons à nos moutons.*

– À condition qu'ils soient casher.

– *Ils le sont plus que tu ne le crois. Dans ta mission, pour débarrasser la terre de France des envahisseurs arabes, tu vas pointer et charger l'islam comme une mule. Étant donné que, depuis le 11-Septembre, son image de marque n'inspire qu'horreur et peur dans la conscience occidentale, cela sera un jeu d'enfant.*

– Ça se tient.

– *Tu devras mettre tes prises de paroles au service d'un champ lexical lié à l'invasion. L'époque t'en offre l'occasion. Tu vas transformer n'importe quel Français arabe ou arabo-musulman, du boulanger à la nounou, en passant par le chauffeur de bus ou de taxi, en terroriste-en-puissance. Pour cela, tu évoqueras l'art de la dissimulation et de l'infiltration que préconise l'islam à travers la* taqiyya. *Sachant que, grâce à mes bons soins, les actes terroristes ne vont pas cesser, les gens, envahis par la colère et par un insupportable sentiment de vulnérabilité, rallieront progressivement ton analyse. La solution aura les caractéristiques de l'évidence : une séparation raciale. Totale et définitive.*

– Ça va pas être simple !

– *Et depuis quand tu es l'homme de la simplicité ? Cette solution, tu ne vas pas la présenter telle quelle. Non, tu vas te contenter de déblayer et de jalonner le chemin argumentatif qui y mène. Ainsi, elle apparaîtra, petit à petit, comme aussi inéluctable que faisable. Et surtout de façon pacifique. Tu pourras t'appuyer sur l'exemple de l'immigration italienne dont les deux tiers, faute de s'être assimilés à la culture française, sont rentrés d'où ils étaient venus.*

– Très malin, ça ! J'éviterai ainsi les accusations de racisme que les journalistes islamo-gauchistes tenteront de décocher dans ma direction.

– N'aie crainte, ceux-là, je sais comment les neutraliser.

– Tu es sûr ?

– Écoute-moi, tu vas t'inspirer d'un autre général, Boulanger. Tu te souviens de lui ?

– Quelle question ! J'ai compris ! Il va me falloir monter le peuple, et particulièrement la classe moyenne, grande perdante de la mondialisation, contre l'élite médiatico-parisienne qui se fout du peuple de France.

– Pas que médiatique. N'oublie pas les juges, les cyclopes de la République. Ils n'ont pas hésité à te condamner alors que tu n'avais fait que dire tout haut ce que le peuple pense tout bas.

– Tu as raison, l'élite médiatico-judiciaire, voilà la cinquième colonne de l'islamisme !

– Une colonne en mousse ! Son influence sur les mentalités étant dérisoire. Une sentence ne pèse pas lourd face aux cris et aux larmes d'une mère, d'une épouse, d'une fille qui a perdu son fils, son mari, son père dans un attentat terroriste.

– C'est vrai.

– Ton père sera fier de toi ! Avoir un fils sauveur de la patrie qui l'a sauvé de l'humiliation arabe et de l'invasion musulmane, ce n'est pas donné à tout le monde. Au travail ! Nian nian nian. »

« *Qu'est-ce que je suis bon ! Un véritable génie. Pour ne pas dire un dieu ! Et Toi là-haut qui m'as jeté de la maison comme un malpropre pensant que j'errerais sans but ici sur Terre. Peut-être pensais-tu que j'allais me repentir pour une faute que je n'avais pas commise ? Eh bien, après des siècles, des siècles et d'autres siècles de tâtonnements tous azimuts, me voilà sur le point de relever le défi. Je vais m'emparer de l'âme de l'humanité, si on peut appeler ainsi un tas de corps remplis de graisse et de vanité qui laissent mourir des enfants de faim. Tes humains-si-peu-humains vont s'autodétruire. L'apocalypse, la vraie, est pour bientôt. Nian nian nian.* »

Chapitre 8

– Oh ouiiii ! « Bordel, qu'est-ce qu'elle suce bien, cette salope ! Avec son regard de boulimique, une vraie affamée de la bite ! On dirait qu'elle a de la mousseline dans la bouche tellement c'est doux. Elle a détrôné Déborah, sans crier gare. Quel putsch ! Je me demande combien de queues sont passées par là ? C'est sûr, je ne suis pas le premier à qui elle donne un ticket d'entrée. » Putain, que c'est bon !

– T'aimes ça, bébé ? Dis-moi à quel point t'aimes quand j'te suce la queue, ta belle queue de dandy, lisse et parfumée.

– J'ai vraiment besoin de le dire ? Tu ne vois pas dans quel état tu me mets ? À quel point tu as transformé ma queue en poutre-en-béton ? J'ai l'impression qu'elle va explo… oh oui, comme ça, oui, prends-moi les couilles en même temps, masse-les comme des boules de pétanque. Mon Dieu, ça doit ressembler à ça le paradis.

– Ouais, mon bébé, t'es au paradis et je suis ta déesse, ta chienne de déesse. Ils me veulent tous, mais c'est à toi que j'appartiens.

– Ouais, t'es ma chienne-de-déesse. Hop là ! Là, c'est sens interdit. Mon rectum, c'est la zone 51 !

– Mais bébé, laisse-toi aller, tu vas kiffer, fais-moi confiance.

– Aller où ? Je n'irai nulle part. N'insiste pas, s'te plaît. Le mieux est parfois l'ennemi du bien.

– O.K. bébé, t'énerve pas. Je voulais juste te rendre fou de plaisir.

– C'est déjà le cas, crois-moi, oh ouiiii…

– J'aime entendre ça. Tu mérites la meilleure, la plus soignée, la plus sophistiquée, la plus renversante, la plus succulente pipe du monde.

– Succulente, c'est le mot. Ton vocabulaire s'est enrichi. Bravo.

– Qu'est-ce que tu crois ? Quand tu ne viens pas, j'étouffe ma tristesse et mon impatience dans les livres. Je me console en me disant que je suis la meilleure. Même si je ne suis pas la seule à t'ouvrir la braguette, mes concurrentes sont des apprenties comparées à moi, hein bébé ?

« Putain, pourquoi ces salopes attendent toujours ce moment pour attaquer ? Qu'est-ce que je peux répondre à cette question piège ? »

– Hein bébé, j'suis la meilleure ?

– C'est si bon ! « Je dois esquiver. Si je lui accorde le titre, j'avoue sans le dire baiser d'autres douces. Si je dis que je ne vois qu'elle, c'est comme si je lui faisais une déclaration d'amour. Je ne peux pas prendre le risque. »

– Bébé, qu'est-ce qui s'passe ?

« Putain, je débande. Après tout, c'est une bonne façon de sortir de ce traquenard. Peut-être un coup de pouce du Divin. » C'est rien. Titille-moi les tétons… Voilà, ça c'est du toucher, t'es une vraie experte. Regarde, ton lion reprend de la vigueur. Viens, lève-toi, montre-moi ta cambrure magique ! Montre-moi cette époustouflante cambrure-venue-du-futur, digne des plus belles merveilles du monde. Doucement ma panthère, doucement ! Aïe, mon rythme cardiaque s'emballe, madre mia ! Y'a pas à dire, me faire bander comme un taureau shooté au viagra, c'est ta vocation !

– Ah bon ? T'aimes vraiment ce que tu vois ? Cette cambrure, je la travaille tous les jours. Rien que pour toi…

– Je suis un sacré veinard. Le moins que l'on puisse dire, au vu du résultat, c'est que tu n'as pas rechigné à la tâche. Tu connais mon corps, ma Lisy. Tu sais comment réveiller le King-Kong qui sommeille en moi. Tu veux de la bestialité-sismique, je le sais, je le vois dans ton regard de chienne. Je vais t'en donner, il suffit de le demander.

« Incroyable ! Lisy est devenue une agrégée-en-fellation ! Il y a quelques semaines à peine, elle faisait le castor sur ma queue et, maintenant, elle pourrait ouvrir la *Fellation Academy*. Sans compter que ça comblerait un vide. Un mari bien sucé, c'est un mari aux petits soins. Lisy pourrait convertir un homo en hétéro ou te faire arriver en retard à ton propre mariage. »

« Il est quelle heure ? Ça va. Vingt-cinq minutes de retard, trois fois rien. Putain, elle est bonne, elle là-bas. Elle a de la chance que je sois pressé. Avec sa gueule de chienne gourmande et sa démarche-chaloupée-de-chasseuse-de-millionnaire, elle doit être marocaine. Une fusée-nucléaire ! Tous les mecs se cassent la nuque à son passage. Elle mérite un bon coup de reins de mangeur de manioc. Je ne serais pas surpris que son téléphone renferme jalousement le numéro d'un frère basketteur qui, entre deux matchs, s'occupe de son cas. Les Marocaines et les Blacks, c'est une affaire qui roule. Ce n'est pas Pat qui me contredirait. Il faut que je l'appelle. Celle-là, plus je la regarde, plus elle me fait penser à Najet. Ah, Najet ! Elle était tellement belle ! Il a fallu cette putain de guerre en Irak pour transformer des amants-fusionnels en ennemis-potentiels. Elle, musulmane-pro-Saddam, et moi, Juif-anti-arme-de-destruction-massive-irakienne. Cette affaire m'a ouvert les yeux : la géopolitique s'invite partout, dans les discussions de comptoir ou dans les dîners de famille ; y compris dans les chambres à coucher. Impossible d'échapper à ses remous internationaux. Des puits de pétrole de Saddam Hussein aux baisers de Najet, il n'y a eu qu'un pas. Ouh là ! Regarde-moi celui-là, quelle sale tête il tire ! La mélancolie suinte par chacun de ses pores, il a le regard écrasé par un sentiment d'impuissance. Il ne vit plus, il subit la vie. Il a la tête du mec qui vient d'apprendre que sa femme est partie avec leurs trois enfants, leur compte commun et son meilleur ami, en lui laissant sur les bras leur vieux chien aveugle et les traites de la maison. Le pauvre. Pourquoi le pauvre ? Qui me dit qu'il ne s'est pas amusé, des années durant, à prendre sa femme pour sa femme de ménage ou pour son souffre-douleur ? Qui me dit qu'il ne la prenait pas pour son punching-ball ? Il y en aurait un paquet dans la nature. Toutes ces couilles molles incapables de dominer leur femme avec des coups de reins tentent de le faire avec des coups de poings. Mon téléphone, il est où ? Ah ! Au fond de ma poche. »

– Ouh là, mon Dieu, que de messages ! Émeraude, Vanessa, Estelle, Audrey. Putain, Audrey m'a envoyé huit messages ! Ah oui, c'était son anniversaire ! Elle exagère. Elle frôle le harcèlement, là. D'accord, on s'entend merveilleusement au lit, mais elle exagère. Elle me prend pour son mari ou quoi ?

– Qui te prend pour son mari, monsieur-je-parle-tout-seul ?

– Oh ! Doris ! Ça t'arrive souvent de surgir par-derrière, comme une balle du Ku Klux Klan dans le dos du mouvement des droits civiques ?

– Mes intentions ne sont pas aussi malveillantes. Je suis née sous le soleil, je n'ai pas le cœur froid d'un Blanc !

– La climatologie explique tant de choses. Je te croyais sur place avec les filles.

– Comme tu le vois, je suis aussi en retard que toi, mon cher frère Kamer. Tu n'es pas le seul à faire face à des contretemps.

– Ah, le pays me manque.

– Tu comptes t'y rendre bientôt ?

– Quelle question ! Je suis attendu au village, pour ne pas dire convoqué.

– Je sais ce que c'est. Chez nous, les Bassas, c'est psychologiquement moins oppressant que chez vous, les Bamis. Tu comptes y aller avec la kippa sur la tête ?

– Parce que tu crois que mon judaïsme est un costume ? Que je le porte dans certaines circonstances et que je laisse dans mon placard dans d'autres ?

– On ne va pas rouvrir le débat. Tu sais ce que la féministe-chevronnée que je suis pense de vos histoires de religion patriarcale. Ma seule religion, c'est l'être humain.

– Parce que le judaïsme exclut l'être humain ?

– Tu plaisantes ?

– Si seulement…

– Dans le judaïsme, le christianisme ou l'islam, on observe une division de l'humanité. Chez les Juifs, on a d'un côté le peuple élu et de l'autre les *goyim*, les gentils. Chez les musulmans, on a l'*oumma* et les *kâfirs*, les mécréants.

– Je peux savoir où est passé le christianisme dans ton propos ?

– C'est justement le pont qui relie le judaïsme à l'humanisme.

– Qui a dit ça ?

– Fred, désolé de te l'apprendre, mais de ne pas être encombrée par des testicules ne m'empêche pas de produire ma propre pensée. Je suis capable et de me maquiller et de penser.

– Tu es en grande forme aujourd'hui, je retrouve ma Doris. Tu disais ? Le christianisme est le pont…

– Oui, si l'homme est d'abord et avant tout un pêcheur et si vivre, c'est s'améliorer, alors le christianisme a renversé l'ordre moral du judaïsme. Là où, dans le judaïsme, le Juif est élu et doit se battre pour mériter l'élection, dans le christianisme, l'humain est déchu.

– J'ai saisi. Donc, selon toi, le judaïsme s'enracine dans un complexe de supériorité intrinsèquement anti-humaniste, au contraire du christianisme qui, en s'enracinant dans un complexe d'infériorité, s'étend à l'ensemble de l'humanité.

– C'est à peu près ça.

– Complexe de supériorité… Et que fais-tu de la Shoah ou de l'affaire Dreyfus, pour ne prendre que ces deux exemples ?

– Les principaux gisements pétroliers des Juifs de France ! Eh bien, c'est quoi cette grimace de phoque ? Où est passé ton fameux sens de l'humour ? Il courait pourtant sur tes lèvres il y a quelques secondes à peine. Si tu voyais ta tête ! Tu es devenu plus juif que les Juifs. Je suis sûre que cette blague ferait rire plus d'un rabbin. Inutile de me regarder comme ça, je ne suis pas la fille de Dieudonné. Bon, j'ai compris ce que tu voulais dire : l'antisémitisme fait partie de l'ADN du christianisme.

– Exactement ! Au même titre que le racisme. Pour un chrétien, le Juif, c'est Judas, le traître, l'immoralitéfaite-homme ; c'est l'anti-Jésus par excellence. Alors que Jésus était juif! Aimer son prochain, sauf s'il est Noir ou juif, tel est le credo de l'Église.

– Il ne faut pas confondre le christianisme et les chrétiens. C'est moins le christianisme qui est à blâmer que certains chrétiens. Ce sont certains chrétiens, et non l'ensemble de la communauté chrétienne, qui ont cultivé l'antisémitisme et le racisme, par pur utilitarisme. Le racisme et l'antisémitisme ont été les fonds de commerce de l'élite chrétienne.

– Leur poule aux œufs d'or, tu veux dire! Surtout le racisme. Sans lui, pas de commerce triangulaire et pas de mission civilisatrice.

– Je te rappelle que dans le Nouveau Testament, ni les Juifs, ni les Noirs ne sont pointés du doigt comme des pestiférés. Pour le Christ, les races, ça n'existe pas. Tout le monde a sa place au paradis. Ou du moins, tout le monde peut y accéder. Pour lui, il est possible d'être, puis de ne plus être pour être une nouvelle personne. Toi, l'ancien dealer, qui t'enorgueillis, depuis ta sortie de prison, d'avoir connu une renaissance, tu es bien placé pour savoir de quoi il retourne. Quelqu'un peut être un être sans cœur qui vit pour voir les autres trembler devant lui, puis mourir pour revenir à la vie en étant un être qui répand son amour du prochain par-delà les frontières. C'est pas ton téléphone qui est en train de sonner ?

– Encore elle ! Putain, elle est tenace celle-là.

– Tu peux décrocher, si tu veux, je ne m'offusquerai pas pour si peu.

– Hors de question, je refuse d'être l'esclave de mon téléphone. Je décroche quand je le souhaite et non quand il me le demande.

– Pour combien de temps encore ? On peut difficilement lutter contre l'évolution. Or la dictature du téléphone est le plus puissant tsunami que l'humanité ait connu. Il chamboule tous nos habitus, comme dirait Bourdieu.

– Disons que je vais faire œuvre de résistance, aussi longtemps que je le pourrai.

– C'était ta copine ?

– Ma copine ? MDR, comme disent les ados. Demande-moi plutôt si c'était une de mes copines. Les joies et les faveurs de mon dandysme ne sauraient être savourées par une seule fille, voyons.

– Une chose est sûre, tu es né avant l'humilité !

– Avant l'humilité, mais après la vérité !

– Ton harceleuse-du-jour, elle est au courant ?

– Au courant de quoi ?

– Qu'elle fait partie d'un harem ?

– À quoi bon ?

– T'es sérieux ?

– Tu me connais, le sérieux est un luxe que je ne peux m'offrir. Je me contente de batifoler dans le loufoque. C'est moins coûteux et plus fun.

– T'es vraiment sérieux là ? Ta franchise l'aiderait à ne pas verser dans de faux espoirs. Comment peux-tu te dire croyant et traiter une femme aussi diaboliquement ? On dirait une vulgaire paire de mocassins que tu portes, que tu déposes le soir venu, pour ensuite en porter une autre le lendemain et encore une autre le surlendemain.

– Doris, une femme pétrie de culture comme toi ne peut pas ignorer que la polygamie est le privilège de certains hommes. La vie a voulu que j'en fasse partie.

– Cela reste à prouver. Tu vis encore chez ta maman et tes poches ressemblent à l'économie-grecque-post-crise-des-subprimes. Un polygame doit pouvoir l'assumer financièrement, être capable, comme on dit au pays. Sans vouloir te vexer, tu es tout sauf capable. Tu n'as toujours pas répondu, est-elle au courant ?

– Quel coup bas ! Je reconnais là la Camerounaise que tu es, ou plutôt la cameruineuse qui considère l'homme comme un portefeuille ; le reste – son humour, son élégance, ses muscles – n'étant qu'une variable d'ajustement. Ma sœur, en France, une belle gueule, un beau costume, un beau sens de la conversation et un beau coup de reins compensent largement la laideur d'une poche en forme de gruyère. Si l'argent a le pouvoir d'acheter du poulet, des villas et des sacs Chanel, il reste impuissant face à l'ennui intellectuel, esthétique ou sexuel. Bref, elle doit s'en douter compte tenu de la faible fréquence à laquelle nous nous voyons.

– Permets-moi d'en douter.

– Si tu veux savoir, non, je ne l'ai pas informée que je dispensais mon coup de reins et mon cunni entre d'autres cuisses que les siennes.

– Tu attends qu'elle découvre cette information par ses propres investigations ?

– Non, j'aurai disparu avant que ce scénario ne se produise.

– Disparu ?

– Oui, je vais sortir de sa vie comme j'y suis entré. Sans prévenir et sans fracas.

– C'est encore plus odieux que je ne le pensais. Comment peux-tu te dire croyant, prétendre vouloir faire le bien et commettre de tels crimes ?

– Des crimes ?

– Oui, des crimes émotionnels ! La disparition d'un homme qu'on aime, c'est un coup de poignard en plein cœur. Tu comprends maintenant pourquoi je n'aime pas les religions, ces refuges d'hypocrites, de Tartuffe-de-haut-vol, qui mettent toute leur ferveur à prier Dieu entre les quatre murs du temple et, une fois à l'extérieur, la glissent dans la poche arrière de leur jean pour se comporter comme de vrais diables.

– Libre à toi, chère Rosa Luxemburg, de sauter sur mes confidences pour alimenter ton moulin anti-religion. La vérité est que je ne mens pas aux femmes, je ne leur dis pas que je les aime et, plus important que tout, je ne prends jamais racine dans leur existence. Je ne suis qu'un courant d'air.

– Tu veux une médaille, peut-être ? T'es pathétique, mon pauvre. Comme s'il n'y avait qu'une seule façon de dire à une femme qu'on l'aime. Une belle nuit torride, emplie de complicité, de baisers, de gouttes de sueur et de hurlements partagés, ça vaut bien des déclarations d'amour. Tu peux dire je t'aime avec des mots, avec un bouquet de roses rouges ou avec un orgasme. Je déduis de ta façon de me regarder que ce que je te dis, tu n'en as cure.

– Change de lunettes, je trouve tes propos très intéressants. Grâce à eux, je réalise que la religion est à l'homme ce que l'amour est à la femme. Tu me parles de l'amour comme je te parle de Dieu, avec sérieux et solennité. Tu vois les Casanova comme je vois les athées : des agents du mal. Tu fais le procès des pénis-à-tête-chercheuse sans rien dire des vagins-porte-ouverte qui s'offrent au premier beau-gosse venu… Notre discussion me donne une idée, je vais ouvrir la séance du jour avec ce débat : l'amour est-il à la femme ce que la religion est à l'homme ?

– C'est un bon sujet.

– On peut être fiers de nous, notre échange a permis l'éclosion d'un sujet haut de gamme.

– Salut les filles ! « Elles ont l'air échauffées. Je sens qu'on va bien s'amuser aujourd'hui… »

– Tu en fais une de ces têtes, Fred, qu'est-ce qui se passe ?

– Oh, David ! Tu es déjà là. Je suis un peu préoccupé. Secoué serait plus approprié. Tu n'imagineras jamais ce qui vient de m'arriver.

– Raconte.

– Tu vois l'ouragan Katrina ? Je viens d'avoir un aperçu de sa puissance. Je vais attendre les autres pour en parler. Voilà Garel et Mickaël, nos deux hommes forts. Salut, les frères !

– Salut, Black dandy alias le prince Bami !

– Mbote ! Hey, frère, on dirait que c'est le 11-Septembre dans ta tête ?

– Tu es en deçà de la vérité, Garel. C'est le 11-Septembre au carré. Inutile de me regarder avec cet air macabre, il n'y a pas mort d'homme, rassurez-vous. Même s'il y a eu une forme de tentative d'assassinat. Installez-vous, j'attends que tout le monde soit là pour vous en dire plus.

– Si je ne m'abuse, tu voyais tes amazones juste avant nous, non ? J'ai l'impression qu'elles ne sont pas pour rien dans tout ça.

– Un peu de patience.

– T'as touché dans le mille, Mickaël. Le frère n'a pas dit non.

– En tout cas, ça sent le divorce. Voilà Yvan qui débarque, notre Yvan El Maleh. Hey, docteur Pepper, l'homme au vingt-sept centimètres, comment ça va ?

– Hey hey, les frères, como esta ! Putain, à partir de maintenant, appelez-moi Dieu. Je viens d'enfoncer ma grosse matraque de Juif séfarade dans le cul d'une putain d'Algérienne ! J'ai enfin vengé mes parents qui ont quitté l'Algérie en catastrophe, comme des voleurs.

– Ça, c'est de l'introduction ! Toute en finesse. Tu ne serais pas la réincarnation de Noureev, par hasard ?

– Je plaisantais. J'ai toujours rêvé de faire une intro comme celle-là, fracassante, à la Bukowski.

– Je me disais…

– Moi, je la trouve un peu vulgaire. Et inutilement provocatrice. Elle a plus sa place dans un texte de rap que dans un roman.

– Merci, David, t'es vraiment trop bon. Un Ashkénaze qui, avant même de me dire bonjour, se propose, avec un ton chirurgical, de donner un cours de littérature au pauvre Séfarade que je suis, c'est une première. D'où te vient cette bonté ? Sûrement pas des tiens, vu la façon ignoble avec laquelle ils ont accueilli les miens à leur arrivée en Israël.

– Les frères, sans vouloir interrompre cette passe d'armes qui s'annonce palpitante, je vous propose de la remettre à plus tard.

– De quelle passe d'armes tu parles ?

– Aucune, j'ai le don de grossir les traits, au cas où tu ne l'aurais pas remarqué.

– Avant d'exploser, Fred, vas-y, prends une bonne respiration et balance-nous ta nouvelle. Nous sommes suspendus à tes lèvres !

– Exploser ? Moi ? C'est très mal me connaître. Mon égocentrisme ne ressemble pas au budget militaire américain, il a des limites et ne cherche pas à écraser les autres.

– Ça veut dire que tu n'es pas un vrai Juif ! Ou que t'es encore trop Noir pour être assez juif. T'aimes trop les autres pour t'aimer suffisamment !

– Bien envoyé, monsieur El Maleh. Mais dites-moi, ne seriez-vous pas antisémite sur les bords ? Doublé de raciste ? Bon, vous n'imaginerez jamais ce que je viens de vivre dans ma réunion féministe. C'était un peu ce que Denzel a vécu dans la dernière scène de *Training Day*.

– Si je ne m'abuse, des types de la mafia russe lourdement armés le transforment en passoire.

– C'est exactement ça ! Tel que vous me voyez, je suis criblé d'insultes. Les filles m'ont littéralement fusillé. Et qui était à la tête de cette fronde inattendue ? Doris !

– Doris ? Ta sœur kamer ? C'est elle qui a ouvert les hostilités ?

– Tu plaisantes, j'espère.

– Les frères, votre degré de stupéfaction n'est rien comparé au mien. Jusqu'ici, je croyais mordicus qu'elle pensait avant tout avec sa tête et sûrement pas avec son vagin. Elle m'a assez prouvé la puissance de sa haute rationalité.

– On a eu le temps de le remarquer, pas une de nos réunions ne se passe sans que tu salues son intelligence.

– Pour avoir eu l'occasion d'échanger avec elle, je trouve que c'est mérité.

– Vous direz ce que vous voudrez de son intelligence, moi je pense comme le Talmud : mieux vaut le brûler que de le donner à une femme.

– Putain, David, vos rabbins sont des rappeurs avant l'heure, ma parole! Sous leur barbe à la Ben Laden, ils ont de la punchline-machiste à revendre.

– Barbe à la Ben Laden! Il est trop insolent ce type. Mickaël, tu n'es pas haïtien par hasard : l'insolence de Toussaint Louverture dans son courrier à Napoléon coule dans tes veines.

– Ce n'est pas pour rien si les femmes sont mises à l'écart dans les synagogues.

– Un peu comme les Noirs dans les églises mixtes du Mississippi!

– En tout cas, j'ai découvert un peu tard que Doris est une femme, d'abord une femme, surtout une femme. C'est comme si je m'étais réveillé aux côtés de Dennis Rodman après m'être endormi dans les bras de Naomi Campbell. Quel choc! Savez-vous de quel nom Doris m'a affublé?

– Lion indomptable de l'amour!

– J'aurais préféré, Garel! Pervers narcissique! Elle m'a qualifié de pervers narcissique. Et ne vous fiez pas à mon sourire, si vous aviez été présents au moment où elle a lancé sa sentence aux oreilles des filles, vous auriez compris que ce qualificatif est à l'homme dominant ce que la guillotine fut à la monarchie française.

– Fred, si ça peut te rassurer, tu n'es pas le premier. C'est le nouveau terme à la mode que les féministes ont trouvé pour…

– Sans vouloir te couper, c'est bien plus qu'un terme, c'est une arme !

– Effectivement ! C'est la nouvelle arme trouvée par les féministes pour décapiter le prestige qui entoure le mâle alpha. Un classique : pour changer l'identité de quelqu'un, donne-lui un autre nom, un nom auquel est associé un nouveau champ lexical.

– C'est vrai, Yvan, les mots nous possèdent plus que nous les possédons. Cette prise de pouvoir sur le front linguistique s'observe également avec le mot infidèle pour qualifier l'homme qui trompe sa femme. On a longtemps employé le mot cocu ou le verbe cocufier. Pendant des siècles et des siècles, la notion de fidélité ne renvoyait qu'à la relation qui unit un croyant et Dieu. Il s'agissait d'être fidèle à sa foi ou à ses principes.

– J'ai compris : avoir des relations sexuelles avec une seule femme est rentré dans la catégorie des choses sacrées. Conséquence : coucher avec une autre femme, c'est commettre un sacrilège.

– Hier, tromper sa femme, c'était comme s'arrêter au bar avant de rentrer à la maison sans l'avoir prévenue. Sans importance. Aujourd'hui, c'est comme commettre une tentative d'assassinat sur sa personne.

– Tout s'explique. C'est pour cette raison qu'aujourd'hui l'infidélité est devenue la première cause de divorce. Et nous savons qui, du mari ou de la femme, dégaine le plus souvent la carte du divorce. Comment peut-on sacraliser quelque chose qui est à ce point contre nature ? Tous les hommes trompent. À quoi bon ce jeu de dupes ?

– Je suis d'accord, un homme fidèle, c'est juste un homme qui ne s'est pas fait prendre la main dans le sac. Qu'on se le dise, la sacralisation de la fidélité, en plus d'être le meurtre de l'autorité masculine, c'est le cercueil-anticipé du mariage. Sauf, bien sûr, lorsque l'infidèle a dans sa poche une *black card.* Là, le sacrilège devient subitement un petit nuage sans importance qui ne fait que passer dans le beau ciel bleu du mariage. L'épouse d'un mari pauvre et infidèle se sent trahie, celle d'un mari riche et infidèle se sent menacée. Elle va redoubler d'effort pour rester à son goût et éviter qu'une rôdeuse ne le lui vole.

– Si vous aviez été là tout à l'heure, vous auriez eu droit, vous aussi, à une exécution-en-règle-façonpassoire. Pour ne pas perdre notre temps dans la victimisation passive, oublions la castratro-propagande nourrie qui se déploie à la télévision, dans les séries à succès ou les films. Revenons au concept de pervers narcissique. Plus j'entendais les filles me mitrailler de reproches du genre "tu n'as pas le droit de jouer avec le cœur des femmes comme ça", "c'est lâche de disparaître plutôt que de rompre", "il ne faut vraiment pas avoir de cœur pour se permettre de traiter une femme comme ça", plus j'entendais une nouvelle vérité se construire. Et cette vérité a changé de sexe. Le changement se traduit par la remise en question de notions qui légitimaient et justifiaient l'existence du mâle dominant et de son fief, le culte de la virilité ! Hier, un homme-un-vrai ne devait pas pleurer, aujourd'hui, un homme ne doit surtout pas retenir ses larmes. Hier, un homme-un-vrai n'avait pas à écouter les états d'âme incessants qui agitent l'humeur de sa femme, aujourd'hui, un homme doit prêter une oreille attentive aux émotions qui remuent sa femme. Hier, un homme-un-vrai devait…

– … être maître de ses émotions et aujourd'hui, il doit en être l'esclave.

– Pourquoi vous prenez autant de pincettes ? Vous croyez que cette chienne de garde d'Isabelle Alonso a fait poser un micro ici ou quoi ? Parlons peu, parlons bien. Hier, un homme-un-vrai devait se faire sucer par sa dulcinée avant de la pilonner sans la caresser ou se rabaisser à descendre à la cave, aujourd'hui, un homme doit ouvrir les hostilités par un cunnilingus, comme un petit chaton, avant de glisser à l'oreille de son gibier mille putains de je-t'aime-mon-bébé, dans l'attente que madame daigne lui donner l'autorisation de lui faire l'amour langoureusement, cette pute ! Et si, par malheur, après avoir donné son feu vert, elle n'obtient pas son orgasme, cet incapable se retrouvera au tribunal dans la minute qui suivra la fin du combat. C'est là que se situe le vrai changement : dans le lit ! Hier, la femme faisait jouir l'homme, aujourd'hui, elle veut jouir de l'homme. La féministe d'hier clamait "j'étudie, donc je suis", la néo-féministe crie "je jouis, donc je suis" avant d'ajouter "avec un homme ou un sex-toy !", en levant le poing qui tient le godemichet !

– Ce plaidoyer masculiniste mériterait une standing ovation. Au risque de passer pour l'avocat du féminisme, je crois qu'une nuance doit être émise. Pourquoi voir là un changement féministe et non un changement purement humaniste, égalitariste ? Regardez Martin Luther King et Nelson Mandela, ils n'ont pas milité pour les droits des Noirs, mais pour que les droits humains soient étendus à tous et donc aux Noirs. La même logique s'enroule autour du féminisme. Pourquoi une femme ne réclamerait-elle pas le droit à l'orgasme ? Pourquoi l'homme ne répondrait-il pas à l'appel de la réciprocité ? Pourquoi ne ferait-il pas l'effort de comprendre la femme, sa psychologie et son corps ? Qu'a-t-il à perdre à s'ouvrir davantage au monde de la femme ?

– Fred, tu plaisantes j'espère.

– Absolument pas.

– Là, je t'avoue, je suis perdu. Que David, qui n'est pas un modèle de virilité, déroule un tel argumentaire, je peux comprendre. Mais toi, le boxeur, que tu le valides, c'est à n'y rien comprendre. Tu es sur le chemin de la conversion au judaïsme ou au masochisme ? Tu viens de te faire fusiller par une horde d'amazones et, en guise de représailles, tu reprends à ton compte cette idée perverse selon laquelle nous devrions porter un string sous nos boxers ? Les filles t'ont castré et greffé un vagin ! Elles sont fortes, ces putes !

– Je ne suis qu'un pauvre homme hétéro qui, comme tout homme bien portant, subit les assauts de sa testostérone. À la vérité, si on veut faire preuve de sincérité et de transparence, il faut commencer par admettre que pervers est juste le nom donné à un homme qui manque de discrétion. Nous sommes intrinsèquement tous des pervers ou nous répondons à la définition de ce terme. Il n'y a qu'à voir la bonne santé de l'industrie pornographique. Les homos n'ont pas besoin de cacher cette part masculine en eux derrière le protocole de la rencontre, c'est pour ça qu'ils s'envoient autant en l'air. Lorsqu'un homo en croise un autre, si l'attirance physique est réciproque, bim !, ils font connaissance en s'enculant. Pas besoin de s'envoyer des textos, d'aller au resto, d'offrir des fleurs, de s'appeler des heures durant pour parler de sa musique favorite ou de sa couleur préférée, avant d'entrer enfin dans le vif du sujet. Le désir de se découvrir vient après la rencontre de deux pulsions. Si il vient.

– Dis donc, dandy, serais-tu en train de faire ton coming out ?

– Justement, l'une des filles m'a traité d'homo refoulé ! Pour te répondre, j'ai fait un jour l'expérience de visionner un porno gay. Il me fallait vérifier si je n'avais pas un fragment d'homosexualité enfoui sous des couches de gangsta rap. Surtout que j'adore me faire lécher les tétons !

– Toi aussi ! Je savais bien que je n'étais pas le seul à aimer ça.

– Et alors, Fred ? Verdict ?

– Je suis au regret de vous annoncer que devant la fougue dépensée par des apollons, ma queue n'est pas sortie de son sommeil. Elle ronflait même, comme devant un documentaire sur le Kosovo…

– Fred, peux-tu nous expliquer pourquoi tu t'es fait traiter de pervers narcissique par les filles ? Qu'as-tu répondu ?

– Heureusement que tu es là, Mickaël, pour temporiser nos egos. Les filles n'ont pas supporté d'apprendre, de la bouche de Doris, que mon profil ressemblait plus à celui de Don Juan que de Roméo. Et ce qui m'a valu leur foudre, c'est que je ne me souciais pas de la douleur affective d'un des dossiers du moment et qui, depuis ce matin, me bombarde de textos.

– Et auxquels t'as répondu ?

– Pas encore.

– Comment ça pas encore ? Le meilleur moyen de faire cesser ce bombardement, c'est peut-être de répondre, tu ne crois pas ? À moins que tu prennes ton pied à l'idée qu'une femme soit en détresse par ta faute ?

– Calme-toi, David, il ne s'agit pas de ta sœur.

– Et alors ? Ça aurait pu ! Franchement, je comprends mieux pourquoi Doris te voit comme un pervers narcissique. Tu l'es !

– Qu'entends-tu par là ?

– Tu te joues des femmes, tu joues de leur faiblesse et tu les mets plus bas que terre par ton silence.

– Fred, sans vouloir prendre parti, le plaidoyer de David tient la route.

– Merci de ta franchise, Mickaël. Mon cher David, je trouve néanmoins dommage que tu remixes la définition du pervers narcissique. Qui dit pervers narcissique dit mâle dominant, ce que je suis. Mais le pervers narcissique présente ceci de singulier qu'il rabaisse constamment sa victime par ses mots, par ses reproches, par des remarques blessantes, avilissantes. Or celles qui me connaissent te le diront : je passe mon temps à encourager les femmes que je côtoie à nouer des liens avec la lecture et à attacher de l'importance à l'élégance. Je les booste plus que je ne les rabaisse.

– Dans les faits, ça revient au même. Certaines femmes, pour ne pas dire toutes, veulent juste être acceptées telles qu'elles sont, sans sentir au-dessus de leur épaule l'homme-devant-lequel-elles-écartent-les-jambes qui vient leur dire “ma chérie, il te manque ci ou ça pour être géniale”.

– C'est à peu près ce que les filles m'ont fait comprendre. Les femmes me tournent la tête, mais elles ne me la font pas perdre. À chacun son tournis ! Ma tête, ma grosse tête de Kamer est bien vissée sur mes épaules. Et quand je vois ces hommes qui suent sang et eau, remuent ciel et terre, pour obtenir ne serait-ce qu'un sourire d'une jolie fille, je me rappelle que c'est plutôt un cadeau. Le Très-Haut m'a donné l'affection des femmes, et encore, nombre d'entre elles m'ont glissé entre les doigts. Tel un Pelé, je ne marque pas à chaque action, loin de là, il m'arrive de tirer sur les poteaux. À ce jour, j'ai collectionné plus de râteaux que de baisers-et-plus-si-affinité. Bon, j'ai mon appel à passer, un incendie à éteindre, un dossier à sécuriser.

– C'est peut-être le diable qui t'a fait ce cadeau, pour que tu traumatises le plus possible de femmes. Lesquelles, à leur tour, en feront voir de toutes les couleurs aux mecs. Qui à leur tour vont être ou traumatisés ou castrés, et ainsi le cercle destructeur de la société prend forme. Oui, c'est ça, fais mine de ne pas m'entendre !

« *Nian nian nian ! Enfin, il y en a un qui a compris. Non, monsieur n'a pas le temps d'entendre la vérité, sa vérité fondamentale.*

– Pas toi ! Qu'est-ce que tu me veux ? Je croyais avoir été clair.

– *Pas plus clair que je ne l'avais été, je t'avais promis de revenir.*

– Qu'est-ce que tu veux ?

– *Te tirer mon chapeau. Tu es encore plus performant que je ne l'avais espéré. Nian nian nian !*

– Qu'est-ce que tu racontes ?

– Tu es formidable, l'un de mes meilleurs officiers. Combien de pauvres innocentes victimes as-tu à ton compteur ? Cent ? Deux cents ? Peut-être trois cents ? Tu es prodigieux ! Ces larmes, ces cris, ces innocences souillées ! Du grand art, du très grand art. Tu es un authentique génie de la destruction !

– C'est tout ce que tu as trouvé ? M'atteindre par la question sexuelle puisque tu ne peux pas par la question raciale. Astucieux. Vain mais astucieux.

– Ta capacité à te mentir à toi-même tient de l'art contemporain.

– Laisse-moi rire. Je suis parfaitement lucide sur ma vérité. Et ma vérité est que je ne m'amuse pas avec toutes ces filles. J'enchaîne juste les déceptions, je ne leur mens jamais sur la teneur de mes sentiments.

– Jamais ?

– Jamais !

– Et Émeraude ?

– C'est la seule ! La seule à qui j'ai dit que…

– Joli résultat ! Tu sais où elle se trouve en ce moment précis ?

– Comment veux-tu que je le sache ?

– À Sainte-Anne, bien au chaud, cajolée par le service psychiatrie, racontant à qui veut ouvrir son oreille à son

désarroi que son mari, l'homme de sa vie, son Fredo, va venir la chercher.

– Émeraude a perdu la tête ? Tu plaisantes. Même si c'était vrai, je n'y suis pour rien puisqu'elle était déjà *borderline* quand j'ai croisé sa route.

– Bien sûr ! Cache-toi derrière ton excuse bidon ! Continue de te mentir. Continue de croire que tu as une conscience, que tu es quelqu'un de bien et que tu ne détruis pas ces filles par pure vengeance sadique. Par pure haine ! Continue de te raconter des histoires et de croire que tu accomplis l'œuvre de l'autre esclavagiste Là-Haut.

– Quel esclavagiste ?

– Oh, c'est mignon, le fi-fils veut défendre son papounet. Parce que tu crois qu'il a besoin de ta défense ? Ton humilité est renversante. Un conseil : relis la Bible et reviens me dire qui a la palme de l'esclavagisme, qui a demandé aux hommes de se plier à ses ordres.

– Tu confonds ordre et commandement.

– Décidément, tu me fais rêver. Le syndrome de Stockholm te va à merveille. Continue de te mentir à toi-même, de te prendre pour ce que tu n'es pas, monsieur je-vole-des-livres-des-steaks-et-le-bonheur-des-femmes-qui-ont-le-malheur-de-me-donner-de-l'amour ! Continue de croire qu'un rapport sexuel n'est qu'un hobby comme un autre auquel se livrent deux personnes consentantes. Si ça peut te

soulager. Continue de brandir la carte de l'innocent épicurien, si tu te sens mieux comme ça. Je préfère te prévenir, tôt ou tard, tu vas devoir faire ton coming out. Tu ne pourras pas y échapper indéfiniment. Toute cachoterie, tout mensonge a une fin. Une fin en forme de crash ! Mais rien ne presse. En attendant, continue à t'amuser. Tu aurais tort de ne pas profiter du gibier qui s'offre à toi, comme les multinationales françaises auraient tort de ne pas profiter des matières premières africaines : de la beurette brûlante à la bourgeoise gourmande, en passant par la Juive coquine et la Black sulfureuse, baise, défonce, démonte, culbute un maximum de chattes en chaleur, elles ne demandent que ça ! Éjacule dans un maximum de bouches faussement insolentes, gicle sur un maximum de culs assoiffés, démontre ton autorité à un maximum de fausses-féministes-vraies-chiennes. Je ne sais pas si je te l'ai dit mais, de ta génération, tu es un de mes meilleurs représentants. Tu as même surclassé ton père ! Nian nian nian. »

– Allô, Audrey, ma-perle-de-la-Réunion ! Ça va ? Joyeux anniversaire !

– Non, ça va pas. J'arrête pas d't'envoyer des messages et de t'appeler. J'ai eu le temps de pleurer mille fois, je commençais à me dire que mes copines avaient raison à ton sujet, j'ai même eu peur qu'il te soit arrivé quelque chose de grave. J'étais prête à appeler les commissariats et les hôpitaux.

– Pourquoi pas le FBI pendant que tu y es ?

– T'es sérieux là ? Je suis morte d'inquiétude et toi, ça te fait rire. Ma parole, t'as pas d'cœur !

– Calme-toi. On ne t'a jamais dit que le rire est le meilleur des anti-déstressants ?

– Pas sûr qu'il soit plus efficace que l'orgasme.

– Je suis désolé. Je vais bien, je n'étais ni en garde à vue ni sur un lit d'hôpital. Juste pris en otage dans une orgie !

– Tu fais genre que c'est une blague mais je sais que t'étais avec une autre. Je ne suis pas totalement idiote. Tu crois que j'te connais pas, monsieur je-contrôle-tout. Tu es peut-être un palais dans un labyrinthe, comme tu me l'as dit, moi, je ne suis pas les autres, j'ai saisi ton fil d'Ariane.

– Qu'est-ce que tu racontes ? T'as bu ou quoi ? J'étais occupé. Et je te le redis, je suis désolé de t'avoir causé tant d'inquiétude.

– Si t'es sincère, alors viens. Passe la soirée avec moi, j'ai besoin que tu me prennes dans tes bras, c'est mon anniversaire.

– Si j'apparais sur le perron de ta porte, ce ne sera pas avant vingt-trois heures. Tu travailles demain, il me semble.

– Pas grave, mon travail. Je gère. Viens à l'heure que tu veux. Tu me promets que je ne vais pas t'attendre pour rien ? Hein, bébé, promets-le-moi.

– J'ai horreur de faire des promesses, surtout quand elles sont réclamées. Je dois y aller, j'te laisse.

– À ce soir, mon lion. Ta petite chienne t'attend langoureusement.

Chapitre 9

« MARIANNE ! La décision est prise : ta mort aura lieu aujourd'hui. Nian nian nian.

– Vous revoilà ! Telle une future mariée attendant son futur époux, je commençais à me languir de vous. Vous m'avez tant promis. Et pour l'heure, je n'ai encore rien vu qui en vaille la peine. Je ne vous cache pas ma déception.

– Ironise autant que tu veux. Tant que tu le peux. Ta patience va recevoir sa récompense.

– Formidable ! Avez-vous prévu un renversement de régime ?

– Mieux que ça. Pour envoyer l'Idée que tu incarnes au cimetière des idéaux, j'ai concocté un moyen infiniment plus efficace.

– Ceux qui connaissent leur force, en général, ne s'en vantent pas. Ils agissent et laissent aux autres le soin de faire leur publicité.

– Me vanter auprès de toi ? Encore faudrait-il que j'aie quelque chose à te prouver. Or si j'ai quelque chose à prouver, ce n'est pas à toi. Je ne suis pas venu te livrer un séminaire, mais simplement t'annoncer que l'heure du chaos a

sonné. Ouvre bien les yeux, le spectacle est sur le point de démarrer. En tant que metteur en scène, je vais devoir te laisser. Le devoir m'appelle. Nian nian nian. »

« *Regardez-moi cette grosse larve, infoutue de faire quoi que ce soit de sa vie. Une vie qui jusqu'ici n'a fait qu'encombrer l'existence, vide de toute utilité. Et de toute saveur. Heureusement que je suis là pour l'aider à la remplir. Je suis le seul à me soucier des âmes en peine qui n'ont pas su trouver leur place en ce bas monde. Au fond, je suis un bon samaritain. Nian nian nian.* »

« *Momo… Mohammed!*

– Hmmmm.

– *Soldat Abou Youssef! C'est l'heure de se lever!*

– C'est qui là? J'entends des voix ou quoi, wesh! Comment tu connais mon nouveau blaze?

– *Tu n'entends pas des voix, tu entends ma voix. Je suis sûr que tu sais qui te parle. Je suis celui qui t'a permis d'effectuer ton long voyage en sifflotant, l'esprit serein, aussi serein que le prophète Mohammed-que-la-paix-soit-sur-lui sur le champ de bataille, sans que le moindre tracas ne vienne polluer tes pas. Je suis celui qui t'a aidé à mettre la main sur un scooter d'enfer, au moment où tu en avais besoin. Les uns m'appellent Gabriel, les autres préfèrent Djibril.*

– J'me disais bien que c'était toi. Ça n'pouvait pas être quelqu'un d'autre, ici, personne ne connaît mon nouveau nom.

– Ravi que tu retrouves tes esprits. Lève-toi, ce n'est pas le jour de faire ton adolescent-faignant. Aujourd'hui est un jour nouveau. Il est l'heure ! Sept heures ; et tu dois être à l'école à huit.

– C'est bon, j'me lève tranquille. Pas besoin d'hurler dans mes oreilles, chuis pas sourd et t'es pas ma mère.

– Oui, oui, monsieur le rebelle, on a compris, t'es un dur. T'es pas c'que la France a voulu que tu sois, un sale clébard d'arabe juste bon à mâchouiller quelques mots en français, à se noyer dans la Seine, à se prendre pour Tony Montana ou à réparer des carrosseries de voitures. Aujourd'hui, tu vas pouvoir montrer à ce pays de merde, et au reste du monde, qui tu es vraiment, celui que ce pays de mécréants n'a jamais voulu que tu sois : un héros. Pour y arriver, tu dois te lever, tout de suite ! Sinon tu risques de te rendormir. Or ton ultime rendez-vous avec l'Histoire, c'est ce matin. Arriver en retard ou remettre à demain n'est pas une option. Une armée de porcs-en-uniforme est déjà à ta recherche et, avec tous les moyens technologiques dont ils disposent, ces bâtards ne vont pas tarder à retrouver ta trace. Voilà pourquoi tu dois…

– Ça y est, c'est bon, t'as gagné, j'me lève. Putain, tu lâches rien toi, t'es un ange ou un pit-bull ?

– *Un peu des deux. J'ai gagné parce que je suis un gagnant, un authentique winner. Comme toi, d'ailleurs, tu as ça dans le sang. Contrairement à ce que ce pays t'a répété, tu n'es pas né pour perdre, tu n'es pas né pour te contenter de participer à la vie et regarder les autres gagner. Ton destin, c'est la victoire ; mieux, c'est la gloire ! D'ici ce soir, le monde entier l'aura compris. Lève-toi, lave-toi et avale un bon petit déjeuner, il est hors de question que tu manques de force et de courage pour accomplir la grande œuvre que tu dois accomplir. Une œuvre que les anarchistes les plus éminents, adeptes des coups d'éclat retentissants, n'auraient pas imaginé accomplir.*

– Qui te dit que je vais réussir ?

– *Décidément, ce pays t'a bousillé, miskine. Personne n'a eu besoin de me le dire. Je le sais ! Je ne t'ai pas choisi pour rien. Et je ne me trompe jamais. Tu n'as pas intérêt à me faire regretter d'avoir arrêté mon choix sur toi. D'autant que ce ne sont pas les candidats qui manquent. Même s'ils ne sont pas si nombreux que cela à avoir tes couilles. Ils ne sont pas si nombreux à avoir le courage de quitter leur HLM pour se rendre seul dans les montagnes d'Afghanistan ou dans les travées du Pakistan, il faut le reconnaître. La plupart s'arrêtent au niveau de la mosquée de leur banlieue miteuse et tremblent à l'idée de prendre seul le TGV.*

– Là, t'exagères, t'as pas besoin de me saucer. J'connais v'là les bonhommes. Des mecs qui vont en Hollande et reviennent en mode go-fast, le coffre bourré de drogue.

– *Qu'est-ce que tu me racontes? Je te parle de courage, toi tu me parles d'argent. Ceux qui font ça n'ont aucun courage, ils n'ont que l'appât du gain. Combien d'entre eux seraient capables de risquer leur vie? C'est la question que tu devrais te poser au lieu de les comparer à toi. Je parle de toi, le Mohammed d'aujourd'hui. Tu en as fait du chemin depuis l'époque où, perdu dans ta cellule, tu avais essayé de mettre fin à ta vie alors qu'elle n'avait pas encore débuté…*

– C'est un truc de ouf, comment tu sais ça, wesh?

– *Ce que je sais, c'est que ce temps est révolu. L'ancien Momo fragile est mort ; c'est Mohammed, le soldat du djihad, c'est Abou Youssef le vaillant qui est venu le remplacer. Selon moi, tu n'avais même pas besoin de changer de prénom. Celui que ta mère t'a donné est très noble. Existe-t-il plus noble prénom que celui du prophète-que-la paix-soit-sur-lui? Or, comme je te l'ai déjà dit juste avant que tu n'accomplisses la première partie de ta mission divine, ce prénom, il faut en être digne, il se mérite. Et tu vas prouver à tes parents, à tes frères et sœurs, à tous ceux qui n'ont jamais cru en toi, à l'ensemble de la Oumma que tu le mérites pleinement. Sans oublier tous les mécréants de France et tous les koufars qui polluent la surface de la planète. Tu mérites d'obtenir ce que ce pays d'hypocrites et d'ingrats vous a toujours refusé, à toi et aux tiens : la reconnaissance, la vraie, et le Respect, avec un grand R.*

– Ces fils de pute !

– Inutile de t'énerver. Tu n'es pas une femme. Un homme, un authentique soldat ne se laisse pas emporter par la colère. La première arme d'un solide combattant, c'est son sang-froid. Ton courage restera gravé dans la tête de tous les musulmans, y compris les plus perdus. Ta détermination servira de soleil à tous ces jeunes qui sont plongés, devant la froide indifférence de Marianne, dans le nuit de la galère, une nuit sans étoile ni fin, une nuit en forme de gouffre. Devant une Marianne qui se contente de vous laisser vous entretuer, vous les Bougnoules et les Nègres, dans les cités dortoirs, ces prisons à ciel ouvert, paradis de l'injustice républicaine, où l'égalité des chances n'est qu'un son lointain, échappé d'un pupitre de prof-bobo, sans aucune réalité palpable. Une authentique publicité mensongère ! Sur le marché du travail, un bac plus dix qui a le malheur de s'appeler Rachid ou Semba verra toujours passer devant lui le moindre petit Mathieu, doté d'un maigre BTS et qui se charge

de leur donner des ordres, tel un gouverneur colonial. Et c'est à toi que revient le devoir de rendre la monnaie de sa pièce à cette injustice qui se pavane sans retenue dans le monde de l'entreprise ; et ce, même s'il existe la discrimination positive. Eh bien non ! Les cols-blancs-descendants-de-Jeanne-d'Arc qui ont le pouvoir de changer les choses ne pensent qu'à leurs intérêts, ceux de leur race, comme lorsqu'ils vont répandre la mort et la désolation en Irak, en Libye ou ailleurs. Tu as ma parole, et je n'en ai qu'une, ton acte fera battre le cœur de tous les soldats-en-herbe qui ont encore la main tremblante, hésitante, bégayante, anesthésiée par cette vie accro au matériel, à la paresse et au divertissement immoral, et qui, au fond d'eux-mêmes, veulent se lever contre cet insupportable culte de l'injustice. Ton nom sera cité en exemple dans toutes les mosquées du monde, on parlera de toi jusqu'en Arabie saoudite. Tous les enfants qui remplissent les madrassas *voudront devenir toi, Mohammed Merah, le digne descendant de Saladin. Tu seras le nouveau Ben Laden. En plus vaillant ! Et pour cause : toi, tu as agi seul. Ton frère Abdel-Kader t'a à peine aidé. Son manque de couilles l'a empêché de se hisser à la hauteur des enjeux. Tant pis pour lui. Je te le dis : tu seras le symbole de la justice divine qui s'abat sur le mal. Tu as déjà commencé à frapper la France-coloniale, celle qui a pris tant de plaisir à faire couler le sang des Algériens. Sacrée France, terre de soulards invétérés, mangeurs de porc à outrance et de pédophiles en soutane, terre où on est chaudement applaudi quand on piétine l'islam via des dessins obscènes. Oui, en exécutant quelques-uns de ses paramilitaires, tu l'as frappée en plein cœur. Mais ce n'était qu'un avant-goût. Des policiers, des soldats assassinés, c'est du déjà vu. Aujourd'hui, les portes de la gloire t'attendent. Tout va se jouer ce matin. Car ce matin tu vas faire couler le sang de la racine du mal français, les Juifs. Et pour leur montrer la puissance d'Allah, tu vas les frapper là où ça fait le plus mal : dans une de leurs écoles.*

– C'est bon, arrête de me faire ton speech, wesh. Tu t'es pris pour cet enculé de Sarko ou quoi ? Je sais ce que j'ai à faire et pourquoi je le fais. T'as pas besoin de venir en rajouter des tonnes et des tonnes. Tu dis que tu crois en moi mais tu me parles comme si tu me prenais pour un demeuré, pour un demi-cerveau. Tu m'parles comme mon ancien fils de pute de prof de français.

– De grâce, évite de me comparer à ce prof qui te considérait tout au plus comme un sale Bougnoule, adoptant à ton égard une attitude jumelle de celle de ce bâtard de prof du film Entre les murs. *Pardon de me répéter. Moi, ta valeur m'a sauté aux yeux. Je connais ton intelligence, je*

n'ai jamais remis en cause ton potentiel. Tu te dois d'aller arracher aux mains de cette République-du-mépris-et-de-l'hypocrisie le destin qu'elle te refuse : celui d'un héros. Pas celui d'un éboueur, d'un carrossier, d'un cariste, ou d'un travailleur social comme ils disent. Tu es une tunique et non une serpillère. Et ce ne sont pas les services secrets qui me contrediraient. Nian nian nian. Tu les as quand même bien mis à l'envers, ils ont cru que tu étais un Debbouze, un traître à ta race. Sans imaginer une seconde que le sang de Boumédiène coulait dans tes veines. Ils vont s'en mordre les doigts. Nian nian nian.

– Putain, tu ne t'arrêtes jamais de parler, c'est un truc de oufff. Je comprends comment tu as pu dicter en une nuit tout le Coran au prophète-que-la-paix-soit-sur-lui.

– *Allez, on est parti. Surtout, n'oublie pas ton gun. Je te conseille d'en prendre deux, on ne sait jamais, des fois que le premier s'enrayerait. Nian nian nian.* »

« *T'es arrivé. Tu peux te garer ici, l'entrée de l'école est juste là. Il n'y a pas grand monde, mais il y a ce qu'il faut. Regarde ce sale youpin là-bas, accompagné de ses sales mioches. Fonce. Vas-y, feu à volonté !* »

« *Qu'est-ce qui s'passe ?*

– Putain, mon fusil mitrailleur s'est enrayé.

– Pas de panique. Tu as bien fait d'écouter mes conseils, dégaine le colt.»

«Mohammed, t'es un bon, t'es le meilleur... Attends... Regarde la petite Juive là qui se prend pour une aryenne avec sa chevelure de Barbie, regarde-la qui essaie de fuir alors qu'elle a déjà reçu une balle. Pour qui elle se prend cette satanée Juive? Elle ne peut pas se laisser mourir sans chercher à s'accrocher à la vie comme les Rothschild s'accrochent à l'argent des peuples? Pourquoi résiste-t-elle? Quelle mouche l'a piquée? Elle croit vraiment qu'elle va pouvoir échapper au châtiment de Dieu? Vas-y Mohammed, vas-y, enfonce-lui une balle dans la tête, ça lui apprendra à ne pas vouloir mourir. Voilà, parfait! Attrape-la par le cou, presse le canon sur sa tempe-casher et fais-moi gicler son cerveau comme du champagne. Et maintenant, appuie sur la gâchette, ne tremble pas, sois ferme, aussi ferme que le viol des lois internationales auquel se livre sans vergogne l'État sioniste. Pense aux enfants palestiniens que les Juifs tuent chaque jour.»

« Voilà! Nian nian nian! Bravo, tu as fait honneur à ton prophète, tu as fait le job avec brio. Comme un grand. Tu as rempli ta mission avec panache. Remonte sur ton scooter ; calmement.

– Putain ! Allahou akbar ! Je l'ai fait, ça y est, j'ai réussi. Putain, j'ai vraiment réussi. Plus personne pourra dire que je suis un bon à rien.

– Tu peux être fier de toi. Il ne te reste plus qu'à rentrer dans notre planque et à attendre, bien sagement, que les mécréants-en-uniforme-de-police viennent t'offrir l'occasion de quitter cette terre en prince-de-la-guerre, en véritable martyr, les armes à la main ! De mon côté, comme promis, je m'occupe du reste. Je graverai ton nom dans tous les cœurs des musulmans, juste à côté de celui de Ben Laden. Ta famille sera bénie. Je n'ai qu'une parole et je l'honore. N'oublie pas de bien protéger tes couilles. Ce serait dommage qu'après t'être donné tant de mal pour accéder au paradis, là où t'attendent soixante-douze vierges, rien que pour toi, ta queue ne soit pas opérationnelle ayant été criblée de balles à la dernière minute. Plus que dommage, ce serait injuste. Tu dois pouvoir profiter pleinement de ton dû, vivre le rêve de tout homme. Car Allah n'a rien à voir avec Marianne. Lui, il sait se montrer bon et reconnaissant envers ceux qui le méritent, ceux qui se sacrifient pour sa gloire. Tu viens de faire ton entrée dans le club très fermé des forgerons de l'Histoire, ceux qui appartiennent à l'éternité. Allez, tu n'as plus besoin de moi. Il faut que j'y aille, j'ai d'autres plats sur le feu et je ne dois pas les laisser brûler.

– Merci, Djibril, personne ne m'a jamais dit ça, pas même mon père. J'ai beau faire le malin, j'avoue que tu m'as bien aidé. J'vais pouvoir mourir avec le sourire et aller kiffer l'autre vie, la vraie, la douce, la pure, qui m'attend dans l'au-delà auprès d'Allah ! »

« *Nian nian nian. Eh ! Toi, là-haut, tu vois la simplicité avec laquelle je retourne le cerveau des jeunes immigrés dont le destin est encastré dans la sous-France ! C'est comme tendre un plat de viande à quelqu'un qui meurt de faim. Quelle que soit la saveur du plat, il le dévore sans se faire prier. Et le trouve exquis. Avec les jeunes musulmans, je suis aidé par cette fable des soixante-douze vierges, c'est presque trop facile. Le type qui l'a inventée devrait avoir une statue à son nom aussi grande que la statue de la Liberté tellement c'est un génie-parmi-les-génies ! Il a compris qu'afin de pousser les jeunes hommes à se sacrifier pour une cause, il ne faut pas compter sur leur amour de la cause, et encore moins sur leur compréhension des enjeux qui la sous-tendent, mais sur l'amour du sexe. Exclusivement sur lui. Comment cette vérité anthropologique, ô combien élémentaire, a-t-elle pu échapper aux prélats de l'église catholique ? Ces cons ont limité le champ de leur discours à un concept abstrait : l'amour du paradis. Or le paradis n'a rien de palpable, il ne renvoie à aucune sensation. Le désir qui s'y rattache est donc de faible puissance. Quand je pense que tous ces curés parlent en ton nom, nian nian nian. Qu'est-ce que ça fait d'être représenté par de tels cons qui passent leur temps à s'enculer entre eux, quand ils ne déversent pas leur lubricité sur les enfants ? En attendant, ils font bien mes affaires. Les généraux-de-l'islam, conscients qu'un adolescent bande plus qu'il ne pense, ont misé sur la libido plutôt que sur la conscience. Ainsi va la testostérone : être ado, c'est préférer la baise à la prière. Au pire, c'est prier pour espérer baiser. Avec tous ces culs qui ont envahi les espaces visuels, impossible d'échapper aux assauts de la pulsion. Et le fait de préciser que les soixante-douze créatures de rêve sont vierges ajoute de la motivation à la motivation, puisqu'une vierge, n'ayant pas de point de comparaison, ne peut manifester de déception. Tout jeune musulman qui se respecte veut une femme vierge soi-disant au nom de la pureté qui entoure la virginité, alors que c'est pour préserver son petit ego de macho-accro-au-gangsta-rap et s'assurer qu'elle ne regrettera pas un quelconque ex s'il n'est pas à la hauteur au lit. Les généraux-de-l'islam, très fins psychologues, envoient les jeunes-sans-but se faire exploser, pendant qu'eux savourent ce butin sur terre. Nian nian nian. Bon, je dois aller m'occuper de Coulibaly, des frères Kouachi et des autres, leurs cerveaux sont à point, il ne faudrait pas qu'ils crament. Le feu d'artifice doit se poursuivre !»*

Chapitre 10

– Bonjour braves gens et autres multitudes, vous êtes bien sur la messagerie de Frédéric, le jeune-ancien, moustachu et fantasque, qui fuit la bêtise et l'ennui. Alors, de grâce, si les syllabes que vous souhaitez m'offrir ne sont ni censées, ni drôles, ni même prosodiques, je vous prierais de respecter la loi du silence et de me laisser avec ma solitude ; car elle, au moins, ne m'ennuie jamais ! Bip.

– Putain, bébé, t'es où ? Pourquoi tu ne me réponds pas ? Ma meilleure amie a perdu son mec au Bataclan, c'est la merde. Envoie-moi un message pour me dire que tu es en lieu sûr. Je n'arrête pas de trembler, je me suis…

– Message enregistré.

– Bordel ! Messagerie de merde, j'en ai marre !

– Calme-toi, Angélique. Pas de nouvelles, bonnes nouvelles. S'il lui était arrivé quelque chose, à ton Fred, tu…

– Écoute, Stella, j't'adore mais là, c'est pas le moment de jouer ta Judith Butler.

– Ton Fred, là, je ne le sens pas. Il n'en a rien à faire de toi. Il ne t'aime pas, il n'aime que ton cul. Qui ne l'aimerait pas, ce cul de déesse ?

– Qu'est-ce que t'en sais ?

– « *Vas-y, Stella, c'est l'occasion rêvée. Charge ce petit enculé.* » S'il t'aimait, s'il tenait un tant soit peu à toi, il aurait eu la présence d'esprit de te faire signe, au moins par texto. Ça lui aurait pris cinq secondes à peine. Il trouve bien le temps de pisser, il aurait facilement pu trouver celui de t'envoyer un texto. Ouvre les yeux, meuf ! Ce mec, c'est peut-être un beau dandy, c'est peut-être un bon amant, mais ce que je vois c'est qu'il n'en a rien à foutre de ta gueule. « *Putain, qu'est-ce que t'es efficace ! Tu devrais faire des études de droit et devenir avocate, au lieu de perdre ton temps dans une école de commerce.* »

– C'est méchant ce que tu dis.

– Désolée, ma choupinette. Tu sais bien que je ne suis pas une fille méchante. Je n'éprouve que de la bienveillance à ton égard, sinon je ne me mêlerais pas de tes affaires de cœur. Simplement, j'essaie d'être l'électrochoc qui va te sortir de ton coma sexuel. J'estime en mon âme et conscience que tu mérites mieux que ce mec. Largement mieux ! « *Vas-y, enfonce le clou. Regarde-la, elle baisse la tête, elle est en train de flancher. Encore un petit effort et elle sera à toi.* » S'il n'a pas conscience que tu es une princesse et non un chiffon que l'on peut négliger, s'il te traite comme la dernière des groupies, c'est qu'il ne vaut rien. Très honnêtement, il ne mérite pas d'avoir une perle entre les mains. Moi, je donnerais tout pour avoir une petite copine comme toi. Je ne crois pas en Dieu, mais si j'étais croyante, je dirais que tu es la preuve qu'Il existe. Et puis cette bouche, quel diamant !

– Putain, meuf, qu'est-ce que tu fais ? C'est quoi cette vieille tentative ? Je n'arrive pas à croire que tu viens d'essayer de m'embrasser. Tu sais bien que je suis cent pour cent hétéro, que je n'ai pas une once de bisexualité en moi.

– Wahouhhh, tu en parles comme si tu parlais du sida. Ce n'est pas une maladie, au cas où tu en douterais. Tu ne peux pas savoir si cette once ne sommeille pas en toi tant que tu n'as pas testé. Laisse-moi te faire un vrai cunni d'experte qu'une bouche d'homme ne pourra jamais t'offrir, et après on en reparle. Crois-moi, tu ne le regretteras pas. Si je me trompe, je saute par la fenêtre.

– Étant donné que je ne tiens pas à te voir t'aplatir sur le sol, telle une crêpe mal assaisonnée, je ne vais pas prendre le risque d'assister à ta défenestration. Les pompes funèbres sont assez occupées comme ça, pas besoin de leur ajouter du travail.

– Ma proposition tient jusqu'à minuit, ensuite ce sera trop tard. Ma générosité se transformera en indifférence.

– Tant que ce n'est pas de la méchanceté, je prends. Ma chérie, ce n'est pas contre toi, tu es superbe, tu le sais. Simplement, pour moi, le cunni n'est que l'entrée. Et aussi succulente soit-elle, une entrée doit impé-ra-ti-ve-ment s'accompagner d'un plat de résistance. Sinon, je préfère m'abstenir d'avaler quoi que ce soit. L'abstinence plutôt que la frustration, tel est mon slogan. Il n'y a rien de pire que de rester sur sa faim. Seule une bonne queue bien dure peut me rassasier.

– Le god-ceinture, tu connais ?

– Décidément, tu es tenace, aussi tenace que le goût de la provoc chez Lady Gaga. Je ne connais pas, mais j'ai déjà vu. Tu auras beau me dire tout ce que tu voudras, le god-ceinture ne remplacera jamais-jamais-ô-grand-jamais la puissance d'un mec.

– Que répondrais-tu à quelqu'un qui te demanderait ce que ça fait d'être une pute à Nègre ?

– Un mec de la fac, persuadé d'avoir ses chances avec moi, m'a déjà demandé pourquoi je n'avais d'yeux que pour les Blacks.

– Le pauvre chou ! Il voulait que maman le rassure sur la taille de son kiki.

– Je lui ai dit que l'homme n'ayant plus le monopole de la jouissance, je préfère être la pute d'un Black qui me baise bien et me fait jouir comme une folle, plutôt que la princesse d'un Blanc qui me baise comme un puceau et me fait regretter de lui avoir ouvert mon minou. Tu aurais vu sa tête! Le p'tit loup ne s'est pas démonté. Il m'a rétorqué que des hommes Blancs qui, en plus de baiser aussi bien que Rocco, sont d'authentiques gentlemen, ça existe. Vu qu'il a cherché à m'impressionner, je me suis rapprochée de lui comme si j'allais lui rouler une pelle. Puis, d'un coup, je lui ai attrapé les bijoux de famille et, constatant qu'il était bien celui que je le soupçonnais d'être, je lui ai soufflé à l'oreille : "Si tu en connais, je t'en conjure, n'hésite pas à m'en présenter. De toute évidence, tu ne parlais pas de toi. En attendant, je vais continuer à m'envoyer en l'air avec des mecs capables de me combler!"

– Non, t'as pas fait ça, meuf? Dis-moi que tu plaisantes.

– Plus sérieuse que moi tu meurs. Depuis, il ne m'adresse plus la parole.

– Mais à force de laisser passer les bons partis, ma chérie, tu te réveilleras un jour aux côtés d'un Antillais ou d'un sans-papier tout droit venu du Congo qui, non content de vivre à tes crochets, finira par ne plus te baiser qu'une fois par mois, les bons mois, et s'absentera presque chaque soir, en te laissant seule avec ton chat. Et peut-être avec un gosse dont il se montrera incapable de changer la couche. À ce moment-là, tu te rappelleras au bon souvenir de tous ces Paul, Édouard ou Alexandre dont tu t'étais allègrement moquée au nom du droit à l'orgasme. Tu iras alors t'enquérir sur les réseaux sociaux de ce qu'ils sont devenus. En deux clics, tu les retrouveras aux côtés de leurs femmes, les Gwendoline, Marie-Charlotte ou Louise qui ont su faire le bon choix au bon moment, ont compris qu'avoir un homme qui offre des orgasmes, c'est génial, mais avoir un homme qui offre un pavillon à Neuilly, un chalet à Megève, un compte en Suisse, une présence sans faille auprès des enfants et aucun risque de MST, c'est encore plus génial.

– Ai-je bien entendu ? Tu vantes les vertus du mariage de raison au nom du confort matériel ? Elle est passée où, la lesbienne féministe que je connais, ou que je croyais connaître, et qui milite avec force et panache pour l'indépendance de la femme ? Elle est où la nouvelle Caroline Fourest sans peur et sans reproche ?

– Elle est en face de toi. Sauf qu'elle ne confond pas indépendance et insouciance, ma belle. Si demain je trouve un ticket de loto gagnant, je ne vais pas le jeter à la poubelle au nom de ma soif d'indépendance. Il ne faut pas être con non plus. Il serait temps de le comprendre : ton cerveau n'est pas ton seul capital. Dans cette société, que cela nous plaise ou non, la beauté d'une femme reste son plus gros capital. La tienne peut te garantir une charmante rente, si toutefois tu sais comment l'investir ou la placer entre de bonnes mains.

– L'argent, le confort, oui, je veux, mais pas au prix de mon bonheur ! Et à quoi bon se mentir, sans orgasme, pas de bonheur.

– Si je comprends bien, à tes yeux, toutes les luttes féministes n'auraient servi qu'à obtenir le droit de jouir ?

– C'est à peu près ça. Pour pouvoir jouir pleinement de la vie, il faut d'abord jouir dans son lit. Meuf, ouvre les yeux, ça fait des millénaires que les hommes l'ont compris. Putain, pourquoi il ne m'appelle pas ? Il finira par le faire, je le sais. Il ne peut pas se passer de mes pipes royales. Je le sais. Sur le marché de la gratuité, il ne trouvera pas une bouche qui s'occupera aussi bien de sa queue. Pas même celle d'une Black.

– « *Ouh là, le mal est plus profond que je ne l'avais imaginé ! Stella, tu vas devoir faire une croix sur ta copine. On l'a perdue. Ta belle Angélique, ton amie de toujours, appartient désormais aux prises de guerre. Fais-toi une raison, la bataille est pliée, la race blanche a perdu un autre élément. Mais rassure-toi, le Grand remplacement n'aura pas lieu. La résistance s'organise, la guerre est loin d'être perdue.* » Meuf, si tu te voyais, si tu t'entendais.

S'il te plaît, rends-moi un service : lis le roman de Dany Laferrière, *Comment faire l'amour avec un Nègre sans se fatiguer?* Tu devrais t'y reconnaître. Ce livre t'expliquera à quel point le sexe n'est pas que du sexe ; que le sexe, c'est politique. Vu que c'est un Black qui l'a écrit, peut-être seras-tu plus sensible à ses paroles. Moi, je jette l'éponge ! Je ne te juge pas, je serai toujours là pour toi. Il faut vivre selon ce que te dit ton cœur. « *Wahouh ! Parfait ! J'ai toujours été admiratif devant votre capacité d'hypocrisie à vous autres les femmes, le sexe faible ; le soi-disant sexe faible. Quelle géniale invention ça aussi ! Nian nian nian.* »

Chapitre 11

– BONJOUR, MONSIEUR. Pouvez-vous nous suivre, s'il vous plaît ?

– Bonjour, messieurs. « *Nian nian nian. Bienvenue chez toi !* » Je m'attendais à tout, sauf à être accueilli en Israël par la police. Vous auriez au moins pu me souhaiter la bienvenue. Ai-je l'air d'appartenir à la famille Ahmadinejad ?

– À vous de nous le dire ! Les apparences sont parfois trompeuses. Soyez le bienvenu dans notre beau pays. Auriez-vous la gentillesse de nous suivre, s'il vous plaît ? Si vous n'avez rien à vous reprocher, vous n'avez absolument rien à craindre de nous. Israël, ce n'est pas les États-Unis. Ici, quand vous êtes Noir, vous n'êtes pas présumé coupable et ce n'est pas à vous de démontrer votre innocence.

– Merci de me le préciser, cher monsieur. En toute franchise, j'ai eu comme un doute.

– Cela ne prendra pas plus de dix minutes. Petite précision : nous sommes de simples douaniers, pas des policiers. Il faut que nous fassions notre travail et ce n'est pas tous les jours que nous voyons débarquer sur notre sol une personne coiffée d'un chapeau aussi visible que le vôtre. Pourtant, avec les *haredim*, des chapeaux imposants, nous ne cessons d'en voir défiler.

« *C'est donc ton chapeau qui te rend suspect, nian nian nian ! Dire qu'en France, on ne t'a jamais contrôlé à cause de ton haut-de-forme. Il t'aura fallu être en Israël pour que ton dandysme fasse l'objet d'une suspicion.*

– Satan, tu n'as rien de mieux à faire ? Tu perds ton temps avec moi.

– *Je t'ai déjà dit de m'appeler par mon vrai prénom, Lucifer. Si j'ai mieux à faire ? Ça y est, c'est déjà fait ! Tu sembles ignorer ce que je viens d'accomplir en France.*

– Comment ça ? »

– Monsieur ? Monsieur ?

– Oui, pardon.

– Vous avez l'air songeur. Si vous avez dans vos bagages quelque chose d'illégal, il est encore temps de le dire, faute avouée étant à moitié pardonnée. En Israël, on sait se montrer indulgent, sauf avec les terroristes. Ce que vous n'êtes pas, n'est-ce pas ?

– Auriez-vous déjà été confronté à un terroriste qui avouait l'être ? Je ne suis même pas sûr que les terroristes se considèrent terroristes. De ce que j'ai compris, ils préfèrent le mot de résistants.

– Seriez-vous en train de nous dire que les attentats d'hier soir à Paris ne doivent pas être vus comme…

– Des attentats à Paris ?

– Vous jouez à quoi ? Seriez-vous acteur ?

– Moshe, peut-être que nous avons là le fils de Dieudonné.

– Le fils ? Sûrement pas ! Disons plutôt le cousin éloigné, très éloigné. Je n'aime pas sa quenelle et encore moins son obsessionnel antisémitisme. Mais dans son art, il demeure le meilleur. Je vous suis. Sachez que ma valise ne contient ni bombe, ni ananas. Tout au plus des costumes, des cravates et une kippa. Que s'est-il passé à Paris ?

– C'est par ici. Vous vous trompez, Dieudonné, c'est Yasser Arafat sorti d'une séance d'U.V. Il fournit les munitions antisémites aux jeunes Noirs et Arabes sans diplôme ni but dans la vie. Compte tenu du capital de sympathie dont il bénéficie, ses mots donnent un sens à la vie des jeunes qui en manque cruellement. Sans ses déclarations puisées dans *Mein Kampf*, et déversées lors de ses meetings politiques qu'il fait passer pour des spectacles, nous n'en serions pas là. C'est ici, vous pouvez entrer.

« *Ferme ta gueule et ouvre ta valise, sale Nègre, voilà ce que son regard te somme de faire. Tu vas vite comprendre ce que tu es ici : un moins que rien ! Un animal-à-dresser, une merde-échappée-du-cul-d'une-guenon, une erreur de la Nature, un échantillon-de-la-race-maudite. Autant te dire que, si tu es venu assister au mariage de ton soi-disant frère Jérémie, moi, je suis venu assister à ton divorce avec le judaïsme ! Pour rien au monde je n'aurais pu manquer cela. Nian nian nian.* »

– Allo, Pat ? Wesh, toujours en vie ? Les 2Pac du djihad t'ont épargné ?

– Wesh, le pervers narcissique, bien ou quoi ? Comme tu l'entends, la vie fait encore partie de ma vie. Même si, à cause des attentats, elle est bien grise : les visages, le ciel, tout. La peur s'est saisie du pays, pas moyen de lui échapper. Les cris et les larmes envahissent toutes les conversations. L'atmosphère est pire qu'au lendemain des attentats de Merah. Bien pire ! J'étouffe ! Sauve-moi. Alors, c'est comment Israël ? T'as vu des Palestiniens se faire lyncher par la police feuj qui confond Arabe et rat d'égout ? T'as vu des mères feujs se faire poignarder par des Palestiniens qui veulent leur diplôme de martyr pour aller baiser des putes vierges au paradis ? J'imagine que l'onde de choc des attentats a atteint Israël, puisqu'il y avait des Juifs parmi les victimes.

– Tu n'y es pas, c'est une autre onde de choc qui m'attendait ici. Je suis tombé en enfer, l'enfer des Noirs !

– Vu que c'est la première fois que tu voyages de ce côté-là du monde, tu découvres ce que c'est d'être un

Noir en Orient, ce que ça signifie d'être un esclave dévolu aux tâches les plus humiliantes qui soient.

– C'est simple, depuis mon arrivée à Tel-Aviv, si je ne suis pas entouré de Jéré, mon ange-gardien, et des autres qui, comme moi, ont fait le voyage, Yossi, John, Rudy, Steeve, Oli…

– Quoi ? Tous tes frères feujs sont venus ?

– Oui, sauf Yohann ! Il devait rester à New York, auprès de sa femme. Elle passait des examens universitaires, elle avait besoin de sa présence.

– Dis plutôt qu'elle l'a menotté, comme tout homme marié. Je sais ce que c'est !

– J'espère que Jéré comprendra et ne lui en voudra pas.

– Tu rêves, tu peux dire adieu à leur amitié ! Pour nous les hommes, l'amitié, c'est sacré, c'est pour la vie. On est prêt à mourir les uns pour les autres. Regarde nous deux : l'argent que je n'ai jamais pu te rembourser n'a pas eu raison de notre amitié-fraternelle. Mais quand elle est brisée, c'est aussi pour la vie. Je ne t'apprends rien : pour se prouver à elle-même son importance aux yeux de son mec, la femme adore être le marteau-briseur-d'amitié.

– Pat, dis-moi, Mag a-t-elle déjà essayé de briser notre amitié ?

– Non, elle sait qu'elle n'a pas intérêt.

– Comment peut-elle le savoir ?

– Un jour, au détour d'une petite phrase douteuse te concernant, elle a vu ma réaction, mes sourcils surtout, qui se sont braqués façon Végéta. Depuis, elle sait que tu es plus que mon ami. Et puis ce n'est pas comme si elle ne t'appréciait pas. Bien qu'elle sache quel diable tu es avec les femmes.

– Elle sait ou elle croit ?

– De son point de vue de femme, tu l'es. Du mien, aussi. Un peu !

– Je suis peut-être trop dur avec les femmes en attendant de trouver la bonne. Toi, tu as toujours été trop tendre avec elles. J'espère que tu ne le regretteras pas.

– Comment voudrais-tu que je le regrette ? J'ai la chance d'avoir une femme qui m'aime, intelligente, jolie, qui m'a donné deux magnifiques enfants, qui n'est pas trop insupportable quand elle a ses règles et pardessus tout qui me laisse être l'homme de la maison, celui qui prend les décisions. Magalie, c'est mon cadeau du ciel. Sans elle, j'en serais encore là où tu m'as trouvé à ta sortie de taule : perdu dans la drogue entre deux putes-sans-saveur. Elle est la preuve que Dieu m'aime vraiment.

– Oh, c'est mignon !

– Mes mots peuvent surprendre le solitaire que tu es, mais je te dis ce que je pense. Je réalise ma chance chaque jour, au bureau, lorsque je vois à quel point mes collègues mariés sont castrés, comment ils parlent de leur foyer avec le ton d'un bagnard, totalement résignés. Au moindre coup de téléphone de madame, ils se transforment en agneau alors qu'ils jouaient au loup la minute d'avant. Grâce à eux, je sais que si j'avais épousé une Française pure souche, elle aurait déjà mes couilles en guise de porte-clefs et ma CB dans sa poche. En retour, j'aurais une laisse autour du cou. Ou je serais divorcé, seul sur mon canapé froid, regardant une photo de mes enfants qu'elle m'empêcherait de voir.

– Dis plutôt divorcé et à la rue ! Le divorce étant devenu le bras armé du féminisme, le mari qui perd sa femme perd tout : maison, enfants et, parfois, la tête ! Mais pour Yohann et Jéré, qui te dit que leur amitié est brisée ?

– Tu n'es ni marié, ni papa ! Certaines vérités ne se trouvent pas dans les livres, elles se vivent. Quand ton tour viendra, tu comprendras ceci : un ami qui n'assiste pas à ton mariage, alors qu'il en est physiquement capable, ou qui ne passe pas voir ton bébé dans les premiers jours après sa naissance n'est plus un ami. Il ne l'a jamais été, il n'est qu'une erreur-révélée. Fred, revenons à Israël, tu me disais quoi ?

– Je te disais qu'ici, je suis tantôt un pestiféré, tantôt un esclave. Mes premiers pas sur la Terre sainte resteront gravés dans ma mémoire. Dès ma sortie de l'avion, j'ai été accueilli comme un terroriste ou presque. Au début, je pensais que c'était à cause des attentats à Paris, les douaniers me voyaient comme le frère de Coulibaly ou de Fofana. Mais les jours passent et ce regard austère me poursuit.

– Arrête, t'es pas sérieux ?

– Je t'assure.

– Toi, le dandy juif-à-la-peau-noire prêt à débattre seul contre mille bouches hostiles pour défendre Israël, tu es en train de me dire qu'Israël chie sur le vase en porcelaine que tu es, sans même essayer de te faire croire que c'est accidentel ? Tu es en train de m'expliquer que ce pays est une sorte de Guantanafro ?

– Je n'irais pas jusque-là. Disons sans les chaînes aux jambes. Notre couleur n'est clairement pas la bienvenue ici, sauf si c'est pour faire partie de l'armée de l'ombre. Dans les rues, on est loin de Paris ou de Londres. Les seuls frères que je croise ont soit un balai soit une poubelle à la main. Je n'en ai pas vu un seul au volant d'une voiture reluisante ou marchant la tête haute, frais comme un sou neuf ou au bras d'une douce. Pourtant, ce ne sont pas les douces qui manquent.

– Les Israéliennes sont belles ?

– Disons qu'elles sont gracieuses. On a l'impression qu'elles ont pris des cours de danse classique pendant que les garçons étudient le Talmud, tellement elles ne marchent pas, elles glissent sur le sol comme un cygne sur l'eau. Elles se déplacent avec une félinité folle. Renversante ! De véritables princesses ! A voir, c'est assez impressionnant. Tu sens qu'au lit, ce sont de superbes combattantes, prêtes à jeter toutes leurs forces dans la bataille, contrairement aux mecs qui eux…

– Tu en as examiné une de plus près malgré l'atmosphère négrophobe ?

– Quelle question ! Évidemment ! Dans ma tête uniquement.

– Non ! Notre dandy-national-tombeur-de-cesdames, le serial-baiseur fait chou blanc ?

– Pire ! Aucune touche, pas un sourire, pas même un regard.

– Comment ça ? Le racisme atteint aussi les femmes là-bas ?

– Frère, ici, j'ai l'impression que comparé à moi, Booder, c'est Alain Delon !

– T'exagères.

– Si seulement. Depuis mon arrivée, mes journées ressemblent à un cauchemar éveillé. Je comprends enfin ce que ressentent ces hommes abreuvés d'images de jolies femmes, partout, à la télé, dans les magazines, dans la rue, et qui sont ignorés par elles. C'est infernal ! Heureusement que, pour ces hommes-invisibles-aux-couilles-toujours-trop-pleines, les prostituées existent, sinon le nombre de suicides dépasserait celui des morts de la guerre des tranchées ! Je réalise combien mon bonheur dépend du regard des femmes. Coupé de lui, ma vie se dessèche.

– Tu comprends mieux pourquoi nous autres, les hommes-lambdas, on se laisse mener à la baguette par nos femmes. C'est déjà dur d'en trouver une, alors, lorsqu'on la trouve, on fait tout pour qu'elle ne nous quitte pas ! Quand j'ai rencontré une perle comme Mag, je n'ai pas pu faire autrement que de te zapper, au moins le temps de consolider mon bonheur-en-devenir.

– Je t'avoue que, lorsque c'est arrivé, j'ai mal compris ton attitude.

– Beaucoup d'hommes sont obligés de baisser leur pantalon pour se faire sucer gratuitement. Toi, tu fais partie de ceux qui ont le pouvoir de le garder, qui se contentent d'ouvrir leur braguette devant des filles qui se mettent à genoux et vous supplient de les laisser vous montrer toute l'étendue de leur talent. Au lieu de te plaindre d'être traité de pervers narcissique par quelques femmes frustrées d'avoir été jetées, tu devrais t'estimer heureux. Parole d'homme qui aurait aimé ne jamais subir la grève du sexe et faire partie des mâles dominants…

– Et des éternels célibataires bourreaux-fuyards-de-larmes. Je commence à m'essouffler. Les larmes, les cris et les cœurs brisés me rattrapent. J'ai revu récemment *l'Homme qui aimait les femmes*…

– Tu aurais pu jouer le rôle principal.

– Justement, non ! Je ne suis pas un homme qui aime les femmes, je n'aime que leur corps quand il le mérite. En revanche, je baise les femmes pour qu'elles m'aiment.

– Combien de fois je te l'ai dit ? Il aura fallu un film pour que tu te voies enfin dans le miroir.

– C'est la magie de la télécratie ! Ce film m'a fait prendre conscience que le cycle sourire séducteur, rencontre romantique, baise conquérante et disparition subite commence à ressembler à une bouteille en plastique percée. Tu as beau la remplir, elle se vide aussitôt. Pas le temps d'en profiter. Juste la satisfaction de l'avoir remplie. Ma luxure de dandy-aux-poches-vides sent la mangue moisie. Il va me falloir trouver un port d'attache, un cœur complice. Je ne vais pas naviguer de port en port toute ma vie. Une famille, ça se construit sur la terre ferme, et non sur un bateau en pleine mer !

– Surtout si le bateau tient plus du radeau que du yacht ! Dieu finira par te donner celle qu'il te faut, comme il m'a fait la grâce de me donner Magalie. Il t'avait bien donné Déborah, l'âme sœur de ton adolescence. Il te donnera la Déborah qui sera l'âme sœur de ta maturité. Depuis ton arrivée en Israël, t'es-tu risqué à aborder une femme ?

– Je te dis que je me sens dans la peau d'un pestiféré et toi tu me dem…

– Réponds !

– D'accord, monsieur l'inspecteur. Non, je n'ai abordé personne, je n'ose pas. Leur indifférence me glace les veines. Ma confiance en moi est comme paralysée. Je n'arrive pas à me libérer de l'idée que les femmes ici me voient comme un esclave à qui on donne des ordres et pas quelqu'un avec qui on peut prendre un-verre-et-plus-si-affinité…

– Tant que tu n'as pas essayé d'en draguer quelques-unes, tu ne peux rien conclure. Ces femmes peuvent faire mine de t'ignorer pour mieux attirer ton attention. C'est ce que font celles qui ne se prennent pas pour du papier toilette. Tu m'avais dit ça le soir où tu avais levé la fusée atomique sans avoir eu besoin de lui payer un verre. Elle s'appelait Océane, je crois.

– T'as une sacrée mémoire. Oui, c'est Océane ! Elle venait d'une autre galaxie. Le genre de créature que tu ne vois que dans des clips américains ou sur YouPorn. C'est vrai, elle se prenait pour Maria Carey, elle n'a eu aucun regard pour moi durant toute la soirée jusqu'au moment où je suis allé la cueillir à l'entrée des toilettes, le coin stratégique des loups-aux-poches-vides. Après deux ou trois disquettes savamment glissées à l'oreille, main sur la hanche, torse de légionnaire en évidence, j'ai récupéré son numéro. Elle m'avait repéré depuis le début et avait fait exprès de se rendre aux toilettes au moment où j'arrêtais de m'agiter sur la piste de danse. Elle savait que j'allais la suivre vu que c'était le seul moment où elle serait seule, sans ses copines-garde-du-corps. C'est ce qui s'est passé. Ah les femmes, elles ont toujours un coup d'avance sur nous. Tu crois les draguer, mais ce sont elles qui l'ont décidé.

– Qui te dit que ce n'est pas la même chose avec les Israéliennes ? Prends Tel-Aviv comme un immense défi, regarde-le en face avec l'œil du tigre !

– Ou du lion…

– Ou du lion et relève-le ! Fonce dans un bar ou sur la plage, fonce sur la première féline venue et dégaine-lui ton plus beau sourire. Ou rédige-lui un petit poème de latin lover comme tu aimes le faire avec les proies que tu repères dans les bibliothèques de Paris.

– T'as peut-être raison.

– Tu le sais, les femmes ne sont pas comme nous : elles n'ont pas le temps de perdre le leur. Quand elles ne sont pas payées, leur temps est précieux, il doit leur servir concrètement. C'est pour ça que ton groupe a explosé. Quand elles ont appris que tu baisais tout ce qui bougeait, sauf elles, certaines, ivres de jalousie, se sont senties vexées, ont sauté sur le scoop pour te faire la peau, à défaut de pouvoir te faire les poches !

– Et là, je suis devenu un pervers narcissique. Le jour où tout a volé en éclat, je m'en souviens, j'ai pris cher. J'avais le sentiment d'être sur un bûcher.

– Excuse-moi, frérot, je vois dans le regard de Mag qu'elle me réclame. Salue Jérémie et sa femme de ma part.

– Merci, l'ancien. Merci pour eux. De ton côté, embrasse Mag et les enfants.

« *Nian nian nian. Monsieur a parlé deux secondes avec son grand frère, le temps de se faire lobotomiser, et il se sent pousser de nouvelles couilles vu qu'il a laissé les anciennes à la douane. Ton ambition, je vais me charger de la refroidir. Tu vas vite déchanter, crois-moi : toi qui parlais de compréhension, je vais te faire comprendre que Tel-Aviv, ce n'est pas Châtelet-Les Halles.*

– Et toi, quand vas-tu comprendre que tu perds ton temps avec moi ?

– *Laisse-moi en juger, mon petit. Tu n'es pas en position de force ici et tu le sais. Ainsi que tu as pu le constater, comme dans les pays limitrophes d'ailleurs, les Nègres sont ce qu'ils sont : de bons esclaves. De très bons esclaves. Ici, tu n'es pas un dandy, tu es un Nègre qui singe un dandy. Pardon pour le jeu de mots. Nian nian nian. Ici, ce n'est pas la terre des droits de l'Homme, c'est celle des Juifs, celle des Juifs-à-la-peau-claire-et-aux-cheveux-lisses. Ici, les Juifs nègres, baptisés du nom de Falashas, ne sont pas juifs, sauf peut-être dans leur tête. Ils ne sont pas considérés comme tels et ne le seront jamais. Ils ne sont rien d'autre que le parfait alibi des Juifs. Ils leur servent de bonne conscience face aux accusations du reste du monde. C'est du marketing, du vernis. Demande à un Falasha s'il ne se sent pas relégué au rang de citoyen de dernière zone. Sa réponse vaudra son pesant d'or, j'en suis sûr. Allez, je te laisse découvrir les joies de cette ville. D'ici le mariage, tâche de ne pas brûler ta kippa. Nian nian nian.* »

« Pas un seul *date* en une semaine ! Zéro pointé ! Il est temps que mon calvaire israélien prenne fin. Heureusement, les filles de France sont venues au mariage. Sinon, la folie m'aurait emporté dans un tourbillon de colère. Je ne suis pas prêt d'oublier ce voyage en Terre promise. La promesse a un goût amer. »

– Salut frère, bien dormi ? On dirait que non. C'est l'idée de rentrer en France qui te met dans cet état ?

– Si tu savais…

– J'ai une surprise pour toi. Que dirais-tu d'une visite de Jérusalem ?

– Jérémie, tu as oublié que je prenais l'avion ce soir ?

– Et alors ? Tu crois qu'il faut combien de temps pour y aller ? C'est pas New York-Los Angeles. En à peine une heure, on y est. Ça te tente ?

– Et comment !

– Tu remercieras Léa, elle m'a sorti du lit pour que je t'y amène.

– Sans la princesse Léa, tu m'aurais laissé repartir en France sans avoir vu la ville sainte ? En clair, tu voulais que je vienne en Israël uniquement pour votre mariage, pas pour que je découvre le pays ?

– Qu'est-ce que tu racontes, frère ? Ouh là, il nous reste dix minutes. Allez, habille-toi vite, il ne faut pas faire attendre mon cousin David, il a accepté de nous accompagner. Donc, aujourd'hui, sois un dandy light.

– Je vais faire au mieux, dans les limites du possible.

– C'est tout ce que je te demande, faire au mieux ! Comme tout bon Juif qui se respecte.

– Ou comme tout bon Bami qui se respecte, dirait Pat. Je l'ai eu au téléphone, il vous adresse, à Léa et à toi, tous ses vœux de bonheur.

– Ah Pat ! Je l'aime bien, c'est un bon, il est vif. Tu le remercieras. Plus que neuf minutes…

« *Regarde-moi cet hypocrite ! Le roi de l'entourloupe. Qu'est-ce qu'il en a à faire de Pat ? Pour lui, il n'est rien d'autre qu'un gorille déguisé en rappeur de L.A. Nian nian nian. Quant à votre virée de dernière minute à Jérusalem, quel beau lot de consolation ! C'était moins une : sans Léa, ton Jérémie, ton soi-disant frère juif t'aurait jeté dans l'avion. Tu ne lui sers plus à rien ici maintenant que la cérémonie pendant laquelle tu as rempli ton rôle de faiseur d'ambiance est derrière vous. Tes poches vides sont un boulet. Tu es redevenu le Nègre du ghetto, parano et sans le sou. Vivement ton départ, se dit-il, derrière son faux sourire de Judas.*

– Sacré Satan. Si je te suis, la main qui m'a sorti de la noyade serait celle-là même qui voudrait me maintenir la tête sous l'eau-de-la-fierté ? Celui qui m'a fait confiance, à moi l'ex-taulard, serait celui-là même qui souhaiterait se débarrasser de moi comme d'un chewing-gum accroché à une semelle ? Ton sens de la persuasion, redoutable devant l'éternel, me rendrait presque jaloux. Je te le redis, avec moi, tu perds ton temps. En dépit des secousses émotionnelles que m'auront causées mes balades-en-solitaire dans les rues de Tel-Aviv, ma judéité reste intacte. Je suis un Juif-à-la-peau-couleur-caramel et je le demeure. Même si tous les Juifs du monde se levaient comme un seul homme pour me vomir dessus en me traitant de sale-Nègre-maudit-descendant-de-Cham, cela ne changerait rien.

– *Nian nian nian ! C'est bon t'as fini ton speech ? Ouvre bien tes oreilles. Depuis ta sortie de Fleury, je t'ai laissé mener ton soi-disant combat, tel un Don Quichotte. De lecture en lecture, tu élabores une vérité qui se veut systémique à l'heure où elle n'intéresse plus personne. Aujourd'hui, et ainsi que ton meilleur ami Olivier-le-musulman-Antillais avait tenté de te le faire comprendre, les Blancs racistes le sont par envie de se sentir supérieurs. De la même manière, les Nègres de France ne veulent pas entendre ton discours rationnel sur la responsabilité et sur les vertus de la lecture, ils n'ont pas envie d'être responsables de leur sort. C'est si confortable d'être un éternel enfant et de se dire victime-et-uniquement-victime. Les Juifs ne veulent pas entendre ton discours sur Dieudonné, ils ont envie de crucifier un Hitler noir sur la place publique.*

Les Soral ne veulent pas entendre ton discours sur les Juifs, ils ont envie de se sentir moralement supérieurs à eux. Les femmes ne veulent pas entendre ton discours sur les abus du féminisme, elles ont envie d'écraser les couilles des hommes-ces-violeurs-tueurs-en-puissance. Et je peux multiplier les exemples tant les groupes sociaux-revendicateurs-et-vindicatifs foisonnent. Pour résumer, au vingt-et-unième siècle, l'envie a bâillonné la vérité, le je pense-donc-je-suis se prosterne devant le je-désire-donc-je-suis. Spinoza a eu la peau de Descartes. Et le désir qui fait converger de plus en plus d'âmes autour de lui, c'est le désir de haïr. Qu'est-ce que je l'aime celui-là. Tu sais pourquoi ? Parce que c'est le désir qui s'ignore par excellence ! Le désir de pêcher, celui de faire un footing, de se coiffer, de lire, de dormir, d'acheter des oranges, de manger une pizza, d'embrasser sont conscients, celui qui les éprouve sait qu'il les éprouve. Alors que celui qui hait ignore qu'il hait. Si tu lui demandes, il te dira que ce n'est pas lui le haineux, qu'il veut s'en protéger ou se venger de lui. Comme toi, par exemp…

– Quel rapport avec moi ?

– Inutile de t'exciter. Tu hais les femmes sans le savoir. Alors que tu crois les aimer, les désirer…

– Comment ça je hais les femmes ?

– Tu vois ? Nian nian nian. Tu sais maintenant pourquoi j'ai gagné. Ça t'en bouche un coin, hein ? Il faut

reconnaître qu'en France, le terrain était propice à ma victoire. Des intellectuels aussi influents que Jean-Paul Sartre m'ont magnifiquement préparé le terrain. En expliquant que l'enfer, c'est les autres, il a retiré tout devoir d'autocritique de l'espace public. Seules ont droit de cité, les accusations, les dénonciations, les indignations. Mais jamais de mea culpa, de remises en question. En France, l'orgueil joue à domicile. Il est chez lui, dans son fief. Tu le vois bien, cette société française est incapable de comprendre ce que les autres sociétés du monde comprennent : la liberté d'expression ne doit pas se confondre avec la liberté d'insulter ou de piétiner, de surcroît publiquement, le sacré de quelqu'un ; et encore moins si ce quelqu'un est censé être son frère, comme l'indique le fronton de chaque mairie. La haine est devenue une religion, la première de France ; très loin, en termes d'audience, devant les autres. Tu ne peux rien y faire. Nian nian nian. Tu aurais intérêt à arrêter de jouer au saumon qui veut nager à contre-courant. Si tu veux engranger beaucoup d'argent en un rien de temps, prends exemple sur Zemmour. Il a su m'écouter et saisir au vol l'air du temps : sa haine anti-islam est une poule aux œufs de diamants. Résultat, aujourd'hui, il voyage en première classe et il est accueilli en rock star aux quatre coins de l'Hexagone. J'ai gagné! Enfonce-toi cette vérité dans le crâne. Maintenant que je t'ai ouvert les yeux sur ma vic-

toire, une nouvelle vie s'ouvre à toi. Sitôt rentré à Paris, fais comme Jérémie ou Patrick, dis adieu à ta puérile soif de révolution, endosse ton costume d'adulte responsable et concentre-toi sur ta poche. Profite de tes derniers instants en Israël pour aller lécher le mur des Lamentations. Nian nian nian. »

Chapitre 12

– Non, non et non, Fred ! Tu fais chier, putain !

– Doucement, Eva, je te prie, les voisins pourraient imaginer que j'essaie de te violer !

– Je parle doucement, si je veux ! Tu n'as aucun ordre à me donner et encore moins chez moi ! Tu ne mérites pas que je te parle autrement. J'en ai marre que tu me prennes pour ta chienne qui doit attendre sagement que son maître vienne la caresser. J'ai eu beau te demander, te supplier de venir plus tôt, eh bien, non, à chaque fois mon grand seigneur débarque à des heures pas possibles. Avec en prime, un grand sourire, aucune once de culpabilité au-dessus des lèvres. Que je travaille ou pas le lendemain, monsieur n'en a strictement rien à foutre de ma vie, monsieur ne pense qu'à lui. Sale égoïste ! Si tu savais comme j'te déteste !

– En matière d'accueil, tu ne pouvais pas faire mieux. La quintessence du mélodrame hollywoodien ! Tu viens de regarder un épisode de Bridget Jones ou quoi ?

– Je te jure que tu ferais bien de me prendre au sérieux.

– T'es encore plus belle que d'habitude. Et ce n'est pas ma queue qui dira le contraire.

– Tu mériterais que je te la coupe !

– Ta bienveillance t'honore ! Elle te va si bien. Manifestement, tu as sorti les griffes. Mais moi, la violence, je ne me donne le droit de l'infliger à une femme qu'au lit, et uniquement lorsqu'elle me le demande. Avec insistance. Je ne t'apprends rien. Vu ton regard, je vais te laisser tranquille avec ta colère.

– Reste-là ! J'ai à te parler.

– Sur ce ton-là, ça ne va pas être possible. Je ne suis pas le genre d'homme à se laisser crier dessus. Va sur Tinder, tu en trouveras. Je suis désolé de t'avoir dérangée, cela ne se reproduira pas de sitôt. Ma queue, ma bonne humeur et moi te souhaitons une bonne nuit.

– Non… ne pars pas… S'il te plaît, reste…

– Désolé, mais je ne suis pas disposé à te servir de bouche d'égout où déverser la boue de ton humeur. Peut-être une autre fois. Ou pas !

– Non, sérieux, bébé, reste. S'il te plaît. Je suis désolée de t'avoir mal accueilli. Mais tu me fais le coup à chaque fois, comme si tu te moquais de ce que je disais. Tu nous connais, nous les femmes, on raconte n'importe quoi sous l'emprise de la colère, on n'est plus nous-mêmes. Une fois la colère vidée, ça va mieux, tout rentre dans l'ordre. Dans cinq minutes, avec un joint et un bon vin, ça ira encore mieux ! J'ai une bouteille au frais, je te sers un verre? Rassure-moi, tu as bien un petit joint?

– Mieux, j'ai un joint d'herbe! Et pour compléter le tableau, je suis venu avec ton plat préféré.

– Du saumon?

– Exactement!

– Ne me dis pas que tu l'as volé…

– Je ne te le dis pas!

– C'est gentil d'avoir pensé à moi mais un jour tu vas te faire attraper.

– Ce jour est déjà arrivé.

– Ah bon? Pour du saumon? Tu as dû avoir la honte de ta vie. Se faire arrêter pour du saumon, habillé en costume.

– Tu me déçois. La honte, j'en fais mon quatre heures, je la déguste avec un bon thé.

– Tu ne te dis pas que tu fais honte aux autres Blacks? Si même le plus élégant d'entre eux chaparde, que peut-on espérer des autres? Si la tête d'un poisson est pourrie, que va-t-on penser du reste?

– Lorsque je me sentirai dans la peau d'un représentant de ma couleur, je veillerai à me montrer exemplaire. Ce n'est pas encore le cas. Si tu veux, je rapporte le saumon.

– Maintenant qu'il est là, autant en profiter.

– Je te retrouve, ma chère Bonnie !

– Oui, mon cher Clyde ! Dis-le, mon bébé, que tu ne peux pas te passer de moi. Enlève ta veste… Assieds-toi là, mon lion. Maintenant, laisse-toi faire, tu m'appartiens…

« *Quelle conne, c'est à peine croyable ! Si Lady Di était la princesse du peuple, toi tu es la reine des connes. Comment peux-tu penser que ta souplesse et tes performances corporelles vont finir par avoir raison du vagabondage sexuel de ce chien errant que tu perds ton temps à appeler bébé ? Comme si le sexe pouvait changer la nature de quelqu'un. Réveille-toi !*

– Putain, j'ai fait un cauchemar.

– De quel cauchemar tu parles ? Ton cauchemar est allongé à côté de toi, il dort à poings fermés, comme un nourrisson, la bouche ouverte ; les couilles vides grâce à toi. Hier, c'était grâce à une autre. Demain, ce sera encore une autre. Nian nian nian.

– Je deviens folle ou quoi ? J'entends des voix. Le joint était trop fort.

– Tu n'entends pas des voix, tu entends ma voix, la seule qui puisse te ramener à la raison, la seule qui soit en mesure de te sortir de l'illusion. L'illusion de l'amour charnel. Je suis là pour te libérer de l'emprise de ce pervers narcissique.

– Fred, un pervers narcissique ? Mon ex en était un, mon père en est un, mais Fred est tout sauf pervers narcissique. Il n'a jamais cherché à me rabaisser…

– Ah bon ? En venant chez toi à des heures impossibles, accompagné de son inséparable arrogance, sans prendre en considération ni tes reproches ni tes heures de travail, ce n'est pas une façon de te rabaisser ? Et de te mépriser en tant que personne, de te réduire à un simple corps soumis, à une petite cochonne qui alimente son instinct de pacha-dominant en prenant son sperme pour du jus d'orange ? S'il te respectait un tant soit peu, il ne se permettrait pas de piétiner ta zone de confort avec une telle suffisance, avec une telle assurance. Avec un tel sentiment d'impunité.

– Faut pas exagérer. Il est un brin égoïste, mais quel beau mec ne l'est pas ?

– Un brin ? Je ne t'aurais jamais imaginée aussi tolérante. Tout compte fait, il a raison de profiter de toi, de ta gentillesse. Il t'a mise dans sa poche. Une poche dans laquelle vous êtes nombreuses.

– Je ne suis pas dupe. La vie m'a soignée de ce délire de la monogamie hollywoodienne. Je sais bien qu'il en voit d'autres.

– Et sais-tu qu'il va bientôt être papa ?

– Quoi ?

– Du calme, tu vas le réveiller…

– Qu'est-ce que vous racontez ?

– Je ne raconte rien, je t'informe. Preuves à l'appui.

– Quelles preuves ?

– Eh oh, c'est avec ce pénis-à-tête-chercheuse qu'il faut te montrer autoritaire, pas avec moi ! Reformule ta demande.

– Auriez-vous l'extrême amabilité, chère voix, de me transmettre ces fameuses preuves ?

– Tu vois, quand tu veux. Faire preuve de politesse, ce n'est pas si compliqué. Tu sais être la fille de bonne famille que tu es, parfaitement bien éduquée. Les preuves t'attendent dans le portable de monsieur.

– Ah ça non ! C'est son portable, je ne mets pas mon nez dedans.

– À d'autres ! Quand il faut mettre ton nez dans les couilles de monsieur, tu y vas gaiment, et tu t'interdis de le mettre dans son portable ? C'est le monde à l'envers.

– Une fellation, c'est avec son consentement, alors que là, il dort.

– Tu m'as demandé quelque chose, je t'ai répondu. Maintenant, à toi de voir, madame-droiture !

– Je n'ai pas son code d'accès…

– Là, je te reconnais, je reconnais la fille intelligente, forte et courageuse que tu es, la Lara Croft des temps modernes… 7777, c'est son code d'accès.

– Vous êtes sûr ?

– Cesse tes conneries de vouvoiement, tu as compris que j'étais ton allié. Oui, je suis sûr. Tu connais cet abruti et sa propension à tout ramener à son dieu imaginaire.

– Putain, ça marche.

– Maintenant, je te conseille d'aller à pas de louve à la salle de bains et de bien verrouiller la porte. Si Fred se réveille, il ne te surprendra pas et toi, tu vas pouvoir éplucher cette mine d'informations. Je te préviens, le choc ne sera pas minime : un Tchernobyl émotionnel t'attend. Tu vas découvrir le visage le plus hideux que la gente masculine peut produire.

– Et là, qu'est-ce que je fais ?

– Va dans son répertoire et tape "mère porteuse".

– Mère porteuse ? Non, j'peux pas le croire, il n'a pas osé…

– Je te le répète, le choc sera violent. Radioactif.

– Je ne suis plus très sûre de vouloir savoir.

– Et la solidarité féminine, qu'en fais-tu ? C'est maintenant plus que jamais qu'elle doit se manifester. Comment veux-tu contribuer au renversement du sexisme, si tu piétines le principe de solidarité auquel doit souscrire chaque femme ? Le malheur de la jeune fille brûlée à New Delhi, de la fille mariée contre son gré à Sanaa, de la femme voilée de force à Abou Dabi, de la secrétaire harcelée à Londres, de l'actrice prometteuse abusée à Los Angeles ou de

l'adolescente excisée à Bamako, sans oublier le malheur de la femme qui s'est fait couper les mains à Moscou, c'est aussi ton malheur! Tu aurais pu être chacune d'elles. Tu as eu plus de chance à la loterie des naissances. Inutile de faire cette moue. Partager le cortège de souffrances qu'endure la femme partout dans le monde, c'est la moindre des choses. Du moins quand on se dit féministe.

– Je ne me dis pas féministe, je suis féministe! Jusqu'à la moelle! Chez moi, le féminisme n'est pas qu'un slogan, ce n'est pas qu'un sujet de mémoire à la fac. Non! C'est une manière de vivre, c'est un existentialisme-intégral. J'ai refusé l'aide financière de mon père, j'ai refusé d'être en ménage avec un homme qui m'aurait mise à l'abri du besoin, je paie seule mon loyer, mes chaussures, mes fringues et mes sacs à main. Je n'ai pas honte d'avoir consommé des partenaires avec une extrême gourmandise et d'avoir connu des plans à trois. Tous ces plaisirs interdits, sinon réprouvés par la société, j'assume de les avoir explorés en femme libre. Physiquement et moralement libre! Et si je devais revivre tout cela, je tâcherais de le revivre avec encore plus d'intensité. Je suis féministe de la tête aux pieds en passant par le vagin et la poche!

– J'en ai entendu des plaidoyers d'autosatisfaction, rarement aussi poignants. À ton Fred-le-monstre, tu ne dois

rien. Au contraire, tu dois tout aux femmes qui ont été charmées, manipulées et abusées par son sourire de sociopathe-sans-cœur. Un sourire diabolique. Et ce devoir commence dans cette salle de bains, avec le téléphone que tu as entre les mains. Je t'ai choisie pour que tu sois l'instrument de la justice. Au cas où tu ne l'aurais pas encore compris, le féminisme est l'un des visages de la justice ! C'est au nom de la justice que tu agis…

– O.K., c'est qui cette mère porteuse ?

– C'est une pauvre proie dont le seul tort est d'être tombée amoureuse de ce faux écrivain, vrai Merlin-l'enchanteur, croyant, tout comme toi, être spéciale aux yeux de ce prédateur-du-cœur-sans-foi-ni-loi !

– Comment ça ?

– Elle ne sait pas qu'elle lui sert de ventre fertile. La pauvre s'imagine naïvement avoir rencontré l'architecte de son bonheur, le prince qu'elle attendait tant, celui qui, dans un geste fougueusement-étoilé, allait l'emporter, sur son cheval blanc, vers une oasis enchantée aux allures de paradis-terrestre : le mariage. En guise de paradis, elle a obtenu la solitude, le mépris et le stress d'accoucher sans avoir un toit au-dessus de la tête, puisque monsieur-le-prince, fort de son immense fortune-de-mots, n'a pas de quoi lui assurer le logis, ni de quoi acheter le berceau de son futur héritier. Cerise sur le gâteau de l'ignominie, il passe la voir uniquement pour

s'assurer que l'embryon se développe comme il se doit, entre deux insouciantes virées sexuelles. Les visites ont plus l'allure d'une inspection de l'Urssaf que d'une escale affective.

– Je ne peux pas te croire, ce n'est pas Fred. Je le connais, ça ne peut pas être lui. Il est certes un peu égoïste-tendance-narcisse, il peut se prendre pour le nombril du monde, en croyant mordicus qu'il est un des protégés de Dieu et que l'Histoire lui a réservé une place de choix, mais…

– Ma cocotte, je ne suis ni pasteur, ni imam, je ne te demande pas de me croire. Je te demande de croire la réalité des faits. Et quels faits ! J'espère que tu as le cœur bien accroché. Tape ton numéro de téléphone. Une autre surprise t'attend…

– Kelsi Monroe ? C'est qui celle-là ? Pourquoi mon numéro est-il enregistré à ce nom-là ?

– Google te donne la réponse en une seconde.

– C'est une blague ? Une actrice porno. Quel rapport avec moi ?

– Plus dure d'oreille que toi, ça n'existe pas. Je t'ai dit qu'à ses yeux tu ne dépasses pas le grade d'objet sexuel. Et comme monsieur-sans-cœur est un grand consommateur de films X, il a eu la géniale idée d'associer bon nombre de ses proies à des actrices porno, chacune d'entre vous ayant son sosie sur YouPorn.

– Et je peux savoir combien de sosies ce connard possède dans son panier du moment ?

– *Une petite dizaine !*

– Putain, quel sacré fils de pute !

– *Pourquoi mêler sa maman à vos histoires ? Nian nian nian. Tu vaux mieux que cette vulgarité venue des banlieues miteuses, laisse-la aux va-nu-pieds des cités. Ce chien, ce cafard, cette vermine-des-bas-fonds ne doit pas te faire oublier qui tu es. Il existe d'autres moyens pour exprimer sa colère. Et je suis venu te donner le meilleur possible. Si tu suis mes consignes, ta vengeance sera à la hauteur du mal qu'il a semé.*

– Je t'écoute.

– *D'abord, passe-toi un peu d'eau froide sur le visage, histoire que ta tension redescende… Voilà, parfait. Maintenant, remplis un verre d'eau, va le lui jeter au visage pour le réveiller et qu'il sorte de chez toi.*

– Quand ?

– *Tout de suite !*

– Il est quatre heures du mat…

– *Et alors ? Arrête de te préoccuper de lui. C'est fini ! Il doit comprendre que les femmes ne sont pas des bonnes poires dont il peut profiter à sa guise sans le moindre préjudice. Il va comprendre que l'appartement d'une femme n'est pas un moulin dans lequel rentrer quand il veut et duquel sortir sans gêne, sans bruit et sans se retourner, après y avoir moulu le grain de sa perversion narcissique. Attends !*

– Quoi encore ?

– Avant, tu vas noter les numéros de ses victimes, de manière à pouvoir les contacter.

– Pour quoi faire ?

– Ensemble, vous allez déposer plainte pour viol !

– Pour viol ? Euh, non, désolée… Je sais ce que c'est que d'avoir été violée.

– Oui, par ton cousin. A-t-il été puni pour ce crime odieux ?

– Putain, comment t'es au courant de ça ? J'en ai parlé à personne, pas même à ma mère…

– Je suis là pour être le coffre-fort des secrets les plus intimes. Les blessures, les traumatismes, les chocs émotionnels, je les ai tous sous le coude. Ton violeur a-t-il payé pour son crime ?

– Non.

– Tu crois être la seule dans ce cas-là ?

– Je me doute que non.

– Quatre-vingt-dix-neuf pour cent des viols restent impunis. Tu te rends compte ? En d'autres termes, mieux vaut être violeur que dealer, tu as moins de chance d'être condamné. Qui te dit que Fred ne fait pas partie de ces criminels ? Au pire, il paiera pour les autres. Parmi les victimes que tu vas

contacter, certaines s'y connaissent un peu en démarches judiciaires. Lorsqu'elles vont apprendre à quel point elles ont été abusées, elles n'auront qu'une envie : lui faire payer son forfait. La fin justifiant les moyens, seule une accusation pour viol pourrait honorer convenablement cette attente.

– Il faut des preuves, de simples accusations ne suffisent pas.

– *Tu as parfaitement raison. Mais, des preuves, il en existe.*

– Ah bon, lesquelles ?

– *Tes larmes, ainsi que celles des victimes, surgiront devant la caméra et feront des preuves suffisantes. Des preuves en béton !*

– Pardon mais c'est un peu léger pour faire condamner par la justice.

– *Tout dépend de quelle justice tu parles. Moi, je te parle du tribunal médiatique et de la justice populaire. Or, devant le peuple, aucune preuve n'est plus convaincante qu'une succession de jolies femmes en larmes qui déclareront, les unes à la suite des autres, avoir été abusées par le même homme. Si d'aventure la justice venait à le laisser vaquer à ses occupations, loin des lourdes portes d'une maison d'arrêt, l'opinion publique se chargerait de son emprisonnement social, de sa mise en quarantaine. Il sera obligé de vivre terré comme un rat ou comme Saddam Hussein à l'arrivée des Américains.*

En clair, bats-toi avec tes armes. À l'heure de la télévision, la faiblesse de la femme, sa fragilité apparente est son arme la plus efficace. Le progrès est féministe!

– Le progrès est féministe?

– Pas qu'un peu! Sans le téléphone portable, tu serais toujours l'une des otages de ce pervers, tu attendrais encore qu'il vienne te servir un cocktail-de-sperme-sans-promesse-ni-lendemain.

– Tu n'es pas obligé d'être aussi désobligeant.

– C'est une blague? C'est moi le désobligeant? Tu veux savoir ce qui l'est vraiment? C'est de se dire féministe, d'avoir dans son lit un général du machisme et de lui servir de vide-couilles-contorsionniste. Dis-moi, qui va t'abreuver durant le voyage de monsieur?

– De quel voyage tu parles?

– Tape le nom de Pat dans sa messagerie et jette un œil sur la correspondance.

– Putain, mon cœur va exploser. Je vais devenir folle.

– Qu'est-ce que tu lis?

– Sa princesse Bami et lui vont aller au Cameroun afin qu'elle le présente à sa famille! Je n'y comprends plus rien. C'est sa mère porteuse ou sa princesse?

– Il y a Aïssa, sa mère porteuse d'un côté, et de l'autre, Killiandra, sa future femme. Derrière cette scène triangulaire, il y a toutes les autres, dont tu fais partie.

– Sa future femme ?

– Oui, monsieur l'infatigable-célibataire compte se marier, lui qui n'est jamais le dernier à condamner vertement cette institution, ne lui reconnaissant aucune utilité, hormis celle de brûler son argent pour impressionner une poignée d'invités et froisser celles et ceux qui auraient bien aimé en faire partie.

– Mais c'est un monstre ce mec !

– Ton Fred, alias la queue-errante, alias le dandy-voleur, alias l'écrivain-du-dimanche, est un imposteur ! Se faisant passer pour un visionnaire en mission divine doté d'un don pour l'écriture, il profite des petites Blanches telles que toi, gourmandes des queues-de-Nègre, à la fois pour explorer les perversions sexuelles qui dansent dans ses gorgées de vin et pour cultiver son instinct de domination. Répondant au souhait pressant de sa famille, il s'apprête à passer la bague au doigt d'une femme bien-de-chez-lui. Parce que, tu comprends, en bon Bamiléké, il ne saurait épouser une femme qui ne le fût pas.

– Quel bâtard ! Quelle grosse merde ! Quel sale Nègre ! Que je peux être conne ! Mes copines m'avaient prévenue que les Blacks, ce sont des…

– Là tu es réveillée ! Bienvenue !

– En plus d'être un coureur de jupons doublé d'un enfoiré de manipulateur, il est raciste. Monsieur ne se marie pas, sauf avec les Blacks de chez lui. Je vais le détruire, cette petite merde !

– *Tu as tout compris ! Ne perds pas une minute. Réveille-le en lui jetant un verre d'eau à la gueule, ça va lui faire tout drôle. Et jette-le hors de chez toi. En prenant soin de le traiter de tous les noms, histoire de le pousser à bout. On ne sait jamais, sous la colère, il pourrait lever la main sur toi.*

– Il n'a pas intérêt à essayer. Sinon, je lui broie les couilles. Il va découvrir qui je suis…

– *Impeccable. Tu serais bien inspirée de mettre ton téléphone dans un coin afin de filmer la scène. S'il ose ne serait-ce que te bousculer, il est foutu.*

– Bonne idée ! Je sais où je vais mettre mon téléphone. Et le sien, qu'est-ce que j'en fais ?

– *Tu lui rends. Tu es une justicière, pas une voleuse. Parmi les autres victimes, je vais t'indiquer lesquelles seront susceptibles de jouer le jeu. À commencer par sa mère porteuse…*

– Elle s'appelle comment déjà ?

– *Aïssa ! Une jeune femme pleine de vie, avec un cœur gros comme la terre, qui travaille dans l'humanitaire…*

– Putain, il est inhumain ce mec. C'est le diable en personne !

– *Peut-être bien… Nian nian nian.* »

Chapitre 13

– Qu'est-ce qui t'arrive, Eva ? Si c'est une blague, elle est de très mauv…

– Lève-toi et sors de chez moi !

– Ouh là, je ne connais pas ce regard. « Quelle mouche a bien pu la piquer ? La folie féminine frappe à toute heure. C'est incroyable. »

– Ça tombe bien, je ne connais pas non plus le tas de merde qui occupe actuellement mon lit.

– « Je rêve ou elle a mon portable en main. » Pourrais-tu m'expliquer comment mon téléphone s'est retrouvé dans ta…

– J'ai rien à t'expliquer. N'aie crainte, tu vas comprendre très vite. Le suspens sera de courte durée. En attendant, du balai, gros tas de merde !

– Eh bien dis donc, tu es inspirée. Qui a dit que les femmes ne savaient pas faire de poésie ?

– Continue à me prendre de haut. Quand tu redescendras, ça te fera tout drôle.

– Quel beau teasing ! J'ai hâte de voir ça.

– Effectivement, tu n'as encore rien vu. Tu n'as pas encore vu à quel point nous, les femmes, nous savons nous défendre contre les raclures de ton genre qui ne respectent rien ni personne et qui, en prime, osent parler de Dieu.

– « Ça ne sent pas bon du tout. Je ne l'avais jamais vue avec ce regard de haine. Il faut que je m'extirpe de ce traquenard le plus rapidement possible. » Selon toi, je me croirais tout permis ? Tu as l'air si convaincue que je ne me risquerai pas à essayer de te contredire. Je dirai une seule chose, c'est merci. Un grand merci pour le spectacle. Avec toi, je n'ai pas le temps de m'ennuyer. Sensation forte garantie ! Et tu me réserves encore des surprises, je sens…

– Ta condescendance ne connaît aucune limite, c'est dingue. Mais les bonnes choses ont une fin ! Allez, prends ta vieille chemise et hors de ma vue, j'ai envie de dormir.

– La vie et ses énigmes… Il y a quelques heures à peine, je méritais le titre de roi et maintenant, je suis un paria ; j'étais un trésor, je suis devenu un tas de merde. Heureusement, grâce à mon propre dictionnaire, je sais qui je suis, en tout temps et en tout lieu.

– Sale imposteur ! Voilà ce que tu es, un authentique imposteur. Tu n'es qu'un sale Nègre qui mérite de se faire sodomiser avec la même force qu'il viole la morale.

– Jusqu'à preuve du contraire, de nous deux, la personne qui aime se faire sodomiser, ce n'est pas moi.

– Après ce que tu as osé faire à cette pauvre Aïssa, tu te permets de pavoiser. Comment peux-tu encore te regarder dans une glace sans vomir ?

« Tout s'explique ! Elle a accédé au contenu de mon téléphone, la pute ! »

– Inutile de me regarder comme ça, monsieur le faux-écrivain-vrai-soulard ! Je sais ce que tu penses, que moi, la petite Blanche, je suis finalement moins conne que j'en ai l'air.

– Une petite Blanche, toi ? Tu crois que c'est ainsi que je te vois ?

– Putain, arrête de te foutre de ma gueule !

– Tu n'as peut-être pas besoin de crier.

– C'est bon, monsieur grande-gueule, t'as fini de t'habiller, tu dégages ! Va rejoindre ta pute au Cameroun.

– « Putain, elle a plongé dans les entrailles de mon portable, c'est pas possible. Quand une femme est déterminée à trouver, même Colombo peut s'asseoir et prendre des notes » Tu seras gentille de ne pas me toucher. Je suis assez grand pour sortir sans que…

– Ta gueule ! J'te touche si je veux, t'as compris ? C'est pas toi qui fais la loi chez moi. Où t'as vu qu'un Nègre faisait la loi chez un Blanc ? Où ? N'inverse pas les rôles.

La race des lâches, c'est la tienne, non la mienne. Si on ne vous a pas encore exterminés, c'est par pitié, non par peur. Encore moins par amour ! Nous, les Blanches, on a du cœur, on a bien voulu être vos mères Teresa, vous assister, vous nourrir, bande de bons à rien au Q.I. de gorille qui ne vous sert qu'à copuler et à vous multiplier comme des cafards. On a raisonné nos hommes pour qu'ils vous accordent des droits, des vêtements décents, une éducation, un peu de dignité en somme.

– Tu as oublié l'eau potable et l'électricité.

– C'est ça, continue à faire le malin. Ce que toi et tes misérables frères vous n'avez pas compris, c'est que, du jour au lendemain, si on le décide, nos hommes vous font retourner à vos chaînes. Oui, tu m'as bien entendue espèce de sale gorille : ta vie et celle de tes frères-à-la-peau-couleur-caca tiennent à notre bon vouloir. La femme est la force de l'homme. Il n'y a pas de conquérant sans une femme qui lui demande, sur l'oreiller, d'aller conquérir et de revenir déposer ses conquêtes à ses pieds.

– « Elle avait cet océan de haine planqué dans un coin de son cœur et je n'ai rien soupçonné. Je n'en reviens pas. Tout compte fait, c'est peut-être Farrakhan qui est dans le vrai et Obama, dans l'erreur. » « *Nian nian nian. Enfin tu te réveilles, il est pas trop tôt. Le racisme coule dans les veines de la race blanche, il fait partie de son ADN. La bonne éducation, la repentance et l'humanisme ne sont qu'une couche de vernis déposée sur le complexe de supériorité qui fait battre le cœur de chaque Blanc. Demande à ton grand frère, le brave Lilian Thuram, il en connaît un rayon en la matière. Il en a bouffé.* » Merci, Eva, pour ces riches éclaircissements.

– Regardez-moi ce putain de lâche. Mis à l'amende par une femme, il ne bronche même pas. Tu peux t'estimer heureux que je ne te fouette pas comme mes ancêtres fouettaient les tiens. Dans ton quartier, comme tout bon Nègre des cités, tu devais te faire victimiser par les Arabes. T'es qu'un boloss ! Allez, du balai, espèce de sac à merde !

– « *Tu comptes te laisser gifler sans réagir, comme quelqu'un qui n'a ni valeur ni honneur, comme tes frères Nègres des Antilles qui se font chaque jour gifler au portefeuille par les Békés ? Et après, tu oses te dire prince bamiléké. Aurais-tu oublié que la noblesse, avant d'être une affaire de sang et de dentelle, est une affaire de principes ? Laver son honneur en cas d'atteinte grave est le premier d'entre eux. Or là, tu n'es rien d'autre qu'un Nègre aux yeux de cette petite pute Blanche, autrement dit un être-inoffensif-sur-la-tête-de-qui-on-peut-chier-sans-qu'il-réagisse. La propagande féministe a bien fonctionné. Elle a réussi à faire croire aux hommes que se défendre d'une agression physique commise par une femme, c'était tomber dans le camp des hommes violents et lâches, qui méritent la prison. Je te croyais plus intelligent. Moins Nègre !*» Je t'avais prévenue de ne pas lever la main sur moi. Tu l'auras cherché…

Chapitre 14

– BÉBÉ, j'espère que tu n'as pas oublié ton passeport ?

– Killiandra, ma chérie, j'ai parfaitement conscience qu'un voyage est un océan de stress. Néanmoins, s'il te plaît, n'essaie pas de m'y noyer sous prétexte que tu t'y noies.

– Bébé, t'es pas gentil. Mon malheur est censé être ton malheur. En couple, on partage tout, les joies comme les peines. Quand une femme est stressée, si son mari l'aime, il s'emploie à la rassurer, moyennant quelques mots, du genre "Non, mon amour, rassure-toi, je n'ai pas oublié mon passeport. Tout va bien se passer." Avec un petit bisou en prime.

– Voilà ce qui arrive quand on écoute les chansons de Lara Fabian matin, midi et soir ! Si son mari l'aime. Il n'existe qu'une seule façon d'aimer ? Et c'est la seule valable ?

– C'est toujours pareil avec toi, tu détestes qu'on dise la vérité quand elle te concerne. Au lieu de m'écouter, tu te braques et préfères me tourner en dérision.

– Ma chérie, l'aéroport n'est pas le lieu idéal pour se disputer. Et puis j'ai un nombre insuffisant d'heures de sommeil dans le corps, l'énergie me fait défaut. J'ai besoin de calme. Une scène de ménage version *Un gars, une fille*, on la jouera plus tard. À l'atterrissage, à l'aéroport de Yaoundé, si tu y tiens. Je dois me rendre aux toilettes avant de partir. Je reviens.

– Bébé, avant que tu partes, je peux avoir mon petit bisou ?

– Pourquoi t'obstines-tu à essayer de me transformer en distributeur automatique de bisous ? Qui plus est, de bisous dociles.

– T'étais pas obligé de rajouter docile, c'est méchant.

– Ou sincère. À tout de suite, madame-la-gentille.

« Putain, si le cassage de couilles était un art, Killiandra en serait la Léonard de Vinci. Elle a un don pour ça. Indiscutablement. Et des années de pratique intensive. On dirait qu'elle déteste me voir calme. Si le quotidien d'un homme marié ressemble à ça, je comprends pourquoi tant de maris ne sprintent pas pour rentrer chez eux après le travail. Au contraire, ils traînent la jambe en effectuant, si possible, un détour par la rue du bistro et, une fois arrivés, ils se précipitent devant la télé, sans même remarquer que madame a coupé ses cheveux ou que le petit dernier a une éraflure sur la joue. Je me demande quel est le secret de longévité de

Pat, il vient de dépasser la barre des dix ans de mariage. Et il ne porte ni string ni laisse autour du cou. Tout en n'ayant jamais trompé sa moitié ; pas même en coup de vent avec une prostituée des faubourgs. Cela dit, c'est difficile de se faire castrer quand on parle autant que la castratrice-en-puissance. Et puis Mag possède un côté homme qui réduit considérablement les effets de la folie féminine persistant en elle. En tout cas, ces deux fous forment un sacré couple ! Ils sont partis pour ne jamais se perdre, grâce à Dieu. Même s'ils ne croient en Lui que par intermittence, ces ingrats-à-temps-partiel. Il faut que j'appelle Pat avant de retourner aux côtés de ma geôlière. »

– Wesh, l'ancien !

– Wesh, l'autre ancien ! Bien ou bien ? Je suppose que tu m'appelles de l'aéroport.

– Tu ne supposes pas mal, je dirais même que tu supposes bien. Je suis effectivement au cœur de cette méga-vitrine française, à l'aéroport Charles-de-Gaulle.

– T'es avec ta Kill Bill ou alors…

– Tu sais bien que oui, c'est elle qui a payé le voyage. Enfin, là, je me suis un peu extirpé de sa présence.

– Ouh là ! T'as la voix d'un condamné à mort alors que tu devrais avoir celle de quelqu'un qui…

– Je ne te cache pas que c'est tout comme. Depuis ce matin, j'ai comme un goût de mort dans la gorge. J'ai l'impression que…

– J'ai connu ça le jour où j'ai épousé Mag. Ta conscience ne peut plus danser avec l'insouciance. La musique s'est arrêtée. Remplacée par le silence. Un silence écrasé par les pas lourds de ton destin. Tu réalises que ce n'est plus un jeu et que tu es sur le point de t'engager pour la vie. Sauf que toi, à la différence de moi qui étais fou amoureux de celle qui n'allait plus tarder à devenir ma femme, tu n'es pas amoureux de Killiandra. Pire, tu n'es pas prêt à le devenir. Je te connais. Tu aimes le confort auquel elle te donne accès ; tu aimes la vitrine sociale, familiale et culturelle qu'elle représente, elle, la princesse-bamilékée-armée-d'une-puissante-famille-d'un-bac-plus-huit-et-d'un-compte-en-banque-qui-respire-le-casino-de-Deauville ; tu aimes son intelligence, son élégance, son éloquence. Trois qualités qui lui permettent de ne pas faire tache au bras de notre Black dandy national. Mais, hélas, l'image ne comble pas toujours l'absence de sentiment. Ta future femme, tu ne l'aimes pas comme tu as aimé Déborah, comme tu as aimé Aurélie. À propos, est-elle enceinte ?

– Pas encore.

– Toujours pas, tu veux dire. S'il est évident que Killiandra est ta Néfertari, fille de pharaon, grandie dans la soie et parée d'or, il est encore plus évident qu'elle n'est pas ta Séphora, mon cher Moïse. En bonne Bami qui a grandi au pays, elle veut uniquement gagner de l'argent et, sur le terrain de la connaissance, elle cherche à te tenir tête, attitude-de-rebelle qui risque de t'envoyer en psychiatrie ; ou au trou, son sang sur tes mains de boxeur…

– Quand elle ne cherche pas à me tenir tête, elle croit devoir m'apprendre la vie. Comme ce matin, juste avant que je t'appelle. Non contente de tenter de me contaminer avec son stress…

– Bienvenue dans le monde-des-hommes-mariés-les-jours-de-voyage, c'est un calvaire.

– Ce matin, je l'ai découvert. J'ai manqué craquer. Il s'en est fallu de peu. Non contente de tenter de me contaminer, elle m'a donné une leçon de savoir-aimer.

– C'est-à-dire ?

– M'apprenant qu'un mari aimant doit déstresser sa femme, lui dire des paroles rassurantes et, impérativement, lui faire un bisou.

– Ah ça ! Tes mots ne font que confirmer mon propos.

– Comment ça ?

– Mon frère, la franchise m'oblige à te dire que si ce savoir-faire t'insupporte, le mariage te rendra fou. Quelle que soit la mariée ! Ta Kill Bill ou la dernière des femmes-soumises-qui-n'a-jamais-mis-les-pieds-à-l'école.

– Comme toujours, tu es dans l'abus. Honnêtement, ce n'est pas la phrase qui m'insupporte. C'est de constater que cette petite phrase m'insupporte qui m'insupporte. Je ne pourrai pas tenir la distance. Ça dépasse le simple risque, je suis face à une certitude absolue.

– Dans ce cas, prends vite ta décision. N'attends pas de voir son père avant de décider que tu ne comptes plus l'épouser. Au fond de toi, je sens que ta décision est prise et tu savais que j'allais la faire remonter à la surface de ta conscience. Tu m'as appelé afin de l'entendre de la bouche d'un autre qui te connaît bien.

– Dire que tu me connais bien, c'est en dessous de la vérité.

– Fais machine arrière. Au plus vite ! Avant de voir son pater, je te le répète. Car aller le voir, c'est en quelque sorte lui demander la main de sa fille, de sa petite princesse. Mais alors, ne pas passer à l'acte, dans notre culture, c'est très grave. Extrêmement grave. C'est une déclaration de guerre !

– À ce point ?

– Aller voir le père d'une femme, c'est plus important, symboliquement parlant, que de passer devant le maire. De quoi aura l'air le père de Killiandra si, après t'avoir donné la main de sa fille, après avoir annoncé la nouvelle à son entourage, lui le patriarche venait à ne plus jamais entendre parler de toi ? Il en ferait une affaire personnelle. Et, pardon si je réveille une plaie, mais la colère d'un père, il vaut mieux ne pas la déclencher, à plus forte raison si c'est un père qui a du pouvoir.

– Telle que tu la présentes, la situation prend une autre dimension, je le reconnais.

– Je suppose qu'il ne va pas venir vous accueillir à l'aéroport. En bon patriarche, il va attendre quelques jours avant de te recevoir.

– Exactement. Nous sommes attendus dans leur maison familiale dimanche.

– Le jour du seigneur, un jour sacré au Cameroun ! Il te reste donc soixante-douze heures pour prendre la plus importante décision de ta vie. Tu vas devoir choisir entre vivre dans une prison dorée aux côtés d'une femme qui n'a que faire de ton statut d'écrivain et pour qui tu n'es qu'un beau géniteur, ou vivre dans une cabane en bois aux côtés d'Aïssa, la mère de ce que tu as de plus cher au monde, ton fils. Elle n'a ni Louboutin, ni sac Channel, ni voiture. Mais elle aime lire, croit en ta plume comme tu crois en Dieu, accepte ton judaïsme et s'y intéresse. Avec elle, tu peux te battre pour tout avoir sur le plan matériel, tellement elle est une authentique combattante.

– Tu as oublié de préciser que l'une est Bami et l'autre, non.

– Tu es en train de me dire que tu préfères être malheureux dans les bras d'une Bami plutôt qu'heureux dans les bras d'une non-Bami. Nos racines, j'y suis au moins aussi attaché que toi, mais elles ne peuvent primer sur notre bonheur. Et ce n'est pas comme si Aïssa était suédoise ou coréenne. Elle est africaine. N'est-ce pas là l'essentiel ? Notre ethnie doit être une source de fierté, non de rejet.

– C'est ce que tu te dis à chaque fois que tu regardes ta femme la Martiniquaise ? J'ai l'impression d'entendre parler un de nos frères footballeurs de l'équipe de France accros-aux-Blanches-aux-Beurettes-mais-jamais-aux-Blacks. Je vois clair dans ton jeu ; tu jettes toutes tes forces dans le lobbyisme pro-métissage afin de ne pas trop te sentir seul dans le club des princes bamilékés qui ont failli à leur premier devoir : épouser une princesse bamilékée. Espèce de filou.

– N'importe quoi ! J'oubliais que t'étais juif aussi, tu vois le vice partout.

– C'est mieux que de ne le voir nulle part. De toi à moi, si je décide de claquer la porte de ma relation avec Kill Bill, rien ne garantit qu'Aïssa continuera à m'ouvrir la sienne. Une de mes douces, Eva, celle qui avait pris ma défense le jour où les Doris et consorts du groupe de féministes se sont retournées contre moi, en mode prise de la Bastille…

– Quoi ? Ne me dis pas que tu as baisé Eva aussi ?

– O.K., je ne te le dis pas. Pendant que je dormais dans son lit, les couilles vidées par sa gourmandise de provinciale, elle a réussi à récupérer dans mon portable…

– Non, ne me dis pas…

– Si. Hélas. Elle a récupéré les numéros de quelques douces, ne me demande pas comment, dont celui d'Aïssa.

– La plus grande balance, c'est ton téléphone, Booba t'avais prévenu. Dis-moi que tu plaisantes.

– J'aurais tellement aimé. Subitement, dans son appartement, l'ambiance a été envahie par une odeur de guerre mondiale. Au cœur de la nuit.

– J'imagine. Ou plutôt non, je n'imagine pas.

– Déjà, elle m'a réveillé comme si j'étais dans un *boot camp* américain, en me jetant un verre d'eau au visage.

– Même dans les *boot camps*, on ne te réveille pas de cette manière.

– J'avais encore la tête dans le brouillard, elle m'a assommé de syllabes colériques. La petite chatte soumise que je connaissais avait disparu. Évaporée ! En lieu et place se dressait devant moi une parfaite inconnue, une furie hystérique !

– Toute femme reste une inconnue pour un homme, même après trente ans de mariage. Là réside leur pouvoir sur nous. Ne l'oublie pas…

– Se sentant pousser des ailes féministo-castratrices, Eva m'a giflé, comme si j'étais son petit frère, en me traitant de tous les noms et en me menaçant d'appeler mes douces…

– Non ? Les mots sont devenus des gifles.

– Une gifle, une seule ! Hollywoodienne.

– Laisse-moi deviner le retour. Tu lui as rappelé que ton sang venait d'ailleurs et tu lui as asséné une gifle camerounaise ? Ou tu as tendu l'autre joue, en bon Français qui s'interdit catégoriquement de lever la main sur une femme, cet être si faible et si fragile ?

– Bébé, qu'est-ce que tu fais ? On va rater l'embarquement. Je pensais que tu te dépêcherais de sortir des toilettes pour me rejoindre. Au lieu de ça, tu es planté là comme un feu rouge, accroché à ton téléphone, tout sourire, sans stress. Je peux savoir avec qui tu converses ?

– Ah, j'entends ta geôlière. Elle débarque pile au moment où il ne fallait pas. Bon, frère, je te laisse gérer la situation, tu me raconteras la suite la prochaine fois. Décidément, ta vie est une authentique série Netflix.

Essaie de profiter des six heures de vol pour réfléchir, peser le pour et le contre. À ton arrivée, n'oublie pas d'appeler Landri. Et salue Aymeric, notre homme-parfait, si tu le croises.

– Comment ça, je converse avec qui ? Tu me poses réellement la question ? Dis-moi que c'est une blague ? Une blague Carambar !

– Frère, calme-toi. La colère, c'est la terre promise de la femme et l'asile de l'homme. Prends une grande inspiration. Une fois passé ce moment nuageux, le calme va revenir, le ciel va se dégager et les rayons de la bonne humeur vont reprendre leurs droits. Un peu comme en Israël : tout avait commencé comme si tu étais en enfer et s'est terminé au paradis. N'oublie pas, Dieu adore faire ce genre de farce : souffler le froid, afin de mieux mesurer notre chance quand vient le moment où il souffle le chaud.

– Merci pour ce rappel, Pat. Il tombe à point nommé. Allez, j'te laisse, avant de me faire gifler bêtement.

– Chérie, désolé. Je suis avec Barack Obama au téléphone. Tu permets que je lui dise au revoir comme il se doit. *So, as you can hear, mister President, my Michelle has just come. I have to go because I want to continue to live.*

– Toi et l'anglais, c'est comme le Cameroun et la démocratie : très compliqué. On dit *I want to go on living*!

– Oh, *thank you for correcting me, miss Perfection. God bless you!*

– Bébé, pourquoi tu n'arrêtes pas de te foutre de ma gueule ?

– Moi ? Dommage que tu le prennes comme ça, alors que j'essaie de te faire rire. Est-ce un crime de vouloir détendre l'atmosphère ?

– Bien sûr que non. Mais es-tu obligé de le faire en te moquant tout le temps de ta femme ? À force, ça use.

– D'accord, je ferai tout ce qui est en mon pouvoir pour ne plus vous taquiner. Soyez-en sûre mon général-généralissime ! Nous pouvons y aller. La patrie des lions indomptables nous attend.

– « Pour qui se prend-il, ce babtou-là ? Il passe devant tout le monde, sans la moindre gêne. Il se croit au temps des colonies ou quoi ? À moins qu'il ne soit le propriétaire de l'aéroport. Déjà que le voyage m'a fatigué et que l'autre folle m'a donné la migraine, je ne suis pas d'humeur à me laisser marcher dessus. » Monsieur… Oui, vous, monsieur ! Veuillez m'excuser, mais je crois que vous êtes derrière moi dans la file d'attente.

– La file d'attente ? Tu ne sais donc pas que la file d'attente est faite pour ceux qui doivent la faire, ceux qui ont le temps d'attendre ?

– Première nouvelle, j'ai toujours pensé qu'elle était faite pour tout le monde.

– Tu as raison, petit frère. Sauf que, dans la vie, il y a le monde et les autres. Si toi, tu fais partie de ceux qui doivent attendre quand cela n'est pas nécessaire, c'est ton problème, pas le mien. Comme on dit ici, à chacun son couloir ! Regarde bien : tout le monde m'a laissé passer, tu crois que c'est grâce au hasard ?

– « Il n'a pas tort, ce ventre gras à la tignasse gominée façon mafieux, personne ne conteste son attitude. » Comme vous l'avez si bien dit : il y a le monde et les autres. Or, je ne suis pas de ceux devant lesquels on passe sans qu'ils réagissent.

– Qui t'a dit que j'étais on ? Avec ton accent, je sens que tu es benguiste. Je suis prêt à parier ma villa de Bastos que tu foules notre sol camerounais pour la première fois.

– « Notre sol ? D'où sort ce spécimen qui me tutoie allègrement et qui, en prime, a l'audace de se présenter comme le copropriétaire du Cameroun, alors qu'aucun de ses ancêtres n'y est enterré ? » Parier est une activité qui n'est pas faite pour tout le monde. Les entrailles de

Las Vegas sont remplies de personnes qui l'ont appris à leurs dépens. Heureusement pour vous, vous n'avez pas parié.

– Quand tu regardes Yaoundé, tu arrives à voir Las Vegas ? Petit frère, si tu veux comprendre le monde et la vie, tu dois comprendre que chaque lieu a sa propre loi. Je t'aime bien mais tu me perds le temps. Avec ton beau costume et ton long français, tu dois être un pasteur. Si tu es pasteur, sache que je suis libanais. Et nous, les Libanais, nous som…

– « C'est donc ça, un Libanais en Afrique ! » Je ne suis pas pasteur. Et ce n'est pas demain la veille que je le deviendrai. Rabbin, peut-être. Qui sait ? Le premier rabbin du Cameroun. Pour le moment, je ne suis qu'un Bamiléké, c'est déjà pas mal.

– J'en étais sûr ! Tu es mon frère Bam's. Tu dois être du Ndé, de Baganté. Il n'y a que les arbres du Ndé qui donnent des fruits aussi élégants et orgueilleux.

– Que je sois du Ndé ou d'ailleurs, qu'est-ce que ça change ? Je suis un homme comme toi.

– Que quoi ? C'est ce qu'on t'a appris en France ?

– Chéri, on peut y aller.

– Où ?

– À la douane. J'ai tout réglé. Allons-y, le chauffeur nous attend.

– Madame, prenez votre mari. Amenez-le déguster la *dolce vita* à la kamer : un bon poulet braisé avec des bananes plantains et une bière légère, dans une ambiance climatisée, gommeront sa nervosité. Et toi mon frère Bami, passe un bon séjour chez nous au Cameroun. Tu es entre de très bonnes mains. Bonne soirée, madame. Vous êtes le trèfle à quatre feuilles de ce cheval fougueux. Sans vous, je le faisais enfermer pour quelques jours.

– Vous insultez mon mari, qui plus est devant moi, et vous pensez que je vais vous remercier ? Tchippp !

– Vous faites bien la paire tous les deux. Dieu merci, la plupart des Africains ne sont pas comme vous, ils sont dociles, ce sont de bons Nègres ; surtout chez moi au Liban.

– Bébé, je viens d'avoir mon père au téléphone. Il nous attend pour quinze heures.

– Ah oui ? « Divin, il va falloir que tu voles à mon secours. J'ignore comment esquiver. »

– Pourquoi fais-tu cette tête ? Tu ne vas pas me laisser croire que tu avais oublié ?

– Grand Dieu non, je ne ferai rien qui puisse te contrarier, ma chérie, tu le sais bien. À plus forte raison ici au Cameroun. Ton fief. Qui contrarie la princesse

Killiandra prend le risque d'aller compter les moutons, par milliers, entre les quatre murs de la luxueuse prison de Kondengui. Je l'ai bien compris !

– Que se passe-t-il ? Tu me caches quelque chose. Je te connais. Dès que tu sors ta carte de l'humour-excessif, c'est que… Non, ne me dis pas que tu veux poser un lapin à mon père ?

– Quelle idée ? Je ne suis pas suicidaire.

– Pourquoi tu parles de suicide ? Veux-tu dire que tu vas le voir par peur plutôt que par envie ? Que se passe-t-il ? Tu ne veux plus m'épouser ? C'est à cause d'hier ? Je me suis excusée. Quand je t'ai dit que je t'amènerai au sommet, ça ne voulait pas dire que je ne te croyais pas capable d'y arriver seul.

– Que voulais-tu dire alors ?

– J'avais raison, c'est à cause de ça.

– Comme hier, tu ne me réponds pas. Tu te contentes de fuir ma question. Et la fellation que tu m'as offerte avec délicatesse en guise de fuite, bien qu'elle fût divine, ne m'a pas rendu amnésique. Ta réaction rajoute de la perplexité à la mienne. La vérité est que tu pensais profondément ce que tu m'as dit : tu es convaincue d'être mon ascenseur social. Et, pour être franc, je ne t'en veux pas. Nos pensées, nous n'en sommes pas responsables, elles viennent à nous, pénètrent notre conscience, nous ne pouvons que les dévoiler. Ou les cacher. Libre à toi de ne pas assumer de voir en moi une sorte de Georges Duroy. C'est toujours mieux que d'être vu comme un Guy Georges !

– C'est qui ?

– Un violeur acharné qui a sauvagement tué ses victimes et qui, dans sa cellule, reçoit des lettres d'admiratrices, comme s'il était un héros.

– Tu crois que je te prends pour un violeur ?

– Non, le violeur, c'est Guy Georges. Toi, tu me prends pour Georges Duroy, le personnage principal de *Bel-Ami*, le roman de Maupassant : un dandy qui gravit les échelons de la société grâce à sa plume ; grâce aussi au charme qu'il exerce avec gourmandise sur la gente féminine de la bonne société ; et plus particulièrement grâce à son mariage avec une fille de très bonne famille.

– Bébé, comment puis-je te prendre pour quelqu'un que je ne connais même pas ?

– Merci de confirmer mes soupçons. Faire mine de ne pas comprendre de quoi on est accusé est une ancienne technique, très prisée des escrocs. Notamment des politiques. Tu n'as pas besoin de connaître Duroy pour savoir ce qu'il incarne : le gigolo de luxe ! Un Massimo Gargia ! Une fille aussi logique que toi le sait pertinemment. « Putain, c'est comme si j'ouvrais les yeux et que je voyais la réalité pour la première fois ! »

– Si tu veux, on en parlera dans la voiture. Le temps presse. Je dois filer à la salle de bains. Pendant ce temps-là, habille-toi, mets le costume que je t'ai acheté, tu seras trop beau avec. Bisou bébé. Allez bébé, fais-moi un bisou. Merci. Je suis tout excitée, les deux hommes les plus importants de ma vie vont se rencontrer.

« Elle continue à me prendre pour sa marionnette. Plus elle marche sur mon honneur, mieux elle se porte. À ses yeux, je ne suis qu'une Cendrillon-des-temps-modernes, avec plus de poils et moins de vernis. Une sorte de crapaud-du-ghetto qu'elle va hisser au rang de prince. Comme si je ne l'étais pas déjà. Pat n'a pas tort, quand je me mets devant le miroir et que je me regarde en face, je ne vois pas autre chose : je conduis sa voiture, j'utilise son téléphone, même mes boxers Dim, c'est elle qui a refait mon stock. À part mes livres et mes costumes-pas-chers, elle me finance tout. Je ne peux pas lui en vouloir de me refuser toute autorité, elle me voit telle que je me suis montré à elle. J'ai voulu une princesse bamilékée, Dieu a exaucé mon vœu. Pour mieux me faire comprendre la vérité de la vie. La vérité de ma vie, celle qui surgit à l'épreuve des faits. En dehors de notre appartenance ethnique, rien ne me relie à Kill Bill. Excepté le souci de l'élégance, noblesse-dignité-élégance oblige. Pour le reste, rien, nada, le néant!

Nous n'aimons pas les mêmes musiques, ni les mêmes films ; nous n'avons pas la même sensibilité politique, ni les mêmes héros. Quand je lui parle de Rachi, de Spinoza, de Sankara, de Mohamed Ali, de Malcolm X, de Cheikh Anta Diop ou de Jean Macé, elle bâille. Autant que moi quand elle me parle de Jésus, de Lara Fabian ou de Coco Emilia. Bien sûr, son petit corps dissimule une grande-coquine-qui-sait-faire-tourner-la-tête-à-ma-queue, mais cela ne pourra jamais suffire à combler le déficit de complicité. Pourquoi a-t-il fallu que je quitte ma zone de confort, que je prenne l'avion, pour voir enfin ma vérité, ma vérité nue ? Pourquoi ? Et si c'était pour comprendre qu'Aïssa me correspond plus que Killiandra qui, elle, croit en mon sourire, en mon coup de reins et en la qualité de mon sperme, mais pas en moi. Pourquoi Dieu m'a-t-il fait prendre l'avion, au lieu de me faire comprendre cela ? Je dois certainement apprendre autre chose ici. Un peu comme en Israël où Dieu m'a plongé in extremis dans l'âme de Jérusalem, après le cauchemar de Tel-Aviv, pour me confirmer que ma judaïté était une vérité-existentielle-première ! Une autre vérité-existentielle-première doit m'attendre ici. Je dois mettre la main dessus. À moins que ce soit elle qui me mette la main dessus, à la manière de la vocation venue me trouver dans ma cellule à Fleury.

Il me faut d'abord m'occuper de l'urgence : prendre mes affaires et dire adieu à pas de loup à cette prison dorée. Comme je ne suis qu'à moitié fou, j'ai certes voyagé sans le sou, mais pas totalement ; contrairement à ce que croit ma geôlière-à-talons-hauts. Les quelques billets calés au fond de ma besace de bohémien vont servir. Plus une seconde à perdre, j'en ai suffisamment perdu. Cléopâtre est sous la douche, j'ai peu de temps pour faire mes bagages et filer à l'anglaise. »

– Fred ! Fred !

« Qui m'appelle ? Qui me connaît ici ? Peut-être un proche de l'autre folle, qu'elle a envoyé à mes trousses. »

– Fred ! Derrière toi... Dans la voiture.

– Landri ? Oh, Landri ! Frère, c'est toi !

– Aux dernières nouvelles, c'est ce qui se dit.

– Je n'en crois pas mes yeux ! Tu tombes tellement à pique, tel un ticket gagnant de loto dans les mains de celui qui allait se faire expulser de son appartement pour cause de loyers impayés. C'est Dieu qui t'envoie !

– Dis Alléluia, alors !

– Quoi ? Tu es devenu croyant ? Ou tu plaisantes ?

– Frère, Pat ne t'a pas informé ? Le Landri perroquet-de-l'athéisme-provocateur n'existe plus. Je fais partie de la tribu des anciens-aveugles-qui-ont-recouvert-la-vue :

Dieu est désormais au centre de ma vie et la Bible mon copilote.

– *Baroukh hachem* ! Maintenant que tu me le dis, ton frère m'en avait touché deux mots.

– Ah oui, j'oubliais ! Tu fais partie du peuple-du-Livre-et-de-Wall-Street.

– Pas grave, l'oubli n'est-il pas le nid du souvenir ? Mais dis plutôt le peuple-de-la-lecture-et-de-la-relecture.

– En revanche, je n'ai pas oublié ton goût pour la philosophie. Sinon, pourquoi cherches-tu à imiter une statue du Louvre ? Qu'attends-tu pour monter dans la voiture ? Pas que je te le demande, comme le bon Français que tu es, attaché aux formulations inutiles ?

– Désolé, je n'ai pas pour habitude de rentrer chez les gens sans y être invité.

– Ah, toi aussi ! Laisse ça, laisse le bruit des mots. Écoute plutôt les mots du silence, ceux du regard. Navré si l'intérieur n'est pas aussi confortable que votre Jaguar, monsieur le baron.

– Vous êtes tout excusé, très cher. Tant que ça roule et qu'il y a la clim.

– Pas besoin de mettre ta ceinture. Maintenant, si tu tiens à la mettre, personne ne te le reprochera. Tu fais ce que tu veux de ta vie. Entre nous, j'étais comme toi à mon arrivée. Il m'a fallu un an pour devenir ce que ma couleur et mes racines sont. Pour redevenir africain, camerounais ; pour me libérer des habitudes mondaines contractées en France, patrie du théâtre, des sourires forcés et des mondanités. Je vais te faire gagner du temps. Ouvre bien tes oreilles : ici, on n'est pas à Versailles. Les formules de politesse résonnent comme le vacarme de l'hypocrisie.

– À ce point ?

– Pire ! Pourquoi sourire ou te montrer particulièrement poli avec quelqu'un que tu ne connais pas et qui est peut-être un concentré de méchanceté et de malhonnêteté ? Au nom de quelle valeur ? L'humanisme ?

– Au nom du respect.

– Le respect ? Quel respect ? Je vous adore, vous les philosophes ! Vous parlez tellement bien des mots, des idées. En revanche, dès que la réalité vous convoque, on vous entend moins, votre assurance se met à tituber. Que me répondrais-tu si je te demandais où était le respect lorsque les disciples de la politesse, les Occidentaux, se sont partagés, en se frottant la moustache, un territoire qui ne leur appartenait pas, sans demander l'avis aux propriétaires des lieux, nos ancêtres ?

– Mon frère, comment peut-on mêler respect à géopolitique ? Le respect absolu, celui qui transcende les frontières, comme tout absolu, est utopique. Seuls les esprits naïfs peuvent espérer le contraire. Comment respecter quelqu'un que tu n'as jamais vu et qui vit à l'autre bout de la planète? Tu en demandes trop à la nature humaine. Je te parle du respect élémentaire, celui que tu dois à ton voisin de palier avec qui tu partages l'ascenseur, à ton voisin de bâtiment avec qui tu partages le trottoir, à ton collègue de travail avec qui tu partages ton open space. Impossible de discuter sans montrer à son interlocuteur la patte blanche du respect. Avant le cogito, il y a le bonjour, disait Lévinas.

– Un Occidental. A-t-il précisé ce qu'il y avait après le cogito ? À ton regard, je devine que non. Je peux prolonger ma question, puisque tu parles du respect au travail, un sujet que je connais assez bien. Où est le respect du patron français qui passe son temps à donner des ordres avec un ton méprisant à ses employés ? Au fait, tu as faim ?

– Assez.

– Je vais t'amener dans un maquis. Si tu aimes les bons plats et la bonne humeur made in Cameroun, tu seras aux anges.

– Tant que je ne retourne pas dans l'enfer où je me trouvais il y a encore quelques heures, ça me va.

– De quel enfer tu parles ? Laisse-moi deviner, une femme ?

– Comment tu sais ?

– N'oublie pas que ton frère Pat est aussi mon frère. Il est même mon frère avant d'être le tien, puisque nous sortons du même ventre. Et comme je l'ai régulièrement au bout du fil, autant dire que…

– Que tu connais ma vie, au moins dans les grandes lignes.

– Grosso modo, je sais que tu as foi en deux choses : Dieu et la cambrure de certaines de ses créatures !

– Je suis cerné. Une précision toutefois : je n'ai foi que dans les cambrures volcaniquement-appétissantes. Un peu comme celle-là. Regarde-moi ça ! Voilà ce que j'apprécie avec le Cameroun : le pays n'a pas besoin de musées ni de monuments, il a ses femmes en guise d'œuvres d'art. Je me demande s'il existe un pays au monde avec autant de femmes qui rassemblent ces trois qualités : beauté, volupté et sophistication ? Sans parler de leur légendaire intelligence. C'est quoi cette placidité qui ruisselle sur ton visage ? Tu n'as même pas cligné de l'œil devant la rocambolesque cambrure en train de se jeter sous notre regard. Ne me dis pas que tu n'as pas le goût de ça, comme on dit ici, ou que tu as fait vœu d'abstinence depuis que tu t'es marié avec la Bible ? À moins que tu ne sois plus Adam qu'Ève ?

– Tu me demandes si je suis homo ? C'est toi le philosophe occidental, pas moi. L'homosexualité, c'est votre affaire, pas la nôtre.

– Tu es sérieux là ?

– Calme-toi, tu n'es pas le seul à savoir plaisanter. Je n'ai pas le temps d'être homophobe. Chacun fait ce qu'il veut de son anus. Tant que tu n'essaies pas d'approcher du mien, je reste cool avec toi, telle est ma devise.

– Comment fais-tu pour rester de marbre à la vue d'un cul foudroyant ?

– Mon frère, c'est simple : dans la vie, le plus grand dictateur, c'est l'habitude. Et, concernant le déroutant *bobaraba* de nos sœurs kamers, depuis que je suis là, j'ai eu le temps de m'y habituer. Cela ne m'impressionne plus.

– Tu es comme cet enfant qui vit dans un magasin de bonbons. À force, ils ont perdu leur attrait.

– Sans doute. La seule chose qui m'intéresse, c'est l'avenir et la liberté. En un mot, l'argent. Je n'aime pas mettre la charrue avant les bœufs. À quoi bon regarder les femmes, si l'on n'a pas de quoi les assumer dignement et vérifier qu'elle voudra bien assurer ma descendance ? Regarde, nous sommes arrivés.

– C'est joli !

– Tu dis ça comme si c'était miraculeusement joli.

– J'ai trop regardé la télé française. Elle s'épuise à ne montrer de l'Afrique que la boue qui l'enlaidit et le délabrement qui l'habite.

– Le jour où tu iras au Ghana, au Nigéria, ou en Côte d'Ivoire, tu risques de t'évanouir en voyant les buildings, les centre commerciaux, l'état des routes, et j'en passe. Tu vas croire que ce n'est pas l'Afrique, et pourtant ! Les médias français passent leur temps à noircir l'Afrique et les Africains. Les seules belles images, ce sont celles de lions ou d'éléphants courant dans la savane. Pas une trace de béton.

– Et quelques femmes plateau ici et là. C'est qui le type qui vient à notre rencontre ?

– Oh Landri, c'est comment ? Je vois qu'aujourd'hui tu es venu avec un Blanc ? Il est bien habillé, c'est le futur De Gaulle ?

– Monsieur, de qui parlez-vous ?

– J'avais raison. Beaucoup de gens qui, comme vous, ont été à l'école mais n'ont pas étudié croient mordicus qu'il n'y a que les Blancs qui sont blancs. Or, de nombreux Noirs sont aussi blancs.

– Un Blanc qui rit fort comme un Noir, quel paradoxe-ambulant !

– Bonsoir, Modeste ! Je vois que tu es en forme et c'est tant mieux. Je te présente mon frère, Frédéric.

– Mais Landri, pourquoi ton frère attache sa face comme s'il avait du piment dans les fesses ?

– Toi aussi, laisse-le. Tu veux le faire fuir. Il vient à peine d'arriver de Paris.

– Tu n'as pas besoin de le préciser, sa posture de colonisateur me l'a déjà dit. Il paraît qu'en France, là-bas, tout le monde attache sa face comme ça. Et ma bière, Landri, elle est où ?

– Elle arrive. Laisse-nous le temps de nous installer. S'il te plaît.

– Fred, tu vois ce tonton que l'on pourrait prendre pour un fou avec ses habits qui ont fait la guerre 14-18 et ses cheveux hachés ? Figure-toi que c'est un ancien professeur de droit à La Catho, la plus prestig…

– Je connais, mon ex que je viens de fuir a étudié là-bas.

– Tu as eu raison de la fuir, surtout si tu comptais rester un homme. Quand une femme est trop diplômée, elle a tendance à ne plus vouloir être une femme avec son homme. Elle s'emploie à lui disputer le pantalon, comme on dit ici. Elle se permet de lui parler fort. Même en pleine rue, ou devant leurs enfants. J'en ai été témoin. Un jour, ce professeur s'est fait arracher sa femme…

– Arracher ? Vous avez de ces expressions au Cameroun. En France, ce sont les sacs à main ou les téléphones portables que l'on arrache, pas les femmes.

– J'aime bien l'emploi de ce verbe dans ce cas de figure, il illustre la volonté de celui qui a commis le forfait. Or, en amour, aux yeux d'une femme camerounaise, l'homme doit prouver qu'il la veut et qu'il est prêt à tout pour l'avoir. Le prince charmant se doit d'affronter le dragon, voire d'autres princes, avant de pouvoir embrasser sa princesse. Être séduisant ne suffit pas, il faut être déterminé. Depuis qu'il s'est fait arracher sa femme par un homme d'affaires, qui pourtant avait déjà trois femmes…

– Quoi ? Il voulait en faire sa quatrième femme ?

– Sa quatrième ou sa première. Tu sais, parfois, à l'intérieur des foyers polygames, la dernière arrivée devient la première dans le cœur du patron. Devant une telle humiliation, qui a fait le tour de la ville, le tonton a tout foutu en l'air : son poste, ses responsabilités parentales et sa foi. Lui qui était toujours le premier à l'église s'est mis à uriner sur la Bible. Il estime avoir été trompé, abusé par les valeurs chrétiennes qui prônent la fidélité, l'amour, le sacrifice. Un jour, il s'est mis à crier : "La fidélité, c'est le plat des hommes pauvres ! La fidélité, c'est le plat des hommes pauvres !

Même celles qui se droguent aux télénovelas savent ça." On aurait dit un spectacle tragique de Jean Michel Kankan, la note comique en moins. Un homme respecté de tous qui, du jour au lendemain, est devenu la risée du quartier à cause de sa femme. Quelle tristesse ! Depuis, quand il passe dans la rue, on l'appelle l'impuissant.

– Tu plaisantes ?

– Si seulement ! J'aurais préféré, crois-moi. Chaque pays a son fonctionnement propre. Ici, quand tu voles la femme de quelqu'un, tu voles aussi son honneur.

– Monsieur, vous voulez boire quoi ?

– Georgette, toi aussi ? On te répète la même chose chaque jour. Le client, ce n'est pas un étranger qui vient te déranger chez toi, c'est un roi. Tu dois l'accueillir comme il se doit.

– Ah Landri, toi aussi, ne me dérange pas. Je t'ai déjà dit que les trucs de Blancs là, ce n'est pas pour moi. Je t'apporte une Guinness ?

– Comme d'habitude. Et donnes-en une aussi au professeur, là. Merci.

– Pour moi, ce sera une Booster.

– Une Booster ? Mon frère, je vois que tu as le courage, tu aimes monter sur le ring et affronter la vie sans porter de dentier. Du whisky-coca à cette heure-ci, avec la chaleur qui nous bastonne ? Tu es un authentique guerrier.

– Ou un authentique inconscient ! Landri, tel le grand Charles Ateba Eyene, phare du peuple camerounais, devant le chiffre record de la consommation d'alcool, je suis encore sonné par mon évasion.

– À ce point-là ?

– Ce n'est pas tous les jours que je me sens dans la peau du comte de Monte-Cristo.

– Je te comprends. Dis-moi, depuis que tu es là, tu as été au village ?

– Euh, pas vraiment…

– Ça veut dire quoi, pas vraiment ? Je ne suis pas en train de te demander si tu as aimé un film ou un plat. Donc c'est oui ou c'est non.

– Non ! C'est quoi ce regard éberlué ?

– Ne me dis pas que tu comptais rentrer à Paris sans te rendre au village ?

– D'où vient ce ton dramatique ?

– Un Bamiléké comme toi, tu n'avais pas prévu de te rendre sur la terre de nos ancêtres ? Plus surprenant encore, tu sembles ne pas mesurer l'importance pour nous de se rendre au village. C'est comme si un musulman, en séjour en Arabie saoudite, décidait de ne pas se rendre à La Mecque. Ah pardon, toutes mes excuses, monsieur le rabbi. Je reformule. C'est comme si un Juif passait quelques jours à Jérusalem, sans aller au mur des Lamentations.

– À ce point ? D'après toi, le village, c'est notre mur des Lamentations ?

– D'après moi ? Je n'ai rien à voir là-dedans. D'après nos traditions, d'après notre culture bamilékée, d'après notre identité !

– Ça y est, tu as sorti le totem intellectuel des temps modernes : l'identité ! Le mot qui court sur toutes les lèvres mais que personne ne parvient à intercepter afin de lui faire dire ce qu'il veut dire.

– Et toi, contrairement à tout le monde, tu sais ce qu'il veut dire ?

– Mon frère, laisse ce ton ironique dans ta poche, réserve-le aux fonctionnaires de l'ambassade. Pour te répondre, il faut savoir qu'il y a ce que le mot identité dit et ce qu'il veut dire. Ou plus exactement ce qu'on veut lui faire dire. Voire ce qu'on s'efforce de lui faire dire. "Les mots que l'on emploie nous renseignent plus sur nous-mêmes qu'ils nous enseignent." Je ne sais plus qui exactement a dit ça, mais en le disant, il a tout dit. Les mots nous possèdent plus que nous les possédons !

– Voilà qui m'intéresse ! Tu m'en diras davantage sur la route. Une longue route nous attend…

– Quelle route ?

– Je croyais que le croyant que tu es savait lire les signes ?

– De quels signes parles-tu ?

– Dieu ne m'a pas mis sur ta route uniquement pour que nous allions remplir nos vessies. Pour ça, tu as tes amis de Paris. Moi, je dois t'amener au village ! Sans plus attendre ! Voilà pourquoi tu es venu au Cameroun. Et voilà nos boissons.

– La patience, une valeur sacrée au Cameroun.

– Plus qu'une valeur, un produit local. Sirotons vaillamment notre breuvage, histoire de recharger nos batteries et hop, direction Baganté ! J'espère que tu as un pull. Parce que notre arrivée sera nocturne. Or, là-bas, quand le soleil cède la place à la nuit, les températures deviennent norvégiennes.

– Ne t'en fais pas pour moi. Vive le Cameroun norvégien !

– Waouhhh, frère, chercherais-tu à me transformer en glaçon ? Pourrais-tu éteindre la clim, s'il te plaît ?

– Tu es réveillé ? Ça tombe bien, nous sommes arrivés. La clim est éteinte. C'est le froid norvégien des montagnes de l'ouest qui vient de te chatouiller les côtes. Bienvenue chez toi !

– Dans mes souvenirs, un tel froid ne faisait pas partie du paysage Bami.

– Je parie que tu étais venu en plein jour, quand le soleil étale sa puissance.

– Je confirme. À chaque fois que j'ai eu à fouler le sol du village, la nuit était dans sa tanière, le jour exhibait son pouvoir dictatorial. J'étais loin d'imaginer qu'un tel froid puisse venir faire main basse sur notre nid culturel. Je comprends mieux pourquoi nous autres, Bamilékés, nous sommes dotés d'un caractère si dur, si déterminé. Notre humeur a été sculptée par le froid. Ainsi va la loi de la climatologie, nous avons été contraints de nous battre pour survivre.

– Ou ce sont les plus résistants qui ont survécu, comme dirait Lamarck.

– Tu as quitté tes habitudes occidentales, tu n'en as pas quitté les références.

– Par respect pour mon père. Lui qui s'est sacrifié pour nous offrir une éducation solide dans les meilleures écoles françaises, je me dois de garder ces références. Dans les dîners mondains, elles m'aident à lui faire honneur, à faire honneur au nom Ngopya.

– Quel brave fils !

– Quel brave père plutôt ! En Afrique, on honore les parents avant d'honorer les enfants. Ici, c'est à l'enfant de servir le parent.

– C’est mieux ainsi. Sans autorité, sans autorité sacrée je veux dire, une société s’effondre. Aucune valeur n’étant sacrée, tout peut faire l’objet d’une remise en cause. Toutes les paroles se mettent alors à avoir la même valeur, le même poids. Tout se vaut. Au bout du compte, le Beau, le Bien, le Vrai n’étant plus en odeur de sainteté, ils se voient contraints de laisser la place aux opinions et aux désirs. Ainsi s’est installé le royaume de l’émotion-impulsive.

– Pour le dire autrement, dans cette société du profane-généralisé et donc du blasphème-perpétuel, les liens solides et durables entre les gens n’existent plus. On est amis le lundi pour se faire la guerre le mardi, au gré de nos humeurs. Voilà pourquoi j’ai quitté la France.

– Je te comprends. Et je comprends ton hommage à nos parents, ayant vécu la même scolarité privilégiée. À quelques exclusions près. Chez moi, c’est ma mère qui était mon père.

– Je sais. Pat m’a raconté.

– Dis-moi, je vois mal ou bien les rues sont plus propres et plus soignées que celles qui serpentent dans la capitale et qui ressemblent, comme deux larmes, à des gruyères étirés ? Des rues gorgées de nids-de-poule et de jeunes vendeurs-aussi-vaillants-qu’ambulants.

– Tu vois très bien. Nos villages sont mieux entretenus que la ville.

– Un peu comme ces maris qui entretiennent plus leur maîtresse que leur épouse.

– C'est le *for-us-by-us* dans toute sa splendeur.

– Comment ça ?

– En ville, la loi du *ubuntu* a été balayée par celle du chacun pour soi, les gens ne considèrent pas la rue comme leur propriété. Pour eux, il s'agit d'un espace neutre dont seul l'État doit s'occuper. Or, on sait où atterrit le budget de ce dernier : dans des villas à Paris ou à Saint-Tropez, dans le dressing des premières dames ou dans les voitures de luxe des enfants-flambeurs. Sûrement pas dans l'amélioration de l'espace public. En contrepartie de cet abandon, le citoyen se détourne aussi du souci d'amélioration collective. Conséquence, il ne se retient pas de jeter, à même le sol, tout ce qu'il peut, sans éprouver la moindre gêne. Une réalité qui n'existe pas au village où, dans l'esprit de chacun, jeter un papier par terre revient à le jeter dans son propre jardin. C'est l'avantage d'avoir des chefs de village et non simplement des maires. Ils savent maintenir en vie le nous-sommes, l'esprit de famille et, par-dessus tout, le sens de la noblesse ! Et donc le sentiment de responsabilité collective qui, en ville, est souvent aux abonnés abs…

– Oh là, c'est quoi ce palais ?

– Nous sommes arrivés ! Voici notre maison de famille. Nous ne sommes pas des Bamilékés pour rien. Bon, tu mérites une bonne nuit de sommeil. Demain matin, je t'amènerai sur la tombe de ton grand-père. Comme le veut la coutume, tu vas te recueillir. Seul.

– Une nuit de sommeil bien méritée en effet. Je suis à plat. J'imagine dans quel état doit se trouver l'autre folle.

– Pourquoi tu l'appelles comme ça ? Ne te laisse pas dominer par la mesquinerie française qui est en toi. Tu n'as pas pu vouloir sceller ton destin à celui d'une folle pour laquelle tu n'as pas un minimum d'affection. L'avoir fait sortir de ta vie ne doit pas t'obliger à lui refuser le respect. Tu ne peux pas être un prince la moitié du temps, et un crapaud-baveux l'autre moitié !

– Landri, merci pour ce recadrage. Tellement nécessaire. Tu es bien le frère de mon frère Pat.

– Fred, nous y voilà ! Par contre, tu d…

– Je dois pénétrer seul dans la maison, comme le veut la coutume, je le sais. Ta grand-mère me l'a suffisamment répété ce matin.

– Je t'attends là. Prends tout ton temps, rien ne presse.

– Je ne vais rien prendre du tout. Au contraire, je

vais me laisser prendre par le lieu. À tout à l'heure. Et encore merci, frère.

« Ça y est, me voici à la maison. Andjougou, grand-père, je suis là. C'est moi, ton petit-f…

– Parce que tu crois que je ne sais pas qui tu es ? Bien que l'intention me touche, inutile de tenter de me parler dans notre langue, tu ne la maîtrises pas, parle-moi en français, cela ne change rien. Les idées, les émotions restent les mêmes, quelle que soit la langue qui les expose, qui les décrit.

– Ekieeehh, qui me parle ?

– Qui peut te parler ?

– Grand-père ? C'est toi ?

– Qui es-tu venu voir ? Qui veux-tu que ce soit d'autre ?

– Grand-père, c'est vraiment toi ?

– Moufff, tu es devenu français au point de mettre en doute ce que tu ne vois pas ? Ou alors tu réserves ta croyance dans l'invisible au seul Nzie et à l'autre perturbateur ?

– Nzie ?

– Celui que vous appelez Dieu.

– Donc, c'est vraiment toi. Désolé, grand-père, si je t'ai contrarié, c'est juste que…

– Laisse-moi les excuses là. Tu ne vois pas que je plaisante avec toi ? Aurais-tu, par hasard, laissé ton sens de l'humour à l'entrée, avec tes baskets de ministre ? L'humour est le fils de la sagesse, autant que tu es mon petit-fils. Un homme sage est un esprit qui doit savoir se détendre et qui doit maintenir une distance entre lui et la réalité. Cette distance, tes Blancs l'appellent le stoïcisme.

– Mes Blancs ?

– C'est vous qui acceptez de les appeler comme ça, pas nous. C'est tout ce que tu as retenu de mon propos ? Alors que tu es mon petit-fils ? Je commence à avoir des doutes. Bon sang ne sachant mentir, ceux qui portent le mien sont censés être plus perspicaces que cela.

– Désolé de te décevoir grand-père.

– Décidément !

– J'ai saisi ! Tu me taquines de nouveau. Pardon, grand-père, d'être un peu long à la détente, c'est juste que je…

– Hopopop ! Tu es un prince, pourquoi m'obliges-tu à te le rappeler ? Être un prince, ce n'est pas qu'une affaire de sang, c'est avant tout une affaire de comportement. Un prince ne se cherche aucune excuse, il se contente d'encaisser les reproches sans rien dire, sans chercher à les diluer ni à les esquiver. Il y fait face, comme l'aigle fait face aux aboiements de chien : avec hauteur ! Un prince doit se concentrer sur les combats nobles, il est né pour cela. Rien que pour cela. Plus important que tout, un prince ne doit pas abuser des plus faibles que lui. Tu m'entends ?

– Oui, grand-père, je t'entends. Et je partage ton point de vue.

– Point de vue ? Donc, on t'a dit de venir me voir pour recevoir, de ma part, un point de vue ? Tu as cru qu'en entrant ici, tu entrais dans un bar ou dans une salle où a coutume de se tenir une réunion associative ?

– Je t'avoue que j'ignore encore pourquoi…

– Tu ignores aujourd'hui, tu ignorais hier, tu ignoreras toute ta vie ! L'ignorance, c'est l'autre nom de la vie-des-enfants-de-Nzie-le-Grand-Détenteur-du-Savoir-total. Ainsi va la condition humaine : du berceau à la tombe, vivre c'est apprendre, vivre c'est se rapprocher de Nzie ; vivre, c'est faire reculer son ignorance. Et le combat d'un prince consiste à faire reculer les grandes ignorances, sans trop se préoccuper des petites. Avant d'aller plus loin, je dois te poser une question : pourquoi as-tu autant tardé avant de venir me voir, avant de revenir à la source ? À ta source ?

– Grand-père, je vais être honnête, je ne sais pas. Sans doute par inconscience.

– Voilà une réponse de prince. Pas d'excuse, tu assumes. Rassure-toi, je ne t'en veux pas. Et pour cause, j'avais la réponse avant de te poser la question : tu n'étais pas prêt. Avant l'heure, ce n'est jamais l'heure. Jamais ! Il fallait que tu fasses le tour de toi-même, que tu explores les différentes maisons où tu espérais trouver ta place, avant d'arriver à destination : dans ta maison.

– Grand-père, je ne te cache pas que je suis un peu perdu.

– Je sais. Tu es là pour te retrouver.

– Non, je voulais…

– Je sais ce que tu voulais dire, tu ne saisis pas mon propos. Ton incompréhension reflète l'incompréhension de qui tu es. Rappelle-toi que l'océan n'a pas la même signification pour le poisson rouge et pour le requin… N'as-tu pas, il fut un temps, habité au sein d'une identité de racaille, adepte des jeans baissés ? Avant de migrer vers une identité de dandy-snob, adepte des costumes-trois-pièces et du dédain-de-celui-qui-croit-savoir-plus-que-les-autres ?

– Euh, oui…

– Avant de migrer, à nouveau, vers une identité de dandy-urbain, adepte des costumes-baskets et de l'humilité-de-celui-qui-sait-qu'il-a-toujours-à-apprendre-de-l'expérience-des-autres ?

– C'est toujours moi.

– N'as-tu pas également erré, spirituellement parlant, durant quelques années, dans l'athéisme, avant de traverser le pont de la révélation et de poser tes valises et ta raison dans la foi en Dieu, là où ta vocation t'attendait ? Pour ensuite, trouver refuge dans la forteresse des Juifs ?

– Grand-père, tu estimes que je suis un réfugié dans le judaïsme ?

– S'il te plaît, fais-moi le plaisir de ne pas inverser les rôles. Je n'estime rien, je sais ce que tu es. Je t'ai simplement observé le découvrir, petit à petit, en te confrontant à ce que tu n'es pas, comme on te l'a enseigné sur les bancs de l'université, en cours de mathématiques : une identité se définit aussi par sa limite, c'est-à-dire par ce qu'elle-n'est-pas-ou-n'est-plus-mais-qu'elle-aurait-pu-être-ou-continuer-à-être. En Israël, tu as eu chaud. Ou devrais-je dire, tu as eu des sueurs froides. Pour un peu, tu allais tourner le dos à une partie de toi-même. Heureusement, grâce à la femme de ton frère juif, Jérémie, tu t'es rendu au mur des Lamentations, et particulièrement dans la grotte qui se situe à son pied. À l'entrée de celle-ci, tu as été accueilli, avec chaleur, par un rabbin, comme un fils par son père, et tu t'es fondu dans le groupe qui était présent, un groupe constitué de Juifs de toutes les couleurs mais ne formant qu'un. Expérience qui t'a confirmé que s'il existe, hélas, du racisme au sein de la maison juive, ainsi que tu l'as découvert à Tel-Aviv, le racisme n'est pas juif ! Le racisme est une maladie de l'homme. Tu es donc bien à ta place dans cette identité. Ce n'est pas pour rien si la femme de Moïse, Séphora, a la même couleur de peau que toi. Tu aurais dû en parler à ton frère musulman, Olivier, lorsqu'il t'a demandé de lui montrer un Noir que le judaïsme dépeint en héros. Sans oublier celle qui fit tourner la tête du grand roi Salomon, la reine de Saba.

– Tu étais donc là, à Jérusalem ?

– Intègre-le une bonne fois pour toutes : je suis partout où mon sang est. Par-tout ! En revanche, je dois te tirer les oreilles car être ne suffit pas. Être un étudiant à la Sorbonne, c'est y étudier, ce n'est pas simplement avoir la carte d'étudiant dans la poche. De la même manière, être juif, ce n'est pas simplement avoir une étoile de David autour du cou, c'est également…

– Se convertir !

– Maintenant tu sais que tu es juif et que le judaïsme ne te rejette pas par essence, alors tu te dois de te convertir. Tu as mon feu vert. Ma bénédiction, je te la donne. Sois juif, sois bamiléké, sois camerounais, sois français, sois républicain, sois panafricain, sois tout ce que tes rencontres, tes expériences, tes joies et tes peines t'ont fait être. Mais sois surtout mon digne représentant ! C'est-à-dire, un prince ! D'abord et avant tout. Et non un descendant d'esclaves. Je n'ai pas tenu tête à De Gaulle pour que mon petit-fils se dise descendant d'esclaves. Un être-conscient-de-ses-privilèges-et-des-responsabilités-que-ces-derniers-impliquent et non un Noir, c'est-à-dire un haïsseur-de-Blancs-en-puissance. Sois cet être qui est guidé-par-son-devoir-plus-que-par-ses-droits ! Et ne laisse aucun des faux-douaniers-de-l'identité, tantôt pour se donner de l'importance, tantôt pour tromper le vide et l'ennui de son existence, passer son temps à dire aux autres, notamment sur ce que vous appelez les réseaux sociaux, ce qu'ils doivent ou ne doivent pas être ; quand ils ne leur balancent pas leur haine. Sois celui que Nzie a voulu que tu deviennes. Compris ?

– Je crois.

– Que crois-tu avoir compris ?

– Que je dois mener à bien ma mission, à savoir détruire le mur de Molière et offrir ainsi, à n'importe quel enfant, un accès à la liberté de s'exprimer pleinement, d'exploiter toutes ses capacités intellectuelles et de se sentir parfaitement bien dans sa peau. En somme, à l'égalité des chances scolaires et à la fraternité universelle.

– Et ?

– Et quoi ?

– Je savais que tu allais oublier cette partie de tes devoirs. Tu vas devoir faire la paix avec les femmes, comme tu avais trouvé la force de pardonner à ton grand frère Patrick après avoir découvert qu'il avait perdu le butin que tu lui avais confié.

– Comment ça ? Je ne suis pas en guerre av....

– Non seulement tu vas devoir faire la paix avec elles, mais tu vas aussi devoir te retenir de parler d'elles en public. Tu vois bien ce qu'il se passe en Europe. Elles ont enfin réussi à renverser la table de l'injustice dont elles étaient victimes car, en dépit de tout ce que tu leur reproches, tu ne peux pas nier l'état de domination esclavagiste qu'elles ont dû subir, des millénaires durant. Et qu'elles continuent de subir sous bon nombre de latitudes. Le nierais-tu ?

– Non...

– C'est le non le plus timide de l'histoire. Quoiqu'il en soit, retiens que, désormais, l'homme qui veut être en paix doit soit se ranger du côté de leur cause, le féminisme, malgré les excès de ce dernier ; soit, si c'est trop lui demander, se taire. Tout ce que tu penses à propos des femmes, de leur rapport aigu à l'émotion, de leur sens affûté de la manipulation, tu le mets sous le tapis du politiquement correct. Inutile d'en faire étalage.

– Grand-père, je ne comprends pas. Être noble, c'est faire preuve de lâcheté et non de courage ?

– Qui te parle de lâcheté ? Je parle de décence. Sans compter que le procès que tu leur intentes, tu pourrais aussi l'intenter à tes frères juifs, eux qui ont également dû apprendre à ruser pour survivre à l'imprévisible agressivité de vos Blancs.

– De décence ?

– Tu m'as bien entendu. À l'heure où des centaines de viols ont lieu chaque jour, où des femmes meurent sous les coups d'hommes, comment fais-tu pour apercevoir du courage à évoquer, en les blâmant, les stratégies d'autodéfense mises en place par les femmes pour éviter de se retrouver enfermées dans des gynécées, coupées de leur liberté, à la merci de la libido masculine ? Aussi manipulatrices et folles qu'elles puissent être par moments, les femmes sont d'abord des victimes, réelles ou potentielles, des hommes. Et elles le resteront, aussi longtemps qu'elles auront des seins et non des pectoraux. Voilà pourquoi, de retour à Paris, tu vas te concentrer sur ta mission, et sur elle seule : donner, grâce à ton dictionnaire révolutionnaire, les clefs de la liberté et de la maîtrise de soi à un maximum d'orphelins de la langue, comme tu les appelles si bien.

– C'est dans mes cordes.

– Ce n'est même pas comme si les femmes t'avaient fait souffrir. C'est le contraire, que ne t'ont-elles pas donné ? De l'amour, du sexe, des larmes de soumission, des mots doux, des sourires, des regards admiratifs, des compliments, d'autres mots doux, des livres, de l'argent, des conseils, d'autres livres, de l'écoute, d'autres conseils. Et même un enfant ! Toi, sous prétexte que l'une d'entre elles t'a fait souffrir à onze ans en t'humiliant le temps d'une blague, tu crois avoir le droit d'être un Attila-de-l'amour.

– Moi ?

– Ne fais pas comme si je t'apprenais quelque chose. Veux-tu que je te remémore tous ces sanglots, tous ces traumatismes que tu as semés ? Celles qui ont fini en hôpital psychiatrique et celles qui ont dû changer de pays pour t'oublier ? Avec ce que tu as reçu d'elles, que leur as-tu donné en retour ? À part le sentiment dévorant de ne pas être suffisamment intelligentes, ni suffisamment belles, ni suffisamment cultivées, ni suffisamment élégantes, ni suffisamment bonnes cuisinières, ni suffisamment coquines, ni suffisamment croyantes pour pouvoir te garder pour elles-toutes-seules.

– Grand-père, tu es en train de me dire que je suis ce que certaines m'ont accusé d'être, un pervers narcissique ?

– Tu es un séducteur-insatiable-éternellement-insatisfait ! Comme ton père. Et bien que tu n'aies jamais voulu faire de mal avec tes disparitions brutales, sans bruit et sans retour, tu as semé de la douleur dans bon nombre de cœurs. Qui sème les cœurs brisés récolte…

– Comment ça ?

– Comment çaaahhhh ? Qu'aurais-tu fait si ton beau-frère, Hubert, avait osé traiter ta sœur adorée, Paméla, comme tu as traité la mère de ton futur fils, en simple mère porteuse, juste bonne à pondre des enfants sans broncher, pendant que lui aurait continué de mener sa vie de tombeur ? Serais-tu resté les bras croisés ? Te connaissant, je ne pense pas. Il faut donc, au nom de la justice, que tu t'acquittes d'une certaine dette à l'égard de tes victimes-de-l'amour. Je ne t'en dirais pas plus sur le sujet. Tiens-toi prêt. Ton retour en France ne sera pas rose.

– De quelle couleur sera-t-il ?

– Je te laisse la découvrir. Malgré la force de la tempête que tu traverseras, tu devras garder la tête froide et, plus important, tu devras rester concentré sur ton objectif. Et ne pas tomber dans la haine des femmes. Une fois la tempête passée, tu recevras, si tu le mérites, un beau cadeau, un joyau parmi les joyaux ! Une créature de rêve, aussi belle, intelligente que croyante, une authentique princesse, dotée d'une aura d'impératrice. Une princesse sur mesure pour toi, autant que tu l'es pour elle. Vous vous compléterez à merveille. Et en prime, elle a de beaux pieds, comme tu les aimes.

– Tout ça rien que pour moi ? C'est vrai ? Et je peux d'ores et déjà savoir son nom ? S'il te plaît grand-père ?

– Je ne te dirai rien de plus à son sujet, excepté qu'elle est extrêmement *kitoko*, comme disent tes frères lingalophones…

– C'est noté.

– Maintenant que tu as reçu ma bénédiction, ici, à la source, tel un Moïse au mont Sinaï recevant les commandements, tu peux poursuivre ta mission. En France. La sagesse *ubuntu* en guise de boussole. Puis chez toi, en Afrique, là où on a le plus besoin de toi, là où ton enseignement sera le plus salutaire.

Chapitre 15

« *Nian nian nian. Son avion vient d'atterrir. Tes hommes et toi, vous allez pouvoir cueillir ce Weinstein-à-la-tête-grainée ! Ne le ménagez pas. Avec lui, oubliez les droits de l'homme. Ce violeur, harceleur, tabasseur de femmes n'a rien d'un homme. Il n'est qu'un animal. Avec tout ce qu'il a fait subir à ses victimes, qui auraient pu être tes filles, et dont il a presque détruit la vie, il mérite un traitement des plus salés. Je compte sur toi pour que le regret de ne pas être resté dans sa savane-de-bonobos vienne l'étouffer, et pour lui faire comprendre qu'ici-bas tout se paie un jour ou l'autre. Nian nian nian !*

– Ne t'inquiète pas. Je sais comment m'y prendre avec les individus de son espèce. Ce n'est pas le premier que je vais arrêter. »

– Adjudant, vos hommes sont-ils prêts ?

– Affirmatif, mon capitaine.

– Parfait. Ont-ils chacun une photo du colis que nous sommes venus réceptionner ?

– Affirmatif, mon capitaine. Il ne pourra pas échapper à notre vigilance, sauf s'il n'a pas pris l'avion.

– Ce qui n'est pas le cas. Vérification a été faite auprès de la compagnie aérienne : le colis est bien à bord de l'avion en provenance de Yaoundé. En parlant du loup…

– Bonjour, monsieur.
– Bonjour, madame. Que puis-je pour vous ?
– Police nationale. Vous êtes bien monsieur Nkamwa ?
– En personne.
– Pourriez-vous nous suivre au commissariat, s'il vous plaît ? Nous avons quelques questions à vous poser.
– Des questions, dites-vous ? Puisque de toute évidence, vous me laissez le choix, je vais vous suivre. Tant pis pour mon programme. J'espère simplement que cela ne sera pas trop long.
– Par contre, il va falloir que nous vous mettions les menottes.
– Quoi ? Comme ça ? D'un coup ? En plein aéroport ? Vous pensez que c'est nécessaire ? Vous pensez que j'essaierai de…
– C'est la procédure !
– Ouh là ! La procédure a parlé. Et ce que veut la procédure, Dieu le veut, dit-on dans le milieu. Apparemment, mon sens de l'humour a autant d'effet sur vous

que l'image du cadavre d'un jeune migrant mort en mer sur Éric Zemmour.

– Tournez-vous et mettez les mains dans le dos.

– Entrez. Asseyez-vous.

– Merci.

– Allons droit au but, on gagnera du temps. Connaissez-vous une certaine Aïssa Ditchoumey ?

– Quelle question ! Évidemment, c'est la mère de mon fils. Pourquoi ?

– Elle vous accuse de l'avoir violée.

– Pardon ?

– Vous m'avez bien entendu, monsieur Nkamwa. Ne jouez pas la carte de l'étonnement, vous savez de quoi vous vous êtes rendu coupable.

– Si vous le dites.

– Connaissez-vous une certaine Eva de Messaline ?

– Oui, nous nous sommes connus pendant quelques mois.

– Elle vous accuse de l'avoir battue et d'avoir tenté de la violer.

– S'il vous plaît, dites-moi que tout cela n'est qu'une vaste plaisanterie, une caméra cachée.

– Monsieur, regardez-moi bien. Ai-je l'air de plaisanter ?

– Pas tant que ça. Voire pas du tout. Je ne comprends rien à ce qui me tombe dessus.

– Je ne suis pas devin mais, à mon avis, vous aurez tout le temps d'y réfléchir ces prochains mois.

À toutes les femmes dont j'ai croisé la route, le temps d'un sourire, d'un baiser, d'un conseil, d'une nuit, ou plus encore, et à qui je n'ai pas laissé que des bons souvenirs. À vous qui, à commencer par la noble mère de mon fils, m'avez tant donné.

L.-H. W.

MINIGLOSSAIRE

Babtou : Blanc, chez les Africains.

Bami : abréviation de Bamiléké.

Bamiléké : plus grand groupe ethnique du Cameroun.

Baroukh hachem : littéralement, en hébreu, béni soit le Nom. Une façon de dire « grâce à Dieu ».

Bobaraba : postérieur proéminent, dans l'argot africain.

Dream team : équipe de rêve.

Hardcore : difficile, extrême.

Kamer : Camerounais.

Karlouche : Noir.

Kitoko : beau en lingala, langue bantoue parlée au Congo.

Kizomba : danse africaine, originaire d'Angola.

Nzie : Dieu.

Reibs : prison.

Rhlam : interdit.

Taqiyya : dans l'islam, pratique consistant, sous la contrainte, à dissimuler ou à nier sa foi afin d'éviter la persécution.

Ubuntu : sagesse qui dit « je suis parce que nous sommes ».

Zbeul : bazar.

AUX ÉDITIONS DE L'ANTILOPE

1. Rachel Shalita,
Comme deux sœurs,
roman, traduit de l'hébreu par Gilles Rozier.

2. Yitskhok Rudashevski,
Entre les murs du ghetto de Wilno 1941-1943,
journal, traduit du yiddish par Batia Baum.

3. Sholem-Aleikhem,
Guitel Pourishkevitsh et autres héros dépités,
histoires, traduit du yiddish
par Nadia Dehan-Rotschild.

4. Igor Ostachowicz,
La nuit des Juifs-vivants,
roman, traduit du polonais
par Isabelle Jannès-Kalinowski.

5. Israël Joshua Singer,
Et Wolf fils de Hersh devint Willy,
roman, traduit du yiddish
par Monique Charbonnel-Grinhaus.

6. Eran Rolnik,
Freud à Jérusalem - La psychanalyse face au sionisme,
essai, traduit de l'anglais par Gilles Rozier.

7. Hanan Ayalti,
Attendez-moi métro République,
roman, traduit du yiddish
par Monique Charbonnel-Grinhaus.

8. Daniella Carmi,
La famille Yassine et Lucy dans les cieux,
roman, traduit de l'hébreu par Jean-Luc Allouche.

9. Yves Flank,
Transport,
roman.

10. Israël Joshua Singer,
Printemps et autres saisons,
nouvelles, traduit du yiddish
par Monique Charbonnel-Grinhaus.

11. Yonatan Berg,
Donne-moi encore cinq minutes,
roman, traduit de l'hébreu par Laurence Sendrowicz.

12. Jean-Pierre Gattégno,
Les aventures de l'infortuné marrane Juan de Figueras,
roman.

13. Sabyl Ghoussoub,
Le nez juif,
roman.

14. Joshua Halberstam,
Une place à table,
roman, traduit de l'anglais (États-Unis)
par Séverine Weiss.

15. Ludovic-Hermann Wanda,
Prisons,
roman.

16. Sholem-Aleikhem,
Les mille et une nuits de Krushnik,
récit tragi-comique, traduit du yiddish
par Nadia Déhan-Rotschild et Evelyne Grumberg.

17. Rachel Shalita,
L'ours qui cache la forêt,
roman, traduit de l'hébreu par Gilles Rozier.

18. Shaun Levin,
Sept petites douceurs,
roman, traduit de l'anglais par Étienne Gomez.

19. H. Leivick,
Dans les bagnes du tsar,
récit, traduit du yiddish par Rachel Ertel.

20. Gilles Rozier,
Mikado d'enfance,
roman.

21. Yonatan Sagiv,
Secret de Polichinelle,
roman, traduit de l'hébreu par Jean-Luc Allouche.

22. Agata Tuszyńska,
Affaires personnelles,
traduit du polonais par Isabelle Jannès-Kalinowski.

23. Sabyl Ghoussoub,
Beyrouth entre parenthèses,
roman.

24. Y. L. Peretz,
Histoires des temps passés et à venir,
traduit du yiddish par Batia Baum.

25. Yonatan Berg,
Quitter Psagot,
récit, traduit de l'hébreu par Laurence Sendrowicz.

Achevé d'imprimer en janvier 2021
sur les presses de la Nouvelle Imprimerie Laballery
58500 Clamecy
Dépôt légal : février 2021
Numéro d'impression : 101019

Imprimé en France

La Nouvelle Imprimerie Laballery est titulaire de la marque Imprim'Vert®